你是我流浪的尽头

宁不遇 著

青岛出版社
QINGDAO PUBLISHING HOUSE

图书在版编目(CIP)数据

你是我流浪的尽头/宁不遇著.—青岛:青岛出版社，2021.9
ISBN 978-7-5552-8835-0

Ⅰ.①你… Ⅱ.①宁… Ⅲ.①长篇小说—中国—当代 Ⅳ.①I247.5

中国版本图书馆CIP数据核字（2020）第179126号

书　　名　你是我流浪的尽头
作　　者　宁不遇
出版发行　青岛出版社
社　　址　青岛市崂山区海尔路182号（266061）
本社网址　http://www.qdpub.com
邮购电话　18613853563　0532-68068091
责任编辑　郭红霞
特约编辑　崔　悦
校　　对　耿道洋
装帧设计　千　千
照　　排　李红艳
印　　刷　三河市良远印务有限公司
出版日期　2021年9月第1版　2021年9月第1次印刷
开　　本　32开（880mm×1230mm）
印　　张　10
字　　数　250千
书　　号　ISBN 978-7-5552-8835-0
定　　价　39.80元
编校印装质量、盗版监督服务电话　4006532017　0532-68068050

目 录

第一章
戴黑色鸭舌帽的男人

在这个圈子里，凡事都讲究一个资源置换。

重 逢

“天才型的演员很少，所谓好演员，人们大多只见过两种。”

温暖而宽敞的休息室内，落地窗前挂着厚重的帘子，隔绝了一切纷杂喧嚣，柔软而绚丽的地毯裹住了冰冷的地砖，男子的声音沉稳地落在上面，清朗微寒。

屋内并没有人搭话，那个男子自顾自地说了下去。

“一种是演什么像什么，观众记住了角色，却记不住演员；一种是演什么都像自己，稳稳当当无可挑剔，只是演来演去都是那个样子。”

说话的人语气并不友善，有些高高在上，仿佛今晚到场的所有演员都只是他手边的一件花器，任他评说。

他将那花器摆弄了一会儿，指尖与瓷瓶摩擦，发出一种沙哑而通透的声音，然后又重重地放下。

"唯独你左轶，不属于任何一种。你的自我让你无法进入角色，而你的高傲又不允许你演出内心的真实。"

真皮沙发上有了轻微的响动，好像是有人终于给了他一点儿反应。

他显然对刚才那句话的效果很满意，话音里甚至带了一点儿挑衅："外行人或许觉得你会演戏，但要我说，你只是懂得矫饰而已。如果明年的获奖名单上有你，我保证刚才那些话会被写进颁奖词。"

地毯上响起沉闷的脚步声。仿佛有预感一般，他在回答声响起前就停住了脚步。

"等等。"

回应他的是一个女声。正如她拍过的所有电影一样，她的声音淡漠而节制，带有一种天生的冷漠感，让人觉得与这个声音相配的面容应当也是清淡的。

"南嘉木，你说这些话是为了宣告你作为评委的权威，还是想向我施压，好让我赶紧在离婚协议上签字？"

离嘉宾入场还有不到一个小时，后台忙得像一锅煮沸的粥。

执行导演的脸上挂着黑眼圈，手里抓着几张 A4 纸疯狂地喊："人呢？左轶的经纪人呢？"周围不断有人快速地走过，几次撞到她，于是她更加火大，"瞎蹿什么？给我找人去啊！今儿可是左轶复出后第一次出镜，记者都排着队等着呢，都给我仔细着点儿！出了错就别想在这圈子里混啦！"

话没说完，肩上被人轻轻一拍，她回头，看见一张稚嫩的学生脸，短发素颜："抱歉李导，您找我？"

被叫作李导的人脸色立刻一换，声音也变了："哎哟，是小文啊。左轶姐呢？是不是对哪个流程还不满意？"手里的 A4 纸被她抚平递出，

“不满意就说，我们都配合！”

文筱筱扶了扶眼镜，接过流程表，青涩地一笑：“左铁姐刚到，我这就拿给她。”

后台更加忙乱，即便隔着厚重的门，人们依旧隐约能听到嘈杂纷乱的脚步声和说话声。

“原来你还记得。真不知该佩服你哪一点儿，有涵养还是虚伪？”南嘉木冷笑一声。即便语气有了寒意，他清朗的声音却还是好听，“那些照片也被你收买了吗？”

“什么照片？”尽管圈内人都说左铁乖张易怒，但眼下她似乎并没有感觉被冒犯，语气仍旧冷静而自持。

“就是你和男模被拍到的那种照片。”南嘉木的语气有些不怀好意，“怎么，老外玩腻了，又不想离了？”

“我不懂你在说什么。”

“在我面前还要演戏？”南嘉木咬紧牙关，不屑的态度越发露骨，“你连那些照片都可以容忍，显然是不在乎与我的这段关系。事到如今又何必死撑着不放手？”

南嘉木并没有得到料想中的回应，对方的回答甚至可以说是好声好气：“容我提醒你一下，我与乐家的代言合约还有一年，合约不到期，我们就不能离婚。”

地板上发出咚的一声闷响，有人猛地逼近了一步：“左铁，你想钱想疯了才会把我们的婚姻写进合同里。”

从正面近距离看，他才能确切地感受到左铁的魅力。她不算特别漂亮，如果不带妆，说不定还不如后天修饰过的人出色。但她胜在五官小巧而精致，脸型窄而立体，加上接近 170cm 的身高，站在人群中自然而然便有一种鹤立鸡群的气质。难怪即便她成名后绯闻缠身，大导演们仍然喜欢用她当女主角，这样为电影而生的坯子，不用着实可惜。

只可惜南嘉木已经看厌了这张脸：“啧，让我看看，最近动了刀子？”他总觉得她哪里长得不一样了。

没有人回答他。沙发上忽然一空，纤长的身影站了起来，她侧过身避开南嘉木，朝门口快步走去。

“今晚，你在台上说什么都可以，但红毯必须牵着我的手一起走。”尽管语气强势，她的神情却不似以往那般咄咄逼人，“别忘了，你也是合约的受益人。”

空气仿佛凝滞一般。

南嘉木大踏步追上来，紧紧扣住她的手腕：“你以为我在乎你的钱？”

被扣住的人开始挣扎，但似乎没什么用。

“快松手。”在别人口中是个不定时炸弹的左轶竟然还是不生气，只是声音有些焦急，像一只急于逃离牢笼的鸟。

“怎么，怕待会儿别人看到你的手腕有红印，又爆料我对你家暴？”南嘉木并不怜香惜玉，手越缠越紧，“你不是最喜欢绯闻吗，大明星？话题越多，对你复出不是越有好处？要不我帮帮你，想要假孕还是吻痕……”

话未说完，门锁处传来咔嗒一声，门开了一条缝儿，外面的喧闹哗的一下闯了进来。

“你在这儿哪，左轶姐！”青涩的少女既不掩饰惊喜，也不掩饰诧异，“南、南……嘉木哥？”

文筱筱仔细地把流程表放在文件夹里，快步穿过人群，心里万马奔腾。

她刚刚入行，尚未适应娱乐圈痴迷八卦的氛围，不小心听到几句就吃惊得不得了。比如今早在电视台的化妆间里，就有两个化妆师在热烈地讨论左轶的复出，当然，也包括左轶的绯闻。

“她神出鬼没这么久，南嘉木的头上可以开草场了吧？”

“你呀，消息太落后了。他俩早离了，人家根本就不在乎，夜夜笙歌，玩得开心着哪！”

文筱筱自知资历浅，还没资格对别人说三道四，但刚一进公司，Bella 姐就把左轶这么重要的艺人交到自己手上，再不上点儿心，那就是傻。所以尽管到目前为止，文筱筱连南嘉木的面都没见过，但对左轶的这位“背后的男人”早已是如雷贯耳，对那些传闻也如数家珍。

左轶年少成名，心气儿不是一般的高，圈里圈外的追求者数不胜数，最后她却看上了当时毫不起眼的新人演员南嘉木，并且在二十五岁风头正盛的巅峰时期宣布与他结婚，轰动一时。虽然婚后一直有二人不和的传言传出，最近一年甚至因为左轶前往澳洲“度假”，大家几乎没有再见过二人同时出镜，但这对最引人关注的明星夫妇再次出现在镜头前时，还是甜蜜恩爱，羡杀旁人。

当然，文筱筱也知道艺人的婚姻不只是两个人的事儿。家居行业的大牌乐家与左轶的合约一签就是十年，无非就是看中她的人妻形象。如果南嘉木与左轶的婚姻出现丑闻，无论对艺人还是对品牌，都是灾难。

她心里有了一点儿底，自觉地做好了假象被戳破的心理准备，不过当她打开休息室的门，看到二人以那样奇怪又暧昧的姿态出现时，还是怔住了。

“南、南……嘉木哥？”

尽管南嘉木已经不接戏，一门心思排练他的话剧，但当戏剧性的状况发生时，身体里的演员本能还是会瞬间苏醒。

“南、南……嘉木哥？”

门口站着一个学生气十足且面生的女孩。

只是交换一下眼神的时间，南嘉木就把掐住左轶后腰的手往前滑动，温柔地抱住了她。

“左轶，请介绍一下，这位是？”

如果没有听到他刚才对左轶那些露骨的威胁，在场的人一定会以为他是个风度翩翩的谦谦君子。清朗的嗓音配上这种语气，最为相得益彰，让人听来只觉得温文尔雅、如沐春风。

“新助理。”左轶的声音从他的桎梏中闷闷地传来，“文筱筱，小文。”

左轶说话时，南嘉木一直低头含笑看着她，像是眼里只有她一样。听她说完了，他才似是而非地抬起头：“Bella 不干了？我家左轶太烦人了，被经纪人炒鱿鱼了吧？”一边说着，他一边靠近，鼻尖几乎贴到她的脸颊上，好像在故意挑战某种底线。

在这样近的距离下，南嘉木的目光开始游移。一年未见，左轶似乎没有太大变化，不管是微翘的鼻尖，还是纤薄的嘴唇，都和上一次分离时无甚分别。但他又总觉得说不上来哪里奇怪，或许是休息室的光线太暗，他总觉得她的五官蒙了一层薄纱……她好像换了香水？

与在镜头前的表现不同，左轶窈窕的身影看上去十分僵硬，似乎不习惯这种突然的亲密：“找我什么事儿？”

文筱筱露出一脸如梦初醒的表情：“哦哦，这是流程表，左轶姐你看……”

“给我吧。”南嘉木侧过脸，噙着笑，伸出一只手接过来，温柔有礼，但不容拒绝。

他笑起来很好看，很容易让人回想起他还没有退出娱乐圈时的样子，风雅少年，白衣胜雪。文筱筱没来由地有点儿害羞，微微低下头，知趣地关上了门。

她没有看到，在南嘉木的身后，左轶的双手被他紧紧地禁锢着，骨节发白。

休息室里安静了好一会儿，如果不是地毯上那波斯风格的花纹被一道纤长的影子划开，几乎要让人以为这里已经空无一人了。文筱筱的出现提醒了南嘉木，这里并不是适合争吵的地方。甩了几句狠话后，他头也不回地离开了。

关上门，左轶低下头，开始四处张望。

礼裙的价格与脆弱程度成正比。她与南嘉木拉扯几个来回，裙子上镶嵌的宝石就不知掉到哪里去了。

她背部的线条很美。纤长的脖颈优雅而白皙，背后深 V 的设计让她纤瘦的脊背一览无余，光滑的曲线延伸而下，诱发让人触摸的欲望。

当年左轶出道的时候，年仅十六岁的她饰演落入凡尘的仙子。雅鲁藏布江边，少女只披着一条薄纱，玲珑纤细的身影若隐若现，仿佛是尘世间一个不可触摸的梦。那个侧脸露背的身影成就了那部电影的票房，也成就了左轶自己。

“你掉的东西在这儿。”房间的深处突然传来一个不合时宜的声音。

左轶猛地站起来，差点儿撞倒了墙边的花瓶，瓷器在地毯上无声地摇晃半晌才停下。

窗边有一张老气的欧式沙发，它仿佛知道自己的老旧配不上这里的星光璀璨，只是扭扭捏捏地背对大门，藏在角落里。声音就是从沙发后面传来的。

一只手从高高的靠背后懒洋洋地伸出来，那人伸了个懒腰，举着一个亮晶晶的小东西。

“这里不是睡觉的地方。”左轶克制了片刻开口道。

“难道这里是离婚的地方？”那个人毫不退让地反唇相讥，听上去甚至有点儿嘲讽的笑意。

“是谁？出来。”左轶十分冷静，不怒自威。

一双手从靠背后面举起来，随后，一个男人从沙发后面站起来，转过身看着她，歪嘴一笑，样子乖顺又无赖。

左轶从未见过他。他似乎不是艺人，没有刻意做发型，也没有穿礼服，自然也没有化妆。但他的气质又和这里的工作人员不太一样，半长不短的头发几乎盖过了眼睛，表情玩世不恭，好像是某个市井深处的浪荡子不知从哪条大街上晃荡进来了。

他一步步地逼近，而她步步后退。直到靠近窗边，她略微回头，从七楼的窗户里往下望了望，停住脚步。

“你听了多少？”

“大概……从他说要帮你留个吻痕开始。”他笑得很无辜，但看起来绝不是什么正人君子。

左轶的唇抿紧，她似乎在思考该如何应对。

男人的眼神更加轻佻。他将插在屁股兜里的黑色鸭舌帽拿出来，随意地戴在头上。

“听说你现在是话题人物？”他把玩着那颗炫目的宝石，仿佛在炫耀自己手中的筹码，“乖乖，这回我可赚大了。”

微 步

南嘉木已经很久没有走过红毯了。

自从结婚后，他几乎推掉了所有的通告和活动。当闪光灯纷纷亮起的时候，他很难分辨自己的感觉究竟是抗拒多一点儿还是怀念多一点儿。

让他讨厌的是，左轶牵着他的样子好像是在照顾他的生涩。他心里没来由地憋了火，故意突然改变行进的节奏，伸出手用力挽住她的腰，逼迫她处于自己的掌控下。

这个电影节设立没几年，一直不温不火。这也是主办方邀请他和左轶一起来的原因：一个是评委，著名表演指导，专业过硬；一个是刚刚复出的明星，自带流量和话题光环，不管八卦是好是歹，总有人点击。

只不过左轶的新助理显然还不知内情。他与左轶分居一年，今日算是久别重逢，却没有任何人给过他通知。在后台偶然撞见她的时候，一时间他心头又惊又怒，差点儿当场翻脸。

出乎意料的是，今日的左轶却不似往日作风，除了语气还是那么冷淡，其他地方倒是对他很照顾，有点儿像回到了他们刚结婚的时候。

“很久没有看到二位一起出现了，请问你们这段时间不常见面吗？”记者的问题绵里藏针，让南嘉木很头疼。

难得一见的一幕出现了，左轶竟然主动回应了：“只是不在国内而已，我们刚从澳洲一起回来。”

她侧脸望向南嘉木，南嘉木也回望她。他稍稍退后，和她咬耳朵，十分亲昵，但并不惹人生厌。

在记者听不到的地方，那个看起来正在和妻子分享私房话的谦谦君子说的是：“我什么时候去过澳洲？拜托，撒谎也要用点儿心。”

左轶只是优雅地笑笑，回答得风马牛不相及：“明天上午十点，Bella 要见你。”

夫妻二人彼此答非所问，却又亲密无间。

内场，多数嘉宾已经落座。座位相邻的艺人客套而热情地打着招呼，两旁的通道上站满了记者，摆满了三脚架。

文筱筱在通道入口处将携手共入的左轶和南嘉木截了下来：“Bella姐刚来的电话，新戏的合约确定了，下个月开机。待会儿颁奖礼上就会公布……”

话音未落，身后一个充满了惊喜的呼喊声打断了她。

“轶轶！”一个纤瘦美丽的女人快步走了过来，“你回来了！怎么都没说一声？”

她极其自然地越过了文筱筱，和左轶拥抱了一下：“今晚收工后出去吃夜宵，给你接风！”她的话是对左轶说的，眼睛却看着南嘉木，“大家一起来啊。”

凌薇儿，盛华娱乐的当家花旦，一双美目顾盼生辉。她本人比在电视上看起来更瘦，有些形销骨立的样子，与她刚拍完的古装戏里那个苦命悲情的角色形象倒是吻合。

南嘉木原本面无表情，见到凌薇儿之后，脸上却突然有了一丝莫名的笑意。

“当然。”他松开了搂着左轶的手，向凌薇儿伸出去，很自然地握了握凌薇儿的手，半晌没有松开，“就算左轶不去，我也会去的。”

凌薇儿高兴地笑了笑，看了一眼左轶，又收敛起笑意。

左轶似乎不明就里。被挤到一旁的文筱筱小声地喊了一句“薇儿姐”，可话没说完，她就被人流推搡出去了。

凌薇儿亲亲热热地挽起左轶走进会场，冲一旁的镜头比了个剪刀手，等到旁边没人了，脸上的笑才收起来：“你怎么回来了？”

左轶挑了挑眉，似乎对她的变脸有些意外。

凌薇儿马上又说：“嘉木不知道你会回来，对吗？”她的脸上闪过一丝愧色，“我知道我做得不对，可是你答应我了。”她的表情忽然笃定起来，有了底气，“你答应我了，就要说话算话。”

她回头看了一眼南嘉木，小声地说：“你们离婚吧。”

嘉宾席最后一排座位的后面鬼鬼祟祟地伸出了一只手，摇醒了坐在前排椅子上的人。

“哥，哥！”大头藏在椅背后，小声地提醒，“马上就要开始直播了，快别睡了！”

前面的人不慌不忙地抬起头，把盖在脸上的黑色鸭舌帽拿起来，伸了个懒腰：“知道要开始了还不赶紧出去。想上镜？”他的语气懒懒散散，“哥坐的可是最后一排，哥都没法上镜，你小子就更别想了。”

大头嘿嘿地笑了笑：“我找大师算了一卦，今年总该拿奖了。最佳男配角，肯定跑不了！”

“滚。”

“哎！”大头应声，费了些力气站了起来，裤脚下露出半截义肢。他刚往外走了几步，突然又被叫住。

“等等，我问你，演员离婚这种消息值钱吗？”

“这——得看离婚那对儿名气大不大。名气小的，卖给狗仔也就是赚一顿饭钱。名气大的，只要捏着‘实锤’，别说钱了，人都得管你叫爷，头条随便上！”

“噢……”问话的人好像突然来了兴致，把鸭舌帽重新戴上，“那要是大明星离婚，再加上闺密上位呢？”

“乖乖……”大头捧起他的大头，叹了一声，“那就赚大发了！通稿一发，就这破电影节，这破主办方，哪还会让哥坐最后一排呀！”

“别，最后一排才好呢。”鸭舌帽下面的眼神深邃、轻佻，“最后一排才有好戏看。”

大头顺着他的目光看过去，只见两年不见的左轶出现在会场上，左右两边各站着一人，一边是绯闻缠身的丈夫南嘉木，一边是众所周知的圈内好友凌薇儿。闪光灯密密麻麻，他真佩服镜头前的三人竟然还能睁着眼笑出来。

看得出主办方安排嘉宾席的座位费尽了心思。与往年不同，今年的嘉宾席中间布置了一个T形的延伸舞台。左轶坐在舞台的左侧，与南嘉木琴瑟和鸣。从她的位置向对面放眼望去，那些圈内皆知的冤家占据了半壁江山。

给明星排座位是门不小的学问。谁与谁关系好，坐在一起能抓拍到有趣的互动镜头。谁与谁结有私怨，不仅座位隔了十万八千里，就连入场口都是“阳关道”与“独木桥”，各走各路。左轶出道多年，关系网错综复杂，光是要隔开她的众前男友就已经让主办方伤透了脑筋，更何况还有好几位同为一线演员却又彼此交恶的女星。

在明星们的彼此寒暄中，颁奖礼拉开了序幕。

今年参与了几部影片监制的南嘉木频频被获奖嘉宾提及，每当镜头扫来，他总是风度翩翩地起身鼓掌，落座时无一例外地会得到左轶温柔的笑容作为回应。

而镜头扫到左轶时，在座不少人的眼神颇有深意。短短两年，后浪推前浪，左轶的影后之位已经易主，交给了今年的票房女神温心怡。

就在温心怡致辞的时候，摄像师还特意把镜头对准了左轶，给了个特写，想拍到她不甘心又不得不假装祝福的复杂表情。

但左轶的表现或许得让观众们失望了。自始至终，她都笑得端庄优雅，甚至连嘴角弯曲的弧度都未有丝毫改变。两年不见，特写下的她仍然面容清丽，身形优美，令人称羡。

今日，左轶是作为颁奖嘉宾出现在这里的。而她的表现也足以告诉大家，是的，她回来了，完完美美地回来了。

最佳导演、最佳男女主角、最佳男女配角、最佳新人演员、最佳剧本、最佳摄影等奖项花落各家。时间过去大半，主持人将舞台让出。

“接下来让我们揭晓最佳动作设计奖获奖者。欢迎颁奖嘉宾，著名制片人王志林和我们的两届影后——左轶！”

左轶站起来，在镜头前与南嘉木附耳低语几句，然后优雅地迈上舞台一侧的台阶。

她穿着一袭镶嵌了数百颗名贵宝石的丝质长裙，在舞台灯光下，举手投足皆如星光般耀眼，越发仪态万方，顾盼生辉。

王志林在台阶前伸手扶住她，和她同步走向颁奖台。他站定后，在被颁奖台遮挡的地方，把粗大的手掌滑落到了左轶的腰侧。

没有人发现这个小动作。话筒的位置限制了左轶的活动范围，她无法向旁边挪一步。镜头也不可能转到后面，王志林的手指甚至探到了左轶裸露的肌肤，上下滑动。

王志林，圈内著名制片人，也是著名的“咸猪手”，经验老到又色胆包天，此刻简直是挑准了最完美的时机。

数百名嘉宾面前，无数的灯光和镜头对准了左轶——这位暌违两年，即将复出的影后。她要说的每一句话都已经过精细的编排，她绝不会在这样重要的时刻把酝酿已久的台本扔开，在话筒前大喊一声住手。

上一位获奖者个头不高，话筒调得过低了。左轶没有像通常那样将话筒拉高，而是借这个高度差微微弯腰侧身，暂时躲开了骚扰。

“真的非常高兴能够重新站上这个舞台。作为特邀颁奖嘉宾，我想我与这个奖项的缘分可以说是非同一般。王先生，您知道是为什么吗？”

左铁优雅地笑着，看向身旁比自己矮了一头的秃顶男人，后者不死心地又将手放到了她的臀上。

“那我猜猜看，是不是因为你即将拍一部武打片啊？”王志林呵呵地笑起来，“好巧哦，我就是这部片子的制片人。”

并不好笑的对话毫无意外地又收获了一片笑声和掌声。

“今天是左铁小姐时隔两年重回影坛的第一天，我非常荣幸地告诉大家，我们即将开拍的电影《冷月无声》不仅有幸请到了左铁小姐，更是请到了她的好朋友凌薇儿小姐，一起来拍摄这部双女主的大片！希望大家多多支持！”

左铁迟疑了一秒，似乎并不知道有另一位女主角的事儿。她回想之前文筱筱被凌薇儿打断没有说完的话，大概就是有关这个新片子的了。拖到这个时候才敲定，只怕 Bella 也是与制片方博弈良久，才最终接受这个结果。

当镜头扫过来时，左铁及时地补上了笑容。两个镜头分别对准了她与凌薇儿。双女主的阵容在颁奖礼上第一次公布，算是王志林送给主办方的惊喜，一笔可以下次讨要回来的人情。

嘉宾席的最末排，一顶黑色鸭舌帽下浮现出一双目光深邃的眼睛。

看起来，左铁正如传闻中一般爱耍大牌、傲慢，并且不近人情。听到王志林点到自己和好友的名字，她也不接话头，只想快点儿走流程似的，直接将颁奖信封拆开，声音动听却毫无感情地念道：“好了，接下来就为大家公布最佳动作设计奖——程寄。”

颁奖嘉宾身后开始播放事先剪辑好的 VCR（短片）。一个身穿古装的男人出现在屏幕上，唇边带着一抹坏笑。出拳快速，打斗流畅，吊威亚，翻车戏，甚至还有海底深潜，他不仅亲自设计了这些动作，其中的大多数高难度动作还是他自己出演的。

奇怪的是，作为这部戏的男配角，尽管他将一个因爱生恨的反派角色演得入木三分，但是这一届的最佳男配角奖没有颁给他，而是给了一名刚从歌坛跨界过来演戏的新人演员。程寄拿着这个奖杯，怎么看都有点儿安慰奖的意思。

王志林开始读颁奖词。

“如果要在今年的动作片中找出一部最具风格的作品，非程寄指导并参演的《破军》莫属。干净利落的武打场面，别出心裁的动作设计，这是他累积了多年武打经验后的一次厚积薄发，一招一式都拿捏到位，又充满余韵……”

聚光灯的光束分成两束，分别打在颁奖嘉宾和获奖者身上。获奖者坐在嘉宾席的最后一排，和舞台的距离颇远。左轶无法离开聚光灯的光圈，只能静静地站在那里，看着那个戴着黑色鸭舌帽的男人一步一步地走上舞台。

他懒懒散散地走近，个头并不高，没有穿礼服，看不出习武者挺拔的身姿，也不见 VCR 里那出手迅捷的样子，甚至一度走歪了路线，绕到左轶和王志林的侧后方去了。

为了填补颁奖词说完后的短暂空白，王志林开玩笑道：“哇，最佳动作设计奖，这个奖拿得不容易哦。程先生可不可以教我们一两招啊？”

程寄将鸭舌帽取下，插回裤兜里。

“当然可以。”

摘下帽子后露出的脸并不是时下流行的帅气长相，半长不短的头发盖过了眼睛，脸颊上残留着些许胡楂，显得有些邋遢，但那双眼睛却意外地深邃。王志林觉得他看向自己的眼神似乎有些轻蔑，但只是一瞬间，那双眼又越过他看向了别处。

礼仪小姐手捧奖杯从另一侧登上舞台，然后将奖杯交给同侧的左轶。就在奖杯交接的一瞬间，那个看起来吊儿郎当的获奖者突然快步上前，一个小擒拿手，就将王志林那只粗大的手掌捏住，并且拎了出来。

“王先生，不如就学这招擒狼手，可不可以？”

程寄的出招动作十分漂亮，尽管王志林看起来吓了一跳，但台下还是一片哈哈大笑。一个并不过分的玩笑，舞台上的一个小爆点，这样的编排看起来还不错。

王志林面露尴尬。这只手刚才还在感受软玉温香，现在好像被钢板钳住一样，夹得他痛不欲生，冷汗涔涔。

一位颁奖人的手被钳制住，奖杯只好“越”过他，被直接交到了程寄手上。另一位颁奖人的声音听不出情绪，客套得不是很真诚：“恭喜程先生，希望下次有机会一起合作。”

一个小时前。

“听说你现在是话题人物？乖乖，这回我可赚大了。”那个戴鸭舌帽的男人说。

左轶抿起唇，露出一个礼貌但冰冷的微笑。熟悉她的人都知道，这是她发怒前的征兆。

“如果要封口费，可以稍后联系我的助理。但是如果你把刚才听到的话散布出去，我会告你侵犯名誉权。”

受到威胁，那男子不为所动，一步一步慢慢地走近，指间还捏着那颗小小的宝石。

左轶被迫退了几步，靠近半开的窗户。回头看一眼，她深吸一口气，硬生生停下脚步。

“不过是休息了一年，大明星这么快就忘了娱乐圈最重要的规则？”

他像趋近猎物的豹子一样在离她很近的地方停下，仿佛在嗅着恐惧的味道。

“在这个圈子里，凡事都讲究一个资源置换。”最后四个字被他着重地说出来，他歪嘴一笑，仿佛露出了獠牙，“我要的可不是钱。”

他微微欠身，姿态有一种与他散漫的着装毫不相称的优雅：“请转身。”

左轶迟疑一会儿，还是转过身去。

男人的手指在她身后灵巧而礼貌地穿梭着，丝毫没有触及她裸露的肌肤。

左轶思考片刻，问道：“你是谁？”

身后的人有些诧异：“你不记得了？”

左轶回以沉默。

他松开手，被修复完好的丝绸礼裙如流水一般倾泻而下：“幸亏我人好，不介意再做一次自我介绍。”

一小时后，他果然又“好心”地做了一次自我介绍。

“恭喜程先生，希望下次有机会一起合作。”左轶干巴巴地祝贺道。

程寄笑笑，接过奖杯，看向她。

“当然。”聚光灯下，他的眼眸深处闪着亮光，“王制片忘了说，我是《冷月无声》的武术指导。”

左轶身旁的位置被王志林让出，镜头已经蠢蠢欲动，她只好上前一步。

右手被人用力地握住，社交礼仪迫使她抬起头。但他们的目光没有交会，她的视线只落在他唇角那抹邪邪的笑上。以这个高度，她刚好可以看见那张笑脸。他说出的每一个字都带着意味深长的余音。

“希望我们——合作愉快。”

第二章
耳边的棉花糖

太多的痛苦皆来自向一个人索要他所没有的东西。比如向一个骄傲的贵族乞求平等，向一个被宠坏的人渴求谅解，或者如他，向一个沉没在名利之海里的人要求站上甲板的自由。

裂 痕

早上十点，CBD某大厦内三十一层以上的所有楼层如临大敌。

“来了！”前台小妹在群里发出这条信息后，露出了自己最人畜无害的笑容。她快走几步，接过从门口进来的人手上的包和大衣。正好路过门口的几个员工自动贴着墙，连连喊：“Bella姐，早！”

Bella淡淡地点点头，利落的超短发让她看起来干练帅气，还是标志性的黑色系着装，走路带风。

不等她发问，早就有几个人迎上来了。

“Bella 姐，制片方改时间，邱承泽两部电视剧的档期撞了……”

“和金总谈的那一部优先。”

“Bella 姐，狗仔拍到了蜜雪儿约会的照片……”

“先不回应，过两天热度起来了再公开。”

问题一个接一个地被抛过来，Bella 有条不紊地一一回复。

只是在公司里走了一个过场，Bella 就把工作全部安排妥当。她很少开会，也不训话，尽管不常出现在公司里，但作为公司的灵魂人物，她的存在感极强。毕竟 Bella 从只有左轶一个艺人开始把极光娱乐做起来，一直做到如今旗下有上百名艺人的规模，手腕和魄力堪称业界标杆。

“Bella 姐，左轶姐已经在办公室等着了。”

Bella 的脚步一停，好像不太确定说话的人的名字：“小文？”

文筱筱扶了扶眼镜，青涩地点点头。这是她第二次见到这位传说中的金牌经纪人，还有点儿小紧张。

“她那么爱迟到的人今天能准时到，你干得不错。”说完，Bella 推开办公室的门，走了进去。

门外头的同事呼啦一下把文筱筱围住了：“你太厉害啦！才来几天呀，左轶姐那么难搞的人都能搞定。快说说，你有什么秘诀？”

文筱筱挠挠头：“没、没秘诀呀。我觉得她……左轶姐还挺好说话的。”

的确，文筱筱刚进经纪公司时，包括 Bella 在内，所有人都告诉她左轶不好带。她不是那种一般的不好带，而是特别的不好带。一般明星那些爱迟到、耍大牌、要排场的毛病她都有，或许还只多不少。但若只是这样倒还好，哄一哄也就过去了，关键是她为人极其冷淡，不管助理怎么哭爹喊娘，仍是爱搭不理，多少个资深助理到了她这儿都只有哭着辞职的份儿。到了最后，大家总免不了要请 Bella 出山才能劝得动她。

除了难搞，左轶对 Bella 的言听计从也是出了名的。

毕竟她们从十六岁开始就彼此扶持，一同成长，比起签约艺人与经纪人，左轶和 Bella 的关系更像是朋友、姐妹。去过左轶公寓的助理都知道，公寓里有一间超大的卧房是专门留给 Bella 的。如果让左轶带一个人去孤岛共度余生，所有人都赌她会带 Bella，而不是后来那个莫名其妙就与左轶结了婚的南嘉木。

“难怪你一来，Bella 姐就敢让你带左轶姐啊，原来是深藏不露。”有人半是佩服半是嫉妒地说。

同事们都认定她有驾驭左轶的独门秘籍，只是不愿分享。文筱筱有口难辩，她自己也搞不清楚这是怎么回事儿。

半个月前她来面试，从 HR（人力资源面试官）那用鼻孔看人的态度中，她猜测自己肯定与经纪人这个职业无缘了。没想到面试结束后，她接到一个陌生来电，电话里的声音中性而有魄力，那个人不但告知她面试通过了，并且告诉她一上班就会接手艺人。等第二天充满期待地去上班时，她不知道竟还有更大的惊喜在等着她。

“左、左轶？”镜框后面，文筱筱瞪大了眼睛，不敢相信自己的耳朵，“那个拿了几大金奖影后大满贯的左轶？”

落地窗前的人点点头，超短发搭配黑色西服，看起来男女莫辨：“从今天起，你就是左轶的助理了。试用期是三个月，干得好就可以转正，一年后续签。好好干，我和她都不会亏待你。”

文筱筱晕晕乎乎地从办公室出来，稀里糊涂地就成了 Bella 钦点的金牌助理，直接越过了办公室文员小妹、跟组跑腿、宣发杂工、二线助理等等至少十八个中间职位，就算是空降部队也从未这样一步登顶过。大家背地里都猜文筱筱是 Bella 大舅家的小侄女，或者是哪位董事的干女儿，要不然……

娱乐圈水深不可怕，可怕的是自己不知道究竟是如鱼得水的蛟龙，还是误入深水的旱鸭子。

办公室里的众人神色各异，心里却都这样想。

约好了上午十点，南嘉木故意晚到了一小时。他没有理由相信左铁去澳洲待了一年就改掉了不守时的坏毛病。

他从私人电梯里出来，推门进去的瞬间，Bella 的声音就没有征兆地传了出来。

“Hausos 酒会他必须得去，否则……”

南嘉木推门的手迟疑了一下。莫非他还是来早了，左铁还没到，Bella 正在训人？

“你要记住，你是左铁，那个从头到脚都完美得无可挑剔的左铁。”

真是奇怪，Bella 对左铁一向温柔，她从来没有像这样用上司的腔调对左铁说过话。

“但我觉得他不会愿意……”

隔着房门，左铁的声音听起来有点儿陌生，好像在 Bella 的威压下还有点儿怯意，不是平日清寒的声线。南嘉木不由自主地皱起眉，他讨厌左铁倨傲无礼，但更讨厌她做小伏低，故作可怜。

Bella 突然打断她：“怎么说话呢？”那语气一下子凌厉起来，“你知不知道现在有多少双眼睛在盯着你？我和你说过多少次，就算是说梦话，也都要每分每秒做到完美！”

办公室里有片刻的沉默。

“我知道了。”这一次，是南嘉木熟悉的那个声音在回答。

南嘉木推开门，想要看看她们到底在搞什么鬼。

“嘉木？”

在窗帘紧闭的落地窗前站着的还是那个窈窕优雅的大明星左铁，

一颦一笑，就连微微惊讶又适时地掩盖掉的样子都和从前一样完美无瑕，无懈可击。

他也和从前一样讨厌她这个样子，甚至更加反感。她从来不这样叫他，也很少叫他的名字，突如其来的一声“嘉木”，说不上多亲密，反倒让他觉得怪异。

他的语气不善：“什么事儿不能在电话里说？”

Bella 知道他在问自己。仿佛是为了硌硬左轶，有 Bella 在的场合，南嘉木总是不直接和左轶说话，而是把 Bella 当作传话筒。

“因为打电话更容易被拒绝。”Bella 微微抬起下巴，高傲中透露出作为经纪人的城府，“左轶马上就要拍武打戏了。你知道，她的底子不太好。你不是认识很多特技团队嘛，我想请你找个人来给左轶做做训练。”

Bella 坐到左轶身旁的沙发上，与她无声地对望一眼。

南嘉木最烦她们这样，好像两人组成了一支歃血为盟的军队，无坚不摧：“你们靠自己的渠道联系不到，还得通过我？”他冷笑一声，“你这经纪人也做得太失败了吧？”

Bella 没有生气，她深知拿乔不是交涉的好办法：“我们不是没有联系过，但是……去年承泽把那边给得罪了，所以他们一听说是我们公司的艺人，无论如何也不肯合作。”

难得 Bella 也有求他的一天，南嘉木不急不缓地问：“谁啊？这么大面子，连你 Bella 姐都要求爷爷告奶奶地找？”

“程寄。”Bella 叹口气，“通稿都发出去了，我们不能丢份儿。”

南嘉木敏锐地注意到，左轶在听到“程寄”这个名字的时候令人不易察觉地一僵，好像有些抗拒。

Bella 继续说：“其实左轶的新戏的武指就是程寄。但是咱们都知道，程寄那人……左轶指不定会被他为难成什么样。”

南嘉木笑了，指着左轶："她？向来只有她为难别人的份儿，什么时候能被别人为难？"他顿了顿，语气有些鄙夷，"实在不行，不是还有武替？"

Bella 深吸一口气，显然好言好语的耐心已经快到极限，语气里已经有了不耐烦："武替也不能从头到尾全帮她演了。总之，提前做下功课总是没错的。"

她没有明说，但南嘉木也可以猜得到。肯定是这次签约条件严苛，导演要求必须亲自上阵，要不然左轶才不会给自己找麻烦。这位导演南嘉木也认识，他姓金，是一位十分知名的商业片导演，也是票房保障。但他做事极其较真，而且认事不认人，不管多么大牌的演员，到了他这儿都得乖乖听他调配，不然就只能滚蛋。

难怪 Bella 也没辙。在金导这里，人脉毫无作用。

南嘉木低头看了她一眼，表情有些神秘："我可以帮忙。"

Bella 一顿，似乎没料到他这么好说话："那就拜托你……"

南嘉木并没有听 Bella 说完，他望着沙发上那个正襟危坐的女子："可是，帮了你的忙，我有什么好处呢？"

左轶的表情突然僵硬，泄露了她此刻想要逃离的欲望："你想要什么？"

Bella 和左轶几乎同时问出了这个问题。

南嘉木走到落地窗前，哗的一下拉开窗帘，窗外露出明亮的天空和车水马龙的城市："你的签名。"

面容俊朗的男人噙着一丝讽刺的笑，将目光从窗外收回。

她们都知道，他说的签名绝不是万千粉丝渴求的那一种。如果没有猜错，他的离婚协议至今还躺在 Bella 的抽屉里，满满三十页的协议上，只有最后一页少了一个名字。

左轶低下头去看 Bella，寻求一个答案，似乎被索要签名的并不是她自己。但Bella没有像从前那样心有灵犀地回望她，而是紧紧盯着南嘉木，就像一年前他提出同样的要求时那样。

南嘉木满意地看到这支曾在他的生命中长驱直入的同盟军第一次出现了细微的裂痕。

细 雨

正午十二点零八分，良辰吉日，宜祈福，宜开机。

即便是阴天，没有明亮的阳光照射，镀了金的关公像和土地神像仍旧光彩熠熠。座下的善男信女们焚香作揖，口中念念有词。

盖着红布的案桌上供奉着瓜果和乳猪，香炉上烟雾缭绕，剧组的工作人员一排排地上前，燃香，鞠躬，插香，再鞠躬。香案后，两只威武的石狮中间摆着一个被三脚架支撑起来的方形物体，用红布盖着，摆向正南，看上去有点儿神秘，又有点儿廉价。

这种多少透露出草莽气息的开机仪式，在从前的确有些迷信的意味，主要作用是“镇邪”。据说在胶片时代，拍电影使用的胶片在被装入和取出时容易被摄影机里的零件划伤，也叫“划片”。“划片”是全剧组最害怕的事儿，因为胶片很难修复，所以工作人员只能重新拍摄，成本就会翻倍。但不管工作人员多么小心，“划片”事件总会发生，人们无计可施，久而久之就有了信鬼神的想法。他们用红布盖住摄影机，希望这样做可以“镇邪”，保佑“划片”事件不会发生。

当然，如今迷信的说法已不足为信，更多的是导演借着这种仪式感将一个临时聚起来的班子拢到一块来，凝聚人心。

但就像“镇邪”只是人们一厢情愿一样，所谓凝聚人心，也不见得有用。这一点，看现场两大女主角之间的明枪暗箭就知道了。

因为是双女主的片子，她们又是众所周知的闺密，左轶和凌薇儿站在了一处。仪式进行到最后，导演将大家招呼到一起，摄像记者把镜头对准了几大主演，准备拍摄大家共同揭开红布的画面。

左轶站在摄像机的左侧，伸出右手捏住红布的一角，摆出她惯用的优雅笑容。她今天穿了一件日常的灰色大衣，平底鞋，一头长发随意地散落在肩头，只有一抹红唇鲜艳而分明，仿佛是点睛之笔。

身后，凌薇儿的声音不大不小地传来："轶轶，往旁边让让呗，别挡着镜头呀。"

左轶仿佛没有听见，并不移步。

凌薇儿的声音越发甜了："轶轶，我的脸都没露出来呢。"

仿佛才听到似的，左轶终于有了一点儿反应："那你站远一点儿。"

现场的气氛一下微妙起来。女星的位置之争向来是一场没有硝烟的大战，在这个战场上，没有闺密和姐妹，左轶不让，凌薇儿却不能不争。在场的人谁都不想出头，免得被误以为站队。而导演则在一旁拉长了脸，这下，场面不要太"好看"了。

一个清朗的男声打破了僵局。

"左轶姐，薇薇姐，要不你们站到我身边来，两边各站一个。金导，您稍微往前点儿站，王总您也是。这样，大家就都能出镜啦。"

众人都向后看去。说话的是林非，初出茅庐的年轻演员，新人敢这么找存在感，真是令人印象深刻。

早就对女演员的明争暗斗不耐烦的金导率先说了话："换吧换吧，别耽误了好时辰。"他最烦的就是拍戏之外的这些鸡毛蒜皮的面子事，有人帮他摆平，他简直是求之不得。

《冷月无声》是大女主戏，为了平衡预算，金导起用了还没有代表作的林非。他尽管资历尚浅，但胜在阳光帅气，十分上镜。

凌薇儿配合地回应道：“好嘞，金导。”

左轶没有说话，但也跟着往后走了几步。

于是摄像机旁的站位就变成了林非居中，两大女主角一左一右相对而立，边上站着导演和制片人，五人的后面还站了一圈主创人员。所有人都露出了笑脸，捏住红布的一角。吉时到，鞭炮声响起，摄影师喊了一声“三二一”，红布被猛地掀起，照片定格在无比灿烂的一刻。

风波骤停。

刚才的站位之争仿佛没有发生过，凌薇儿亲亲热热地从林非身边探出头来，对左轶说：“轶轶，待会儿一起聚餐去呀！”

左轶点点头，并没有很亲热，但也不太过生分。

凌薇儿转头对林非说：“你也来。”

林非露出小虎牙：“好的，薇薇姐！”

凌薇儿将手从林非的臂弯中抽出，扭头叫了声“王总”，又与对方亲亲热热地说话去了。王总，也就是制片人王志林，上次在电影节上被“擒狼手”教训之后，看到站在后排的程寄时还有点儿畏缩。既然凌薇儿主动凑到了他的跟前，那他也不必费劲去撩拨其他人了。

林非倒是一直跟着左轶：“左轶姐，今后请多关照。”

左轶淡淡地看了他一眼，她知道这个人。文筱筱事先打探过，他算是年轻小生里比较机灵的，没有初生牛犊不怕虎的狂妄，懂得审时度势，知道凌薇儿是被制片方塞来的空降女主角，真正的主角还是左轶。

但她并没有流露出任何欣赏的表情，而是不冷不热地回了一句：“有这么多前辈在，怎么轮得到我来关照你？”

左轶的表情很淡，让人分辨不出她此刻的心情，不知道她到底是在客套还是太高傲。

林非仿佛没有察觉到左轶的爱搭不理，他爽朗地接话：“左轶姐太客气啦。这是我第一次拍动作片，肯定有好多不懂的，到时候一定会请教左轶姐。”

左轶不置可否。小伙子大概不知道，她出道多年，什么类型的片子都拍过，就是没拍过动作片。

林非自顾自地往下说：“我本想着去跟咱们的武指老师取取经。后来听人说，老师脾气挺怪，在片场外，不是什么人都愿意指导。我让经纪人去联系他，到现在都没给回信儿呢。”说到这里，他看着左轶，眼睛亮闪闪的，“左轶姐跟程寄老师熟吗？”

左轶垂下眼，纤长的脖颈弯成美丽的弧度：“不认识。”

林非表现出一副十分替她遗憾的样子：“那就太可惜了。我看你们刚才在车里说话，还以为你们很熟呢。”

左轶垂下的睫毛颤了颤。

已婚女明星在保姆车内密会陌生男子，不管怎么粉饰，都太令人浮想联翩。左轶回国前，网上就风传她的私生活不清不楚，南嘉木的冷言冷语就不用说了，Bella 也发了好大一通脾气，把公关部骂得狗血淋头。这个节骨眼上，她自然还是安分一点儿为好。

“噢，左轶姐，别误会，我不是有意看到的。”林非眨巴着眼睛，一脸天真，“你放心，我不会和别人说。”

林非的确机灵，只可惜机锋太过露骨。又或许是有高人指点，要他打一个巴掌给一个甜枣。但人心哪会那么轻易地就如他的意？左轶没有义务教会他这些，日后，自有大把的坎坷和教训会告诉他什么叫作大智若愚。

“不和别人说什么？”

她身后，一个玩世不恭的声音插了进来。

林非的眼睛一亮，他在来人和左轶之间来回看了几眼：“程寄老师。”

“叫程哥就行。”

林非乖觉地叫了一声程哥，找个借口就溜了。

左轶也打算溜，但是被叫住了。

“怎么，躲我？”

程寄今日还是戴着那顶黑色鸭舌帽，松垮的黑色风衣，懒懒散散的站姿，吊儿郎当又胡子拉碴的，隔老远人们就能认出来是他。左轶考虑了一下，站在这里明目张胆地和他说话，或者话都不说就匆匆逃跑，哪一种情况比较容易引起别人的注意。

最后她决定留下：“没有的事儿。该说的都说完了。”

上次 Bella 想拜托南嘉木去跟程寄打通关节，结果没谈拢，双方不欢而散。于是重任落到了新助理文筱筱的头上。也不知道 Bella 看上了她哪一点，她连怎么跟人交涉都还不太懂，文筱筱打了一圈电话没人接，只留了一条语音消息就束手无策了。

开机仪式开始前，文筱筱又匆匆忙忙地去找人，也没跟司机约好守车的时间，把左轶一个人扔在了保姆车上。结果左轶在车里还没化好妆，就有人拉开右边的车门，坐在了她旁边。

“大明星，听说你找我？”

不请自来好像是程寄的习惯，多年习武的经历让他很擅长神出鬼没。正巧车上只有左轶一人，他一蹦就上来了，也没人阻拦。

左轶捏着粉饼，一下子怔住了。

仅仅是一个未完成妆容的侧脸也已经十分好看了。左轶的肤质白皙而通透，即便不用腮红，脸上也自然而柔和地笼罩着一层红晕。不过大概是还没有涂口红的关系，她的唇形并不像平日在镜头前那样纤薄。她的上唇微翘，下唇丰满，有一丝不同于惯常形象的娇艳。

左轶用镜子遮住没有上妆的下半边脸，显得有些戒备：“我没有找你。”

她摸了摸车门拉手，想下车，又想了想被人拍到素颜照并且被 Bella 知道的后果，最终还是听天由命地留在了车上。

自从电影节之后，她就对程寄十分警惕。她让文筱筱打听了一圈，得来的信息让左轶越发抵触他。

对于程寄，不同的人会给出不同的评价。

文筱筱自家那个对娱乐圈八卦无比关心的小妹说："啊，就是那个老演坏人的男配角啊！一直都不红。"

爱八卦的化妆师则信誓旦旦地说："程寄是出了名的财迷，见钱眼开，曾经为了钱和同事闹掰过。"

而公司的经纪人前辈告诉文筱筱，程寄是圈内有名的武指，专业能力没的说，但他对演员的要求很高，常有艺人抱怨他设计的动作是强人所难。

没名气、贪婪、刁钻，这些是左轶得出的全部结论。显然，这个喜欢偷听和敲诈的小人会想方设法地利用那个消息获取最大的利益。

果不其然，他一开口就没好事。

"你的小助理说，你要请我做武术指导。"他的声音从鸭舌帽下面传来，带着一点儿玩世不恭的笑意。他从来不像别人那样叫她"左轶姐"，总是说"你"，有时还语带讽刺地叫她"大明星"，听起来很不客气。

"小文已经把要说的都跟你说了，训练费用、时间，都可以和她商量。"不知道为什么，她总觉得如果自己不走，身旁这个戴鸭舌帽的家伙是不会走的，"请你下车。如果有需要，联系我的助理就可以了。"

"但我觉得吧，仅仅给些费用还不够。"程寄慢悠悠地说，"你忘了，我替你保守了一个秘密。"

车厢里陷入沉默。片刻后，左轶再次开口，声音比刚才还要冰冷："直说吧，你想要什么？"

程寄扬起一边的嘴角："改剧本。"

按现在的剧本来说，程寄算是个比较重要的男配角，戏份已不算少。但他显然不满于此，他想要修改人物关系，增加自己和女主角，也就是左轶之间的感情线。加戏后，“一王双后”的主角结构会被打破，他会成为男二号，或许还可以借机角逐下一届电影节的最佳男配角。

在这个圈子里，钱很重要，但并不是最重要的，最重要的是出名。只有出了名，才会有片约，有高片酬，各方面的利益才会像滚雪球一样滚滚而来。

他知道以自己的地位无法左右制片方，但左轶可以，所以他要以保守左轶离婚的秘密作为交换条件，做一桩双赢的生意。

程寄的野心昭然若揭。

听起来貌似左轶无法拒绝，他伸出手，做出成交的手势。

左轶一掌将他拍开：“卑鄙。”

如果早知道这一幕会被林非看到，左轶就不跟程寄多费口舌了。开机仪式后再见到这个卑鄙的家伙，她只想能躲多远躲多远。

“该说的都说完了，有事找助理吧。”

程寄歪嘴笑着，抚了抚帽檐，不说话。

和刚才在车里的样子不一样，现在左轶的妆容已经完美无瑕，下唇线条仍旧纤薄，连带着气场都变回了往日里那个冷淡高傲的样子。她的习惯也没有变，每当词穷的时候，只会把锅甩给助理。她怎么看也不像新闻里说的那个曾和狗仔队对骂过三百回合的人。

举行开机仪式时用过的香案要撤走，工作人员来来往往，正在准备布置新闻发布会的现场。助理们纷纷跑来，带各自的艺人去一旁等待。

忽然，天空中响起一声闷雷。

本就阴郁的天色渐渐暗了下来，一阵凉风过后，几颗雨珠落在人们的脸上，片刻后，天空中飘起了绵绵细雨。方才还在匆忙奔走的工作人员都停了下来，吉日降雨，这算是个什么兆头呢？

“好！好！下雨好哇！”

一个穿着袍子的人激动地走在雨中。他是王志林请来的“大师”，如今算准了良辰吉日，但是没算准天气，眼下不得不出面圆场了。他抬头望天，神情十分夸张：“所谓‘遇水则发，流水生财’，这雨水是老天带来的财运啊！”

方才脸色和天气一样阴暗下来的王志林听了这话又振奋起来：“大师，这是吉兆？”

“是吉兆！是吉兆！”“大师”捻起胡子，“不过，这财运来得突然，还没跟关老爷和土地爷报备。这样吧，去准备几挂鞭炮，让关老爷和土地爷也一起高兴一下！”

没有人想跟钱和老天爷过不去。没头没脑的指示被迅速地执行，工作人员把几挂没用完的鞭炮摆在未撤走的香案前，噼里啪啦地放起来。

“大师”一手端着木碗，一手拿着桃木剑，在鞭炮声中舞起来。舞了一阵，他将用木碗盛着的不知名粉末哗地撒向那几挂鞭炮。

轰的一声巨响后，香案瞬间被炸翻，扬起一片尘土和鞭炮屑。没有燃尽的鞭炮继续爆开，炸向四周。

刚才在这里搬东西的几个工作人员已经离得比较远了，他们一边避开扬尘，一边后退，除了个别人被急速炸开的鞭炮屑弹射到，大叫了一声，其他人都还算安全。

不安全的是正站在香案旁边说话的左轶和程寄，他们与鞭炮的距离只有不到一米。不明粉末飞溅到二人的身上，两人的大衣瞬间燃起了火苗。

在一旁和导演说话的文筱筱吓呆了。她远远地看着左轶在一瞬间被烟雾吞噬，脑中一片空白。

远处，一个身影飞奔而来。

然而，下一刻，惊人的一幕发生了。

因爆炸燃起的烟雾突然被撕开了一个口子，两个人影从裂口中钻出。

其中一个人就地一滚，将身上的火苗压灭，然后快速地匍匐几步，寻找到掩体，藏好后才直起身。

而另一个人从不同的方向冲出，却迎头撞上了被炸翻在地的香案。香案与一旁的石狮挡住了去路，只在桌腿与狮身之间留了个狭小的缝隙。紧接着，这个人微微弯腰，用右手捏住大衣左边的袖口，左手像蛇一般滑出衣袖，与此同时，右手发力，金蝉脱壳一般将大衣整个甩掉，然后又以不可思议的柔韧度从狭小的缝隙中钻出，速度惊人地逃至安全地带。

只是片刻之间发生的事情，却看得人惊心动魄。如果说程寄的逃脱是专业而富有技巧的，那么左轶的逃脱可以说是纯凭直觉。就算在一开始对逃生路线判断失误的情况下，她还是迅速地摆脱了身上的危险物品，重新找到逃生路线，最后从看似不可能的路径中成功脱逃。

爆炸停止了。绵绵细雨中，飞扬的尘土开始回落，浓烟渐渐散开。

"哥！哥，没事吧？"大头一瘸一拐地赶来，拉着程寄上上下下检查了个遍。

"我没事。"程寄拦住他，目光却一直追随着烟雾另一边，那个被迟来的人们众星拱月一般围起来的人。

大头看程寄确实没有受伤，也放下心来，顺着他的目光看过去："她可真厉害！就这身手，直接开拍也没问题呀，还找我们训练做什么？"

鸭舌帽下，男人的目光陡然凌厉起来："那个助理不是说，她是个运动白痴吗？"他勾起嘴角一笑，"这个大明星到底什么来头？"

在场的人都吓坏了。尤其是左轶带来的人，即便他们没有在她身上看到外伤，仍旧立刻联系了救护车，准备将她送去医院仔细检查。

慌乱中，没有人发现那个"大师"何时悄悄溜走的，也没有人发现有一个匆忙奔来的人站在树下，眼睛紧紧地盯着救护车离去的方向，急促的呼吸尚未平复。

高 处

没有任何道理能说明，也没有任何证据能证明结婚后的两人一定会过上幸福美满的生活。在大团圆的结局中哭成泪人的母亲最后还是会信誓旦旦地告诉自己的孩子，电视剧里演的都是骗人的。

这一点，没有人会比曾在同一部电视剧中扮演过夫妻的左轶和南嘉木更加清楚。

那部剧的最后，南嘉木扮演的男主角破除了来自家族的阻力，向全世界宣告他此生非卿不娶，而左轶扮演的女主角则终于正视了自己的内心，在浪漫的夜晚温柔地倾诉着此生非君不嫁。而杀青的当日，白天还在耳鬓厮磨、意乱情迷的二人，晚上回了家却是横眉冷对、相顾无言。

正如今夜一样。

南嘉木已经很久没有来左轶的公寓了。这是整栋公寓的最高层，因为左轶喜欢高的地方，从落地窗前向下望去，整个城市的灯火一览无余。但南嘉木不喜欢这里，这种一览众山小的视角总让他感到自己很渺小。房间里的摆设也不多，冷冷清清，没什么人气儿。每当置身其中，他全身的每一个毛孔都是那样抗拒，仿佛在告诉他这里的一切都和他没有关系。

算起来，左轶也有一年没有住在这里了。这也许就是连她看起来也有些不自在的原因。

“你……今天有没有受伤？”

最终，南嘉木决定出于人道主义的角度表达一下自己的关心。

据说开机仪式上出现的那个假大师原本是个鞭炮厂的小员工，他不知从哪里弄来一碗成分不明的粉末，遇上雨水后发生剧烈反应，炸得现场一片狼藉，不仅吓坏了剧组的所有人，也在粉丝间引起了轰动。有人拍到左轶戴着口罩坐上救护车，现场只留下一件满是烧灼痕迹的大衣。照片在网上铺天盖地地流传开来，一时间人声鼎沸。剧组伤害了他们最宝贵的艺人，各家粉丝简直要把这个剧组的人剥皮抽筋了。

就好像是一场骇人的台风，处在舆论中心的那个人反倒风平浪静："还好，只是擦伤。"左轶并不看他，声音淡漠而节制。

这是左轶回国后第二次与他单独处于一室。不知道是不是他的错觉，比起走红毯、开机仪式等等公开场合，每一次私下相见，她的仪态总是僵硬得多，似乎她还拿不准该用一种怎样的方式来对待他。

南嘉木已经习惯了她的冷淡："你现在身手不错，出了事儿跑得挺快。"

他今日临时起意去了现场，正好撞见爆炸发生，吓得他车门都没关，一路狂奔过去。没想到左轶竟然自己解围了，动作的流畅度和速度是他从未见过的。

"过奖。"

对于今天惊险万分的脱逃过程，左轶一句都没有提。这一点和从前那个总是别别扭扭地跟他解释的她很不一样。

"你今晚……"

"我今晚……"

两人同时开口，房间里喧闹了一瞬，他们又忽然收声，空气静谧得有些怪异。

一阵尴尬的沉默后，南嘉木用满不在乎的口气说："我就是来看看你有没有被炸死。"

"你不住在这儿？"左轶好像松了口气。

南嘉木一怔，发出一声嗤笑："我好不容易快凑满两年的分居时间，很快就能提出离婚申请了。我再傻，也不会在这节骨眼儿上自毁前程。”他看了左轶一眼，换了一种意味深长的腔调，“还是说，你希望我住下来？”

左轶别开脸，这个动作表示她想要逃避：“Bella 说的那个酒会你得来……”

“又是Bella。”南嘉木刚刚泛起的笑容瞬间消失，“接代言、演戏，去酒会给人赔笑！她让你做什么你就做什么，你什么时候才能过自己的生活？”

房间里有片刻的安静。这不是他第一次提出这个问题，却是他第一次听不到她的回答。

那个身家过亿的完美身影站在映满灯火的落地窗前，目光茫然。

她甚至都不再像从前初识时那样，敢骄傲地说一个“不”字。

南嘉木觉得自己简直愚蠢透顶。

太多的痛苦皆来自向一个人索要他所没有的东西。比如向一个骄傲的贵族乞求平等，向一个被宠坏的人渴求谅解，或者如他，向一个沉没在名利之海里的人要求站上甲板的自由。

南辕北辙，缘木求鱼，错的其实不是她，而是那个贪婪的索求者吧？

他成功地再次与她不欢而散，公寓的大门被摔得震天响。

房间内，左轶离开落地窗前，坐在离窗户最远的沙发上，把身体蜷缩起来，像一条在涸辙中挣扎的鱼。

暗 影

刚刚下过了一场春雨，仿古的亭台楼阁上还略带湿意，在黄昏的斜阳中显得古色古香。数盏探照灯已经打开，铺设着轨道的青石街巷无一处阴影，两旁摆着各种小摊，后面三三两两地坐着身着戏服的人。

热搜榜上，开机仪式的闹剧在水军的和稀泥下没有任何结论地被另一个热点所取代。剧组照样开工，没有人去追究是谁把那个假大师请来的。化妆间里的八卦中心换成了某某男明星和某某女明星的恋情，那些不可求证的细节过于详细和猎奇，以至于无关人等都听得口干舌燥，浑身发热。

“大头，过来——”角落里有个懒洋洋的声音在喊。

“哎，来啦！”大头意犹未尽地离开唾沫横飞的人群，一瘸一拐地走过来，“哥，啥事儿？”

程寄把玩着一顶黑色鸭舌帽，目光抬也不抬：“去问问，还要多久开拍。”

“我刚问过啦，说是左轶姐还没到，再等等。”

帽子啪地被拍在化妆桌上，吓得一旁的化妆师手腕一震，把程寄的眉毛给画歪了。

大头忙安抚他：“哥，你也不是不知道。现如今，哪个腕儿不得摆摆架子呀。就那个凌薇儿，也是刚到没多久，知道左轶还没到，直跟助理抱怨说到早了呢。”

程寄抬手看了看表，下午五点。他的脸上倒是没有生气的神色，化妆师又小心翼翼地把画歪的眉毛擦掉。程寄说：“你去看看他们化完妆没有，化完了就叫来集合。”

大头应了一声，把不远处七八个人高马大的男子叫了过来。他们都已经换上了黑色的短打戏服，还刻意画粗了眉毛，显得粗犷而凶悍，但一到程寄面前，个个都乖巧得不得了。看起来，程寄平时待他们不太温柔。

这边程寄的化妆师也不再磨洋工，三下五除二，给他描粗了眉线，又在脸上擦了些黑灰，把原本半长不短的头发都塞进了假头套里，只在额前刻意留下了几缕风流的碎发。短短几分钟后，出现在众人面前的就不再是那个懒懒散散的浪荡子，而是一个剑眉星目、眼含戾气的杀手。

程寄反坐在椅子上，语调懒散地开始讲今天要拍的动作场面。

《冷月无声》讲的是一个江湖故事。清心寡欲的女杀手蓝音遇上了书香门第的公子哥赵安之，一见倾心。可谁料这位富家公子早已有了婚约，对方是温柔贤淑的佳偶良配——沈家的二小姐沈如鱼。蓝音的老板千问是城里有名的暗商，专做杀人越货的买卖，拿了别人的钱财，誓死要取沈如鱼的性命。蓝音不愿让心上人痛失所爱，夹在中间左右为难，最终为情而死。而那沈如鱼也不得善终，只留赵安之一个人寂寞地活在人世上。

就这么一个俗套又纠结的故事，导演说要拍出新派武侠的风格，把动作戏看得很重。今日要拍的是一个大场面：蓝音和众杀手一道追杀某富商，与对方带的人马进行大规模巷战。这场既是夜戏，又是一个长镜头，动作设计必须一步到位，免不了要排练很多次。

只是临近夜晚，扮演杀手的群演和扮演沈小姐的凌薇儿都已经到了，扮演蓝音的左轶却还没有到。

“镜头停在这里，你踩上他的背，然后在墙上借力跳起，这个时候再去踢他，明白了吗？”

程寄是动作团队的老大，演的又是暗商头子千问，气质极其相符。此刻他带着七八个浓眉大眼的汉子围成一圈，夜色渐深，整个片场顿生江湖之气。

程寄将路线规划完，朝远处招了招手：“阿杰，过来。”

站在外围的一个小个子男生愣了下，然后走近了几步：“程哥，我不是阿杰，我是阿福。阿杰今天请假了，说是昨天跟程哥说了，今天的戏份让我来替。”

程寄这才抬头，仔细看了一眼，笑了：“对，是我忘了。”他把阿福拉过来，又仔细看了看，“妆化得不错。”

阿福和阿杰都是广东人，脸型本就有点儿像，个头也差不多。为了不在镜头里穿帮，今天化妆师刻意在阿福的两颊和鼻翼处加强了阴影，又拉近了眉头，本来五官扁平的阿福看起来脸部立体很多，离远了看的确和阿杰有几分神似。

阿福摸摸头，不好意思地笑了：“化妆师是挺厉害。”他指了指刚才给程寄上妆的女生。

大头在一旁惊叹道：“哇，只靠化妆就能换张脸？”这样的特型妆大头是第一次见到，他觉得十分神奇。

化妆师一边给其他群演上妆，一边有一搭没一搭地说：“你说得太夸张了。抓住几个特征，稍微强调一下，拍戏的时候糊弄糊弄还是够的。你看那么多特型演员，谁也不是百分之百地像主演，不都是化妆化出来的？”

大头又看了眼阿福：“我看这小子整个都不一样了，尤其是那鼻子，跟整了容似的。”

程寄若有所思地看了看阿福。

化妆师笑了：“就是加了点儿阴影和高光。女生化妆平时就这么化，就你们这些糙汉子觉着稀奇。”她回头看了看自己的“作品”，“本来还能更像点儿。阿杰的嘴比阿福的嘴有棱角，只是男生的唇妆不好化，我本来给他画了唇线，最后还是给擦了，不然还能更像。”

程寄在一旁默不作声。他的脑中浮现出一张脸庞，那脸庞妆前妆后的气质截然不同，化妆后就好像戴上了一张面具，总是一副冷淡高傲的样子。

大头更好奇了：“也就是说，如果给你足够的时间，你就能把一个人化成另一个人的样子吗？”

化妆师想了想，然后说：“不是不可能，如果这两个人本来就有几分像的话。”

他们正说着，片场入口有了动静。场务飞快地跑来跟各部门的老大打招呼：“左轶姐来了！服装造型很快就好，大家准备着啊！”

不远处，一个窈窕的身影款款而来，身后还跟着十来个人，排场大得让凌薇儿的脸色都不太好看了。

程寄看着来人，沉思良久，终于玩味地一笑：“噢……本来就很像了。”

大头认真数了数，左轶一共带了十五个人。一个化妆师，一个发型师，一个服装师，服装师自己还带了个小助理，光是负责造型这块的就有四个人。还有一个宣发团队，也是四个人。拍照和修图各有一人，写稿和编辑分发又各有一人。另外还有两个司机，一个经纪人助理，加起来可以组一支足球队了。

一旁，跟左轶进过同一个组的化妆师说：“嘀，今天这排场还算小的。以前光是经纪人就有三个。一个大经纪人，叫 Bella，带着一个管剧场杂务的经纪人助理，左轶自己还有一个生活助理。”他伸长脖子望了望，“今天咋就只有一个？”

“哼，瞎讲究。”另一个常在影视城混迹的群演说，“生怕别人不知道她是大明星。”

左轶在圈内的口碑不算好，尤其是在片场的时候，人人都能说出一两件她“耍大牌”的事情，与媒体含沙射影的报道不谋而合。

大头还想听，头上却被人拿鸭舌帽猛敲了一下：“走吧，开工了。”

片场那一头，文筱筱正在手忙脚乱地和场务对日程。

Bella 如今已经不怎么管个别艺人的事情了，正忙着满世界谈项目，维护和发展各方资源，不常在城里。而原来的那个生活助理早在两年前左轶休假时就被辞退了，后来左轶也没另找。所以现在文筱筱一个人担着三个人的活。左轶也没什么异议，就这么紧巴巴地用着这唯一一个还是新人的助理。

但其他那些造型、拍照的团队却是一个人也不能省的。Bella 特意强调过，这关系到左轶的“范儿”。

眼下，那些负责“范儿”的人正在装模作样地磨洋工。左轶来之前已经自己上好了妆，服饰也早就定好了，剧组的服装师拿来后，她只需原封不动地换上。

“呀，左轶姐，最近势头不错呀。”服装师把更衣室的帘子拉开，压低声音在左轶耳边说，“整整大了一个 cup（罩杯）！”

左轶没有说话。

服装师把助理叫过来：“这衣服的尺码得改改，加胸围。”说着，她用手比了个数。

更衣室里的人们低低地呜了一声，闹开了。

“左轶姐——”每个人的尾音都拖得老长，深意不言而喻，“澳洲的水土养人啊！”

也有不怕死的斗胆猜测：“还是国外的医美技术好，自然不留痕。”

左轶从镜子前转过身来，抿起唇，脸上微微带着一点儿冷漠的笑意。这是她生气时的前奏。

所有人瞬时收声，彼此交换了一个眼神。一年不见，她的脾气好像更大了。

“待会儿先过一遍路线，然后再带道具实排一遍……”场务飞快地交代着接下来的安排。文筱筱一边应着，一边时不时地看看左轶的情况。

左铁正在穿威亚衣，这大概也是她平生第一次穿，一个戴着黑色鸭舌帽的男人在旁边有一搭没一搭地指导。不时有人叫“程哥”，在一旁指导的那人就三言两语地吩咐一下，然后又把目光放回到左铁身上。

看了那日开机仪式上左铁的临场表现，文筱筱觉得她其实不用进行武术训练也可以。不过，显然 Bella 姐不会同意这样糊弄过去。她特意交代过，金导对替身这件事很敏感，为了以后的合作，还是不要得罪导演为好。

左铁已经换上了威亚衣。场务把所有人员都安排妥当之后，导演让程寄带大家先排练一遍。

这场巷战从酒肆的二楼开始。镜头扫过在二楼室内的凌薇儿，然后演富商的演员从窗口摔下，被在此等候的镖师接住带走，而左铁带领众杀手从窗口跃下，直追而去。青石巷左右皆有商铺和行人，两方将在街市中交手，上演追击大战。

工作人员给演员们扣上起保护作用的威亚，程寄不慌不忙地在一旁转悠，逐个检查是否佩戴牢固了。他转悠到左铁旁边的时候停住了。

“大头！”他懒洋洋地喊了一声，“待会儿到她的时候，拉高一点儿。”

“好嘞！”大头大声应道。

左铁什么都没有说，甚至都没有看程寄一眼。但站在不远处的文筱筱觉得，她的脸好像比刚才更白了。

排练开始。

程寄站在酒肆下发布指令：“开窗，跳。好——接住，跑，沿着轨道跑，哎，对——”然后他语调一变，“后面跟上，跳！”

二楼，左铁攀着左右两边的窗框，脸色凝重，一动不动。

“跳啊！”程寄催促道。

左轶几不可察地吸了口气，一只脚踩上窗台，用力蹬起。然后，就在身子探出窗户的那一刻，她忽然僵住了。

程寄抬起头。黑色帽檐下，人们看不见他的眼睛，只看得到一个坏笑："怎么了，大明星？"

左轶艰难地看向他。从她的角度看过去，刚好可以看到那个笑容里带着某种心照不宣的深意。

她闭了闭眼，用一种僵硬而决绝的姿势跳了下去。

突如其来的第一个感觉是失重。心脏好像突然被人紧紧攥住，每一次跳动都可能会炸裂。

然后是疼。威压衣勒住的地方负担了全身的重量，整个人瑟缩着寄托在几根细细的钢丝上。纤瘦的身体忽然显得笨重无比，她每在空中多待一秒，威压衣下的勒痕就好像深了一寸。

她睁开眼，眼前覆上了一层不真实的滤镜，白茫茫的，好像整个世界突然消失了，好像整个宇宙只剩她一个人，孤单地，虚弱地……在真空中……飘浮……

耳边有一些似真似幻的声音，好像有谁在大喊一个她尚感陌生的名字，还有谁在说"放她下来"。可是她渐渐地都听不见了……

时间仿佛过了很久，又仿佛只是一个瞬间。等她清醒过来时，有个声音从头顶传来："没事，你们继续。对，跟着走……"

还是那个懒懒散散又玩世不恭的声音，但此刻竟然显得有点儿可靠。

文筱筱跑了过来，紧张地扶着她问："左轶姐，左轶姐！没事吧？"

左轶这才发现，原来自己一直无意识地搂着一个人。突然被文筱筱扶过去，她只觉得怀里一空。

左轶怔了半晌，才说道："我没事……"

远处有人在问什么，刚才还站在旁边环抱住她的人很快就走开了。

左铁的腿还有些发软，文筱筱拉了张椅子让她坐下：“刚才幸亏程哥把姐接住了，我看你脸色发白，好像晕过去了一样。”

左铁喝了口温水，不说话。

导演在一旁喊：“再来一遍，这次摄像机跟上。”

程寄又走了回来，在左铁的面前蹲下，仰起头：“大明星，还练吗？”

左铁已经回过神来，抿起唇，露出一个冷淡的微笑：“当然。”

他微微向前凑过来，用只有他们两人才听得到的声音说：“原来你恐高啊？”

如果说刚才还只是怀疑，那现在她可以百分之百确定，这家伙是故意让威亚师傅把她拉高的。

左铁的目光越过他。她站起来，再次走上二楼。

第二次排练开始。群演重复和刚才同样的动作，但是更为流畅了，在镜头前呈现出了与成片相差不远的效果。

轮到左铁出场了。她再次跃上窗台，略一停顿，然后闭上眼，纵身一跳。

威亚吊住她僵硬的身体，很快，她整个人就无法保持直立，横挂在空中。导演喊了声“重来”，威亚慢慢放下，她将要落地的时候，程寄向前迎了几步，把她稳稳地抱住。

左铁的手抗拒一般僵硬地撑在他的肩上，看似纤薄的唇又紧紧抿起。

“这么看着我干吗？”程寄扶了扶帽檐，嘴角向一边扬起，“刚才也是这么接的。”

他看起来并不是特别壮，但抱住一个从天而降的人也毫不费力，甚至连退后一步借力都不用，便将左铁稳稳地接住，然后放下来，交给了文筱筱。

楼上，凌薇儿探出头来：“铁铁，你行不行啊？不行就叫替身，别浪费大家的时间啊。”

左铁没有搭话，下唇抿得发白。文筱筱看了看左铁的脸色：“要不，我去跟导演说说？让替身……”

“不行。”左铁打断她，垂下眼睛，睫毛微颤，“再试一次。”

身边有人懒懒地叹了口气：“唉，磨叽。”然后，一只有力的手一把抓住左铁的手腕，拖着她往楼上走，“来来来，大明星，我教你。”

包括凌薇儿在内，全剧组的人目瞪口呆地看着窗边一前一后站上来两个人。程寄将二人威亚衣的腰带扣在一起，用一只手从后面环抱住左铁，然后用另一只手做了个“起”的手势。

威亚师傅将二人稳稳地吊起，程寄一边稳住姿势，一边告诉左铁该如何掌握平衡。

左铁一开始觉得眼前发白，耳朵里嗡嗡作响，过了好一阵子才听到身后的人漫不经心的声音：“腰腹也要用力，不能稍有倾斜就慌神。来，我松开你，你自己试试。”

那人说着，左铁腰间的扣子就被解开了，方才环抱在她腰间的手也松开了。平衡再次被打破，她又要一头栽下去。

“腰腹用力！保持平衡！”身后有人在喊。

在茫茫的恐惧中，左铁努力地回想刚才程寄教的方法，尽力让全身保持直立，尽管不是很成功，但总算没有像上次那样横挂在空中。

一只手从身后拉住她，再抱紧：“干得不错，大明星。”

不用回头也知道，他的脸上一定又挂着那种戏谑的坏笑。最讨厌的是他这样笑的时候，怀抱却意外地让左铁很踏实。

下方，剧组的所有人都仰头望着。只要程寄一个手势，他们就可以将二人放下。但他迟迟没有动。

“对了，上次的提议依然有效。你帮我改剧本，我帮你保守秘密，顺便带你平安落地。”他将二人腰间的扣子重新扣上，确保她无法脱离自己的掌控，“还是说，你想继续在这儿吊着？”

真是卑鄙。左轶在心里骂道，却一个字都说不出来。这个乘人之危的家伙竟然掐住了她恐高的时机威胁她。

他在她身后不慌不忙地追问：“反正我不累，要不再陪你吊半小时？”

半晌，十米高的空中，风儿送来一个轻飘飘的回答：“我答应你。”

程寄满意地扬起一边的嘴角，手掌向下挥了挥，于是他们凯旋一般开始缓缓下降。

落地时，左轶坚决地拒绝了他的搀扶。但程寄毫不介意，他笑得漫不经心，却胸有成竹。

他似乎总是十分清楚该如何得到自己想要的东西。

片场的人员稍微调整后，包括左轶在内，全员重新开始排练。他们一共排了六次，到最后，连最挑剔的程寄都没什么话可说了，导演决定正式开拍。

正如反复预演的那样，动作演员一个接一个地从楼上跃下，卖力地逃跑或追击，镜头前爆发出激烈而酷炫的打斗场面。

最让人眼前一亮的是左轶。她一改刚才排练时的紧张和生疏，身姿灵动而流畅，不但精准地按要求完成了走位，在特写镜头前还奉献了一场足以碾压凌薇儿的表演。

她躬身贴在墙侧，全身绷紧，仿佛一道一触即发的暗影，无须任何台词，便将一个女杀手淋漓尽致地演出来了。

即便剧组的人没有几个是真心实意地喜欢她的，但在这一刻，没有人会质疑她作为演员的魅力。

天色渐白的时候，导演终于从折叠椅上站起身来：“Cut（停）！

收工！”

文筱筱悬在嗓子眼的心终于放了下来，再不收工，左铁的脸就要比早晨五点半的天色还要白了。

她向左铁跑去，递过外套，心有不忍地说：“上午十点还有个采访，咱们得赶紧走。”说着，她愤愤地瞟了程寄一眼。这个专演坏蛋的家伙是真的很坏啊，明明看出左铁好些动作都拍得很勉强，却完全不降低难度，把左铁的体力压榨到了极限。左铁还不能休息，马上又要投入下一个工作中。

左铁穿上外套，什么也没说。尽管疲惫，她还是十分配合地向停车场走去。

忽然，在一旁休息的群演里忽然跑出来一个瘦高的男生。他猛地撞上了左铁。

文筱筱还没来得及反应，那人已经抓住了左铁的手。

“对不起、对不起！”他一边道歉，一边紧紧地盯着左铁的脸。他们对视片刻后，左铁的神色变得有些异样。

身后的两个保镖迅速上前拉开他。

自从开机仪式的风波之后，文筱筱已经长了记性，保镖时刻不离身。左铁的名气太大，有时群演中也会有狂热的粉丝，这种情况她应该不是第一次碰见，所以并没有大惊小怪。

但让人有些不解的是，这个突然冲出来的男生没有像一般的粉丝那样大声呼喊以引起左铁的注意。在保镖的推搡下，他只是用尽全力地去看她的脸，似乎在试图分辨什么。

左铁别过脸去：“走吧。”

直到左铁走远，保镖才松开那个男生，附赠一个警告的眼神。

远处，大头的口中发出啧啧的感叹声：“唉，名人也不好当啊。程哥，以后你要是出名了，会不会也有疯狂的粉丝啊？”

黑色鸭舌帽下，那双总是漫不经心的眼睛在杀手残妆的映照下折射出冷冽的光芒。

“我没在剧组见过那个人，他不是群演。”

飞 溅

对于刚入行的文筱筱来说，娱乐圈有两件事情最难以理解，一是时尚潮流的风向，二是左轶的想法。

明明上周还对“程寄”这个名字十分抵触，这周左轶的态度却一百八十度大转弯。她不但数次和 Bella 提起他的演技精湛，甚至还亲自给制片方打了电话，把程寄夸到了天上，好像不捧他做主角都天理不容。

Bella 考虑了几天后，和制片方私下达成了一项协议。修改《冷月无声》的剧本，增加程寄和左轶的感情线，而作为交换条件，制片方控股的经纪公司可以推一个新人出来，由 Bella 旗下的知名艺人带着上几个综艺节目。

于是，程寄晋升为男二号，Bella 得到了左轶宣发的素材，左轶还了程寄“保密”的人情。总之，所有人都得到了各自想要的东西。

皆大欢喜。

按修改后的剧本，程寄与左轶会增加一段对手戏。二人饰演的角色初识于街市之中，年少的蓝音流落街头，被偶然路过的千问搭救。这段戏不在影视城拍摄，副导演带了一组人在城里的某古街上拍外景。

围观的路人很多，在保安用身体围挡起来的人墙之外，手机镜头密密麻麻，人群中不时爆发出“左轶、左轶”的呼声。

左轶没有任何反应，看起来好像完全沉浸在剧本里。只有跟她同在遮阳伞下的程寄知道，她半天都没有翻动一页纸，显然是为了避免谈话，才装作很忙很专注的样子。

黑色鸭舌帽下传来一句意味不明的夸奖："不愧是大明星，办事效率就是高。"

左轶没有抬头，声音不冷不热："只要你守信闭嘴，咱们就算扯平了。"

回应她的是一声嗤笑："那可不一定。"

程寄抬了抬帽檐，露出眼睛："我听说最近有人在找你。哦不，"他故意顿了顿，嘴角露出一丝笑，"是在找一个很像你的人。"

这句话成功地引起了左轶的注意。她抬起眼："什么意思？"

"不记得了？就是上次在片场撞到你的那个粉丝。他说他叫阿辉。"

左轶顿了顿，若无其事地翻了一页剧本："无聊。"

"他找你好像有什么要紧事。"紧跟着她的话尾，程寄一笑，"我这可是好心提醒，难道还要骂我卑鄙吗？"

忽然有人喊："左轶姐，程哥，开拍啦！"

左轶站起来，经过程寄身旁时仿佛路过一段空气。

仲春的晌午阳光正好，古街尽头的银仙池中已经没有了游船，柳枝闲散地垂下来，湖面空空荡荡，显得十分静谧。

镜头跟随着程寄的步伐，顺着轨道拉近，停在银仙池的小桥边。镜头里只能看到他的背影，一身黑衣肃杀而冷酷。

"抬起头来。"

程寄开口，入戏后再无戏谑，声音里有了杀手的锋芒。

开拍前还对他冷言冷语的左轶此刻跪坐在地上，应着他的话音缓缓抬头。她戴着兜帽，巴掌大的脸上略抹了些灰，即便脸上并无表情，也显得楚楚可怜。不得不承认，她的确是好看的，在镜头下尤其漂亮。

程寄也微微仰起脸。镜头沿弧线从他的背后移动到正面，在这个距离下，可以清楚地拍到他脸上的细微表情，以及下巴上刻意留的一点儿胡楂。

“求公子救命……”左轶仰起脸，眉头轻蹙，按副导演要求的那样，带着些微的哭腔央求，越发惹人怜惜。

程寄一怔，有点儿恍惚。

似乎是为了显得可怜，她用了一种与平时不同的嗓音，不似平常那样冷淡而节制，却也不像一般女声那样尖厉，听起来很轻柔，话尾还带着一点儿软糯……

“Cut！”副导演大喊一声，“接词慢了，重来！”

程寄猛地抬头：“对不起，我走神儿了。”

摄像师把镜头移回原位，从头开始。程寄领着镜头不紧不慢地走到桥边，正要开口，忽然听副导演又大喊一声：“Cut！场务清人，有人跑进来了！”

在副导演指着的方向，有几个路人越过了巷尾处保安设立的防线，正在探头探脑地张望。场务匆忙地跑过去，叫他们离开。

程寄回头张望，见场务驱赶的几人中有个颇为眼熟的身影。再低下头来，他发现左轶早已把头低下去，将脸藏在兜帽里。

他嘴角勾起一个邪邪的笑，若有所思。

“Action（开始）！”

摄像机再次开始工作，一模一样的路线，一模一样的表演。

在余光里，他看见被场务赶走的那几个人在围观的人群里散开，仿佛形成了一个合围的网。

镜头下的二人按部就班地演完了这一部分，场记板上的场次被更改了，剧组的众人重新布置片场。下一场戏要移动到湖边拍摄。

左铁叫来了文筱筱，表情冷淡地说了些话。文筱筱点点头，然后走过来跟副导演小声转达，结果遭到了激烈的反对。

“不行不行不行，本来加戏就时间紧张，这么早就收工，明天的戏更拍不完了，金导不得骂死我？”副导演是个直性子，又气又急，“跟左铁姐说一声，求她了，真的，我求她今天拍完这场戏，行不行，啊？”

文筱筱叹口气，走回到左铁身边，有点儿畏缩地转述这番话。她本以为左铁会勃然大怒，然后当场撂挑子不干了。没想到左铁只是低头默默思索了一会儿，最后还是点头同意继续。

左铁往副导演这边望过来，正好对上程寄的视线。隔着杨柳枝，她面无表情，眼神却复杂难解。

程寄无声地笑了。

果然，她现在太好说话了，和蔼得简直不正常。

第二场开拍。程寄和左铁走上银仙池边的小桥，按照剧本，程寄会从一个小贩手中买一串糖葫芦递给左铁。

他刚刚将糖葫芦递出去，连左铁的袖子都没有碰到，却见她仿佛受到推搡一般往后一躺，半个身子不受控制地越出栏杆，仰头栽下。

只听扑通一声，身家过亿的大明星左铁在众目睽睽之下掉进了水里。

桥上桥下的人一下子全都慌了。几个会水的工作人员匆忙地跳进水里捞人，就连副导演都亲自上阵，水里的扑通声不绝于耳。左铁的那个新人助理干脆吓傻了。她愣在湖边的树下，半天都不知道把保镖叫来。

桥上的摄像导演也在出事的一瞬间猛扑到栏杆边。他看着湖面上起起伏伏的数个人头，对程寄说：“程哥，你闯大祸了！咋能把左铁姐推下去呢？”

程寄在最初的震惊之后稳下神来。他倚着栏杆，看着众人合力把溺水的左轶抬上岸，用十几条毛巾把她裹得严严实实，伺候祖宗一般地嘘寒问暖。

程寄的面容上浮现出一个坏笑："可以啊，有两下子。"

由于左轶意外落水，剧组的安排被一下子打乱了，目前的首要任务是确保左轶的身体健康。跟组的医生初步做了检查，除了有些受凉，左轶似乎并无大碍。但为了保险起见，文筱筱还是要求带左轶去医院做进一步的检查。

文筱筱匆匆忙忙地坐上副驾驶座，催促司机开车。情况紧急，她并没有发现后座已经空了，皮椅上只留下几块水渍。

左轶的保姆车开走后，在紧挨着保姆车的移动更衣室狭窄的空间里，程寄忽然被人撞了一下。

大头在更衣室外面喊："程哥，这就不拍啦？导演没说我们可以收工啊！"

程寄看着眼前忽然冒出来的人，唇角向一边扬起："人都跑了，还拍个屁啊！"

大头傻乎乎地啊了一声，脚步声渐远。

狭小的更衣室里安静下来。程寄低头，低沉的声音里有一丝戏谑："大明星，你找我？"

在他触手可及的地方，刚刚闯进更衣室的左轶飞快地看他一眼："特殊情况，借我躲躲。"

刚被人从水里捞上来，她的头发和衣服都还是湿的，水滴顺着她的发丝落下，沿着脖颈的曲线一路向下，滑进微开的衣领里。

程寄贴近她。

他的衣服换到一半，衬衫还未扣上，隐约可以让人看见衣服下修长矫健的身形。和那些在健身房里练出来的观赏型身材不一样，他的身材并没有过分壮硕，但浑身上下无一丝赘肉，硬朗的线条显然是日常高强度的工作塑造出来的。他的脖子上用黑色的细绳挂着一枚戒指，并不在乎这样的装饰可能显得有些阴柔，他似乎对自己的男子气概十分自信。

“躲谁呢？”

他靠得太近了，声音又低沉，这句话听起来仿佛是在她耳边说的。

“不、不关你的事儿。”左铁退了一步，踩在了移动更衣室的门帘上。刚才她就是从这里进来的。

程寄又逼近了半步，这下，他们之间再无空隙可躲。

左铁的视线往下躲，睫毛微颤，眼角的眼影有些晕开了，如果再仔细分辨的话，可以看出落水后她的整个妆容都有些变化，跟平时的样子不太一样了，难怪她不敢抬头。

程寄抬起手。

仿佛是以为他要做什么出格的举动，左铁猛地瑟缩：“我提醒你，我已经结婚了。”

她的声音还是冷冰冰的，却不敢抬起眼睛来看他。这样的光景可不常见，程寄嗤笑一声，在她的头顶上扔下一条毛巾，将她的头罩住。

“这一点不用你提醒，乐家的广告到处都是。”懒散而戏谑的语调隔着柔软的毛巾传来，“但你什么都不告诉我，我要怎么帮你呢？”

她仿佛是在权衡利弊。半晌，毛巾下才传出闷闷的回答：“帮我拿个化妆包。”

程寄没再说什么。他挑开更衣室的帘子走了出去，从化妆师那里拎了个化妆包回来。

他不知道左轶是怎么做到的，但更衣室的门帘被再次挑开时，出来的已经不是“她”，而是“他”了。

看那身高、眼神，明明还是左轶没错，但她换上了更衣室里不知属于谁的帽衫和长裤，变成了少年的身形，长发全部被塞在一顶黑色鸭舌帽里，如果不仔细看，不会发现那些露出来的绒发是属于女孩子的。

最大的变化是脸。明明眼睛、鼻子、嘴巴都还属于身为女人的左轶，但在化妆品的魔法下，那张脸披上了硬朗的外壳。眼前的这个左轶，五官没有大改，却浑然一变，成了个二十出头的小男生。

左轶将化妆包塞到程寄怀里，转身就要走。

“等等。”程寄一把拉住她，一只手搭在她的肩膀上，将她紧紧地搂着。

“干什么？放手！”比他矮一头的假小子开始挣扎。

他岿然不动。显然，一个武术指导的力气不需要过多质疑。

“他们来了。”

从二人的方向往古街望去，因为左轶落水而乱作一团的工作人员仍然在手忙脚乱地收拾残局。卸装备的，找东西的，现场不断地有人跑来跑去。忙乱中，没有人注意到剧组里混进了几个陌生人，正是之前被场务驱赶的那几个人。他们朝更衣室的方向走来。

只是快速地看一眼，左轶瞬时安静下来。

程寄没有解释，但左轶知道他说的“他们”是谁。显然方才程寄就已经猜到了这几个人是冲着左轶来的。

如果没有记错，留在这里的那伙人中少了两个，应该是跟着文筱筱坐的那辆保姆车走了。这些人留下来是为了搜查整个剧组，确认左轶在不在这里。

这伙人来头不明，但很明显，他们做事很细致，也很有组织性。

其中一个人远远地迎面而来，是那个叫阿辉的人。

时间倒回一周前。

影视城的保安扣住了那个从群演中跑出来撞到左轶的粉丝，等左轶走远后才松开手。他很快就冷静下来，没有试图追上去，而是掏出了手机，几秒钟后接通了一个电话，他说的是粤语。

正好从他身边经过的程寄放慢了脚步。他问阿福："他在说什么？"

阿福侧耳听了一下，一句一句地翻译："是我，阿辉。我找到她了。这次先说好，找到她后随便你们怎么处理，别再来找我了。"

时间回到现在。

阿辉一步一步地接近程寄二人，敏锐的目光不停地在片场搜索着。

"帮我。"左轶轻声说。

程寄假装没听见，把耳朵歪向她，大声问："什么？"

身旁的人一僵，警惕地朝不远处看一眼，附在程寄的耳边咬牙说："帮我。"

这不是那个惯常听到的属于左轶的清寒声音，而是有点儿绵绵的、软软的，像给耳朵喂了一口棉花糖。

程寄勾了勾唇，无声地笑了。

那个叫阿辉的男人已经很接近了，不出十步就会撞上他们，他的视线也朝这边扫来。

程寄将左轶头上的鸭舌帽往下一扯，遮住她的半边脸，然后一只手扣住她的脖子，猛敲她的头。

"我说了几遍了？几遍了？要跟群演说，道具不能那么递，你长没长记性？这回好了，我一个转身，大明星就掉水里了！你叫我怎么办？啊？你个蠢货！"

程寄一边骂，一边猛拍左铁的头，将她的头往下压。在他的臂弯下，那个与一个瘦弱的男生别无二致的身影徒劳地挣扎着，似乎在努力摆脱程寄的压制，但毫无作用。

狭窄的古街上，三人交错而过。阿辉的目光扫过吵吵闹闹的二人，数秒后，他面无表情地移开了视线。

阿辉走过一段距离后，程寄停下手。他感觉到臂弯下的人舒了一口气。

但他没有把她松开。健壮有力的手臂刚从她的脖子上移开，下一秒就一把搂住了她的肩，二人的头几乎撞到一起。

“大明星，你到底惹了谁？”

程寄的脸侧过来，低沉的声音吐在她的耳边，有一丝酥麻，又有一丝危险。

“或者我应该换个问题。”他顿了顿，又说。

左铁努力地抬起头，目光落在他唇角那抹邪邪的笑上。以这个高度，她刚好可以看见那个笑脸。他说出的每一个字都带有某种说不出的深意。

“你不是左铁。你是谁？”

第三章
夜风和蔷薇

这个圈子里的一切都是争来的。片酬是，咖位是，就连人心也是。

闷 雷

一般而言，左轶是可以为所欲为的。

每当热搜榜上出现她的新闻，十有八九是离经叛道的荒唐事，不管是喜欢她的人还是讨厌她的人，都视若寻常。和早年间“新人女演员片场扇导演耳光”这样耸人听闻的标题相比，今晚的热搜——“左轶落水后失踪”实在是平平无奇、无伤大雅。

谁让她是左轶呢。

只有现场的人们才知道一小时前的情况有多夸张。救护车开出几里后，车上的人才发现左轶凭空消失了。救护车在狭窄的道路上硬生生地掉了个头，车上的人沿着来路寻了个遍，也没有看到落难大明星的踪迹。

文筱筱差点儿报警，幸亏司机有经验，提醒她不要搞大了动静。她只好自己开车去左轶常去的几个地方找了一遍，依旧毫无收获，最后还是决定去左轶最常住的公寓守株待兔。

然而她在公寓门口等到的却不只是她要找的人。

楼道里的灯因为脚步声亮起，门口走来一男一女。如果不是因为较矮的那一个人把帽子取下，一头乌丝倾泻而下，文筱筱根本就不会注意到这个人就是左轶。她换了衣服，似乎也卸了妆，看起来跟平时有一点儿不一样，有一点儿……像男孩子。

而个子较高的那一个则明显是个男人。他戴着黑色鸭舌帽，背对着文筱筱，所以她看不见他的长相。不过文筱筱想，这个时间和左轶一起回来的，除了南嘉木不会有别人。

但他一开口，就让文筱筱的猜想落空了。

“我这么好心地带你躲开那些人，又把你安全地送回家，以后可不能再说我卑鄙了吧？”

文筱筱本打算出来打招呼，听到这个声音却怔在了原地。

他不是南嘉木。

这个声音低沉、懒散，又有点儿神秘。明明是玩笑的口吻，却莫名地有压迫感，连向来天不怕地不怕的左轶也似乎有些躲闪。她不自觉地往后退了退，轻轻地嗯了一声，声音小得近乎怯懦。

左轶的反应更加印证了文筱筱的判断。如果面对的是南嘉木，左轶说话不会这么好声好气。显然，那个男人也发现了这一点。他低下头，故意凑近左轶，逼得她连退几步，直到后背抵在大门上，再无退路。

“这就完了？”他低低地笑起来，“好人没好报啊。”

或许是因为他的姿态太过暧昧，左轶别过脸去，文筱筱看不到她的表情。左轶似乎绞尽脑汁地想了很久，才从包里掏出了一封酒会邀请函塞给他。

尽管被男子遮住了，但文筱筱知道，那封黑色的邀请函上只有一个简洁的 logo（标志），用烫金字写着“Hausos”。她今天刚刚把这封邀请函交给左轶。

男子接过去，在他把目光移开的几秒钟内，不知什么时候左轶已经打开了门，闪身躲了进去。

但他马上就反应过来，一只手用力地挡住了门。

“什么意思，请我去酒会？这邀请函上写的可是南嘉木。”他用力地把最后三个字念出来，语气有点儿不善。

藏在门里的人用力试了好几次也不能把门关上，从门缝儿里可以看到她微仰的半张脸，无可奈何，又有点儿气急败坏。

或许连她自己都没有发现，这样微小的情绪变化，她以前从未允许自己向谁流露过。那男子在见到她这样的神情时，忽然莞尔一笑，好像无意中窥见了什么秘密。

左轶的声音从门缝儿里闷闷地传来，听上去不似平日那般清寒：“这场酒会，所有你叫得出名字的制片人都会去。”

制片人在圈里的地位举足轻重，向来是经纪公司讨好的对象。如果是没有签约经纪公司的个人演员，那就得靠自己去拓展人脉了。如果在一个地方可以见到平时见不到的制片人，对程寄这样的“个体户”来说自然是好事。

闻言，男子顿了顿，然后说：“好吧，我就勉为其难，当一回你的先生。”

他说完，松开手，房门毫不客气地啪地关上了。吃了闭门羹的男子也不生气，他转过身来，帽檐下过长的刘海遮住了眼，只看得到嘴角勾起的笑。

文筱筱在阴影里捂紧了自己的嘴。

再没有别人会这样笑了。

那人是程寄。

二十四小时后，城郊某条人迹罕至的道路上突然众星云集。

铺着红毯的小道上，路边的银杏树沿着红毯向道路的前方蔓延而去，树枝上的星星灯闪着钻石般璀璨的光芒，和路边不断亮起的闪光灯交相辉映。

红毯上的人们在无数光芒的映衬下显得越发光彩熠熠。穿着燕尾服的男士和身着礼裙的女士一对一对地缓步前行，或牵手或挽臂。不管他们是不是真正的情侣，夜色中都似有无限柔情蜜意。

只有左铁是一个人来的。

与其他女艺人不一样的是，左铁没有穿简洁修身的礼裙，而是穿了一件仿维多利亚时代的复古拖曳裙。蓬松的白色裙摆在红毯上轻摆，她每走一步，都像童话般华丽。

或许正是因为服饰的华丽，她的孤单便更加引人注目。

庄园的大门敞开了。喷泉和绿植低调而整齐地排列着，精致而古典的雕像在绿影中露出姿态柔美的肢体，宾客盈门却不显得拥挤。

轻柔的音乐从庭院流淌进前厅，在硕大的水晶吊灯上萦绕出缠绵的余音。灯下的人们像在镜头前一样热情而程式化地彼此寒暄着，穿着燕尾服的侍者不断从人群中轻盈地穿梭而过，身后只留下沁人的酒香。

“铁铁！”

左铁循着声音望去，看到了一个熟悉的身影。她淡漠地回应：“薇儿。”

凌薇儿从吧台旁转过来，面露惊喜。很明显，今日她的装束十分用心。她挑的是 Hausos 最新一季的限量版深蓝色礼裙，简洁的剪裁更衬得她身材窈窕，惹人称羡。她的身后还站着两位身高相仿的男士，一位年纪稍长，鬓发有些许花白，却并不遮掩，显得温文尔雅；另一位则长身玉立，星眉剑目，极有男子气概。两人站在一处时十分引人注目。

尤其是这名年轻的男子。他的身上有一种很特殊的气质，左轶觉得很熟悉，但一下子又想不起来。

凌薇儿把手搭在年长男子的肩上："我想这位就不用介绍了，大家都认识。"

被凌薇儿略过名字的男子礼貌地点了点头："我自然是认识左轶小姐的，几年前有幸见过一面。"

左轶略一踌躇，很快反应过来："秦总。"

和 Bella 的极光娱乐并称为娱乐圈两巨头的是天野传媒。天野传媒的母公司是稳坐江山数十年的天野投行，而该投行的名字取了其创始人的名字中的一个字——野，秦野，天野投行的实际控制人，天野传媒的幕后老板，因为太少出现在媒体上而被业界称为"神隐秦王"。

向来不公开露面的传奇人物却出现在这样一个酒会上，十分稀奇。左轶并不掩饰自己的讶异，与他握了握手："好久不见。"

"先提前恭喜你，复出才两个月，就拿到了 Hausos 的代言。Bella 的效率挺高。"秦野和她相握的手没有松开。他凑近了些，以开玩笑的语气小声说："不过人嘛，不能总待在舒适圈里。左轶小姐什么时候想换换环境了，随时找我。"

今日到场的所有人都知道，酒会主人的真正目的是要公布 Hausos 新的代言人。Hausos 的创始人一直偏爱成功男性的形象，而新晋投资家为了开拓新的市场，希望签约有独立形象的女艺人。被邀请来的艺人有一半之前就与 Hausos 的创始人有过接触，但很早就有消息说，Hausos 内部博弈多时，最终被 Bella 横插一脚，左轶渔翁得利。

“哈哈，秦总就喜欢开玩笑。”凌薇儿连忙出来截住话头。她与原经纪公司的合约就要到期了，今日是给自己找下家来了，没想到秦野竟然跳过她，向左铁递出了橄榄枝，让左铁在自己面前抢了风头。但她不能在面上表现出来，于是马上岔开了话题，引出了身边的另一位年轻男子，“跟铁铁介绍一下，这是我下一部戏的搭档，徐子仁。”

“我们见过。”那个叫徐子仁的男子伸出手来，用力地与左铁握了一下手。他的手腕上戴着一块名表，看起来价值不菲，握手时他略微转动手腕，似乎有意延长表盘停留在众人眼中的时间。

左铁露出一副努力在脑中搜索的样子。

“三年前，我去给你主演的电影试镜，你也在。”徐子仁笑了一下，勾起一边的唇角，有一点儿与他的长相不相称的邪气，“是你最后拍板选定了我。”

左铁突然意识到他像谁了，但是在她想到这个名字之前，徐子仁抢先一步把答案说了出来。

“在我与程寄之间，你选了我。”

左铁后知后觉地想到，他的笑容确实很像程寄。

“不过铁铁现在和程哥一起拍戏了，你得再努力一点儿才行。你看，她差点儿都忘了你啦。”凌薇儿笑着朝徐子仁说道。

徐子仁也哈哈笑起来，这笑声颇有几分爽朗的感觉，倒是与程寄那种坏笑不一样。

左铁应付了两句，然后从侍者手里的盘子上端了杯酒，打算找个理由走开。

但凌薇儿一把拉住她，刻意避开了徐子仁和秦野，小声问：“嘉木怎么没来？”

左铁挑了挑眉，露出一丝不易察觉的冷淡：“怎么，他没告诉你吗？我还以为你们很熟呢。”

凌薇儿的脸色不太好看了，但她还是勉强挤出一个笑：“他排戏时不会看消息……”

左轶优雅地笑笑：“那你一定是记错了。他的巡演刚结束，新戏还没开始排。”说完，她也不管凌薇儿的脸是否垮了下来，头也不回地径直往大厅的深处走去了。

忽然，大厅的灯光暗了下来，一束聚光灯落在站在大厅正中央的一位穿着考究精致的男子身上。他用叉子轻轻敲了敲酒杯，示意在场的人安静下来。

说话的人叫尼欧，他以 Hausos 品牌发言人的身份出席了今天的酒会。作为经典奢侈品品牌，Hausos 如今也在向东方扩展业务。为了在中国站稳脚跟，他们一改往日的低调，不但公开募资，还举办了今天的酒会，邀请了国内半个娱乐圈的艺人出席，为品牌下个月的发布会造势。

尼欧说完了最后一个笑话，终于切入正题：“作为压轴环节，我们将在今天酒会的尾声公布 Hausos 的亚太地区代言人，请大家拭目以待。”

掌声和议论声同时响起。聚光灯快速地变换着位置，不断地打在不同明星的脸上，仿佛一场开奖的前奏。那些被聚光灯照亮的面孔中，唯独不见左轶。

在人来人往的大厅里，没有人注意到左轶不经意间一晃身进了卫生间。此刻她正坐在冰冷的马桶盖上熬时间，她打算在这里待上几个钟头，等到酒会临近结束的时候再出去。

卫生间的门忽然被打开，外面传来脚步声，那并不是高跟鞋发出的清脆的嗒嗒声。脚步声在卫生间的几个隔间外徘徊了一会儿，从隔间门下的缝隙中，左轶看见了一双男人的高档皮鞋。

左轶猛然想起，该不会，她进的是男卫生间吧……

门又开了。

“躲我？”

门口传来一个懒懒散散又玩世不恭的声音。左轶全身的毛孔仿佛忽然冻结了。这个声音她太熟悉了。

这家伙也太执着了，怎么还追到这里来了……左轶正在犹豫该如何面对他的纠缠，犹豫不决间，却听到隔间外传来另一个声音：“程哥，你、你怎么进来的？你怎么会有酒会的邀请函？”

是徐子仁的声音。但比起刚才的自信，现在他的声音听起来有点儿慌张，还有点儿惧意。

左轶松了一口气。原来躲程寄的人不止她一个。

程寄永远都是不慌不忙的。他一步步地逼近徐子仁，一双旧皮鞋在地板上拖出沉闷的脚步声。那脚步声由远及近，经过数个隔间，最后逼近左轶所在的地方。左轶低头，发现自己那条过长的拖曳裙的裙摆从隔间门下的缝隙中露了出去，连忙无声地将裙摆拽了回来。好在她手脚快，这时脚步声再度响起，程寄步履不停，他似乎并未发现门后有人。

“你知道的，我的办法多得很。”她不用开门就知道，那人的脸上此刻必定是挂着戏谑的笑的。他仿佛在逗弄一只猫。

“你来做什么？”程寄每走近一步，徐子仁就后退一步。很快，徐子仁就被逼到了墙根。

“我来做什么？”程寄发出一声冷笑，“讨债呀。”

“上、上个月不是给过钱了吗？”

“上个月？”程寄一直走到卫生间的最里面。徐子仁正贴墙站着，努力将自己的身体缩小。程寄又说：“你家吃了上顿就不吃下顿啊？”他轻拍徐子仁的脸，像大人在教训小孩，又像坏人在折磨好人。声音里有些许笑意，只是说的话却冒着寒气。

徐子仁勉强地笑道："程哥，通融一下吧。我……我最近手头紧。"

程寄也笑了："没钱？"

"真没钱。"

"那就拿一条腿来抵，行不行？"懒散的声音还是那么不慌不忙，好像他只是提出了一个可供考虑的选项。

但这句话的效果出乎意料地强烈，卫生间里鸦雀无声。片刻后，徐子仁压低声音在程寄耳边说了句什么，他是咬着牙说的。左轶听不太清楚，只模糊地听到了一句"与你无关"。

还没等她回忆起徐子仁和程寄的过节儿，徐子仁就忽然快走了几步，打开卫生间的门，朝门外大喊一声："保安！"

程寄慢悠悠地转过身来："嗬，长进了。学会找帮手了？"

徐子仁答非所问，语气却是方才所没有的坚决："姓程的，别以为你能靠敲诈活一辈子！"

话音刚落，两名西装革履的保安快步走了进来。徐子仁指着程寄向他们说道："我价值二十万的手表丢了，我怀疑是他拿走的。"

两名保安看了看徐子仁的穿着打扮，便知他是今晚被邀请的明星嘉宾。再看程寄，见他穿着普通，甚至还有点儿邋遢，保安在心中已做了预判。其中一人走到程寄跟前，礼貌而不失强硬地道："先生，请出示您的邀请函，我们需要确认您的身份。"

程寄不慌不忙地从口袋里掏出一张皱巴巴的邀请函。保安打开，只见抬头处写着"南嘉木"，于是问："南先生，请问您刚才看到这位先生的手表了吗？"

不待程寄开口回答，站得远远的徐子仁急急忙忙地打断："什么南先生？你连邀请函都是偷的？"他朝自己身边的保安道，"他根本就不是什么南先生，也没有邀请函，一定是偷着混进来的。你们连这点儿安保工作都做不好吗？"

两名保安闻言，脸色一青，不由分说地要带走程寄。

“等等。”程寄突然出声，“这是个误会，有人可以帮我解释。”

徐子仁冷笑一声：“谁？这里除了我就是你，只有你能拿我的手表。还有谁能帮你解释？”

程寄缓缓地在卫生间里环视一周，似乎在等待着有谁能从空气里突然出现，帮他解围。

但是，没有人出现。在这个洁白冰冷的空间里，他以一对三，并没有帮手。

等了片刻，程寄哂笑：“看来是我想多了。”

保安没有再施舍耐心，将他带了出去。徐子仁也跟了过去。

许久后，卫生间里没有其他声响了。左轶悄无声息地打开隔间的门，溜出门外。

看来卫生间也不是万全之地。她左右顾盼，确定无人发现后悄悄回到了喧闹的大厅，仿佛从未离开过一般，从容地在人群间穿梭。

在她离开的这段时间里，酒会已经进行到了下一个阶段。先前在角落里遮盖着舞台的帷幕如今已经被打开，不断变幻的聚光灯下有数名舞者正在舞动柔软的身姿，吸引着已经微醺的客人的目光。

一曲舞毕，酒会的主持人尼欧站上舞台，笑容满面地对台下的众人说着什么。但左轶什么都没有听到，她的注意力全被门口的两人夺去了。

那两个人她再熟悉不过了。看来，保安将程寄带离酒会的路上正好遇见了邀请函的正主，南嘉木。

徐子仁跟在后面对其中一个保安说：“这位才是邀请函上写的南嘉木先生。你就算不记得他的名字，但他演的电影你总看过吧？”

保安认定自己抓到了小偷，毫不客气地推着程寄要出去，却被南嘉木拦下：“等等，我的邀请函是你拿了？”

程寄不说话，把头微微仰起，远远地朝墙角望过去，扬起一侧的嘴角。

角落里站着正在努力缩小存在感的左轶。因为程寄的那一眼，所有人的目光都集中到这小小的角落里来。左轶没办法再装作不存在了，只好抬头挺胸，故作镇定地走上前来。

人们脸上的表情各异。南嘉木的彬彬有礼，徐子仁毫不掩饰的讶异。唯独程寄的嘴角还是挂着那个不知好歹的笑，真是……可恶得令人牙痒痒。

“你来晚了。”左轶走到南嘉木身边，挽起他的手，语气有些嗔怪。

她今晚的装扮十分动人，繁复的复古拖曳裙将她的腰身勾勒得不盈一握，微敞的领口却显露出恰到好处的丰腴，如那些硬照所展露出的一样，有一种高级的性感。但当她仰头看向南嘉木时，流转的眼波中是只有近距离才看得到的亲昵。

这是一种令所有男人都难以移开目光的美，在场的男士都不会否认，所以作为她的丈夫，南嘉木应该感到幸运。

但可惜的是，南嘉木似乎身在福中不知福。美人在侧，他却看都不看她一眼。

“我倒是想早点儿来，可是找不到邀请函了。”他并不想说是Bella逼他来的，所以用的是和以前一样的理由。他笑着看向程寄：“原来左轶把邀请函送给程老师了。早说啊，也不是什么大事，何必闹出这么大的动静？”

南嘉木搂住左轶纤细的腰，姿势是不容置疑的霸道。程寄微微垂下眼睛，并不去看左轶的腰间，脸上还是玩世不恭的笑容：“南先生客气了。是我不该夺人之美。”

话说到这个份上，保安也发觉闹了乌龙。南嘉木又好心地帮忙解释："这位是程寄老师，是我太太主演的电影的动作指导。今日我原本不打算来的，我太太不想浪费了邀请名额，所以把邀请函送给了程老师。大家误会一场。"他低头温柔地看着左铁，向她确认道，"是这样吧？"

左铁点点头。

保安将信将疑，看向方才声称手表被盗的徐子仁。后者变换过几次表情，最后终于挤出一个尴尬的笑："不好意思，我忘记表就放在口袋里了。误会，一场误会。"

说着，他装作才发现的样子，从自己的口袋里掏出那块金闪闪的名表，然后退后几步，做出一个"请"的手势。两名保安对视一眼，松开程寄，诚恳地道了歉。

南嘉木今日展现出了出乎意料的周到和大度，不但替程寄圆了场，还亲切地回答了围拢过来的人们提出的种种不怀好意的问题。

左铁还在暗自为南嘉木的善解人意感到震惊，南嘉木却瞅准一个空当，带左铁离开了热闹的"名利场"，躲上了二楼。

庄园的二楼设有若干间休息室，南嘉木自然地牵着左铁的手，与二楼走廊上匆匆走过的侍者亲切地打招呼，然后闪身进入其中的一间休息室。

进门的瞬间，左铁感觉牵着自己的手忽然用力地将她一把甩了进去，身后有人落下了门锁。

她转身，刚才那个风度翩翩又和蔼可亲的丈夫已经不见了，南嘉木的脸色和屋里昏暗的光线一道沉了下来。他四处环顾，在天花板的角落里发现了摄像头，于是又撩开一扇落地窗帘，拉着左铁闪身进了露台。

露台下正对着庄园的后花园，与前庭的熙攘截然不同，这里十分安静，除了夜风会柔和地路过，再无人光临。

左轶甩了甩被握疼的手腕：“没有邀请函，你是怎么进来的？”

“‘左轶的先生’这张名片可比邀请函有用多了。”南嘉木冷哼一声，“倒是你，巴不得我今天不来吧？”

左轶静静地看着他，不说话。

南嘉木笑了起来。他还是那个意气风发的少年模样，可是眼神却十分陌生。

“我把离婚合同带来了。你签字，今晚我保证按 Bella 说的配合你；不签，出了这个门，满地都是记者，我随便抓一个就能把你做的那些好事抖个干净。到时候，就算我们在法律意义上没有离婚，但闹得满城风雨，厂商告你违约也只是早晚的事儿。

“当然，我也不为难你。你与乐家的合约不是还有一年吗？我们就再做一年的名义夫妻。凡是需要双方出席的场合，我绝不推辞。但是一年后，我们便对外公布离婚。到时候，你做你的交际花，我过我的逍遥日子，咱们谁都不碍着谁。”

南嘉木说到最后，神情已经变了。他就像一个手握大权的审判者，又像一个披着天使外衣的恶魔。

左轶怔怔地看着他，好像是第一次认识他一样。

今夜，Bella 远在大洋彼岸，助理和保镖都在外场。她是真正的孤家寡人一个，独自面对着大门外疯狂地窥视着她的千军万马。

不错，正如南嘉木所说的一样，如果他今日向记者摊牌，过去的那些绯闻便都变成了“实锤”，莫说 Hausos 的合约，她的名誉、流量、片约……累积数年的一切资源都会在一夜间清零。这是一个没有出路的死局，南嘉木处心积虑等待已久的这个时机令她别无选择，只能就范。

原来，他是真的想要断绝与她的关系。在这场名不副实的婚姻里，他已失去了太多。所以即便最后拼得鱼死网破，他也要奋力一搏，争得自由。

“嘉木，”她开口，温柔地唤他，就好像在和他演一出无人观赏的对手戏，“我们可以再谈谈……”说着，她想要打开露台的门，将自己和南嘉木重新置于摄像头的监视下。

但南嘉木拦住了她：“我们就在这里谈。”

左轶用视线扫过南嘉木的手腕，仰头露出一个还算温柔的笑容：“这是大事，我们应该从长计议……”

南嘉木抬手，打断了她的话，又看了看腕上的表：“想拖时间？”他点破她的心机，“还有一刻钟就到酒会的尾声了，主办方会派人来找你，对不对？”

“你以为有人帮忙，事情就有转机了，对不对？”南嘉木低头凑近，与她鼻尖贴着鼻尖，“我告诉你，痴心妄想。”

他猛地起身，从西装内侧的口袋里拿出厚厚的一摞合同甩在地上：“你有三分钟可以决定接下来将会发生的一切。”

说罢，他打开露台的门，自己走进去，将左轶反锁在露台外面。隔着玻璃门传来他冷酷的声音：“若三分钟后我没有见到你的签名，今晚的酒会就是你我的离婚发布会。”

花园里的夏虫尚未从泥土里苏醒，露台上安静得能听到自己的心跳。

左轶怔了好一会儿，拿着笔的手微微颤抖，一时不知该如何处理这个突如其来的难题。

“还有两分钟。”门内，南嘉木背对着她，不慌不忙地倒计时。

像是突然做出了决定，左轶用力地握着笔，翻到合同的最后一页，匆忙地想要写下名字。但笔的墨水被堵住了，她写了好几遍，什么都写不出来。左铁捏着笔慌张地甩了几下，不料没有捏稳，笔竟被甩飞，从露台围栏的缝隙中掉了出去。

左铁急忙扑到露台边上，只听露台下传来一个懒散的男声。

“哎呀。”

露台下的庭院里种满了蔷薇，此时正是晚春时分，花开得最盛。怒放的鲜艳花丛中有一张铁艺木座的长凳，长凳上躺着个人，那人跷着二郎腿。

那人伸了个懒腰，起身在蔷薇花丛中拾起了笔，仰头看向她：“这么重要的东西，扔了怎么行？”

左铁回头看看，发现南嘉木仍旧背对着露台，并未发觉这里的意外，便压低了声音道：“把笔扔上来。”

拾笔的人用指尖转动着那支重要的笔，不慌不忙：“嗯？你说什么？我听不清楚。”

左铁勉力一笑：“请你帮忙把笔扔上来。”

那人扬起一侧嘴角，笑得意味深长：“帮忙？刚才你怎么不帮我的忙呢？”他走近两步，昏黄的灯下露出一张不修边幅的脸。

左铁垂下眼。这家伙刚才果然发现她了。

“邀请函明明是你给我的，你却不愿意告诉别人，为什么？”他故意压低了声音，语气却充满挑衅，“怕被别人发现你和我有关系？”

或许是怕被屋里的人听到声音，爬满了爬山虎的露台上，华服曳地的女子一时没有说话，却做了一个奇怪的手势。她把左手的五指并拢，露出手心，右手的食指、中指、无名指并拢，手背向前，轻轻一推。

程寄歪了歪头：“什么意思？”

左铁面无表情地望着他，用极轻的声音说：“我们已经两清了。”

两清……这说法倒是新奇。

原以为她给他邀请函是想做个顺水人情，想不到竟然是被作为他帮她逃过一劫的谢礼。原来在她看来，此前种种都是还债?

程寄低头一笑，有点儿自讨没趣，但又更感兴趣了。

金碧辉煌的大厅里流淌着轻快柔和的音乐，角落里的壁钟上，分针即将与时针会合，主持人尼欧正在整理他的领结和鬓角，准备揭晓今晚的答案。

秒针一步步地走向终点。

嗒，嗒，嗒。

“还有一分钟。”门后隐隐传来南嘉木倒计时的声音。

左轶的态度忽然软下来。她贴着围栏跪坐在地上，神色真是再诚恳不过了：“刚才是我不对，我今后一定会弥补你。现在、现在请你把笔还给我，好吗？”

程寄不慌不忙地看着她：“奇怪，你为什么要签这个字？”他的眼神有一丝轻佻，又有一丝探究，“你与他又不是真夫妻。”

左轶怔住。她低头望向程寄，与他的视线相交。

有那么一瞬间，程寄忽然觉得她好像就要开口说些什么了，但随即被南嘉木最后的倒数打断了。

“五、四、三、二……一。”

南嘉木与左轶几乎同时转身，隔着玻璃门对视着。

看到那份签名栏上空空如也的合同，南嘉木面无表情地说道：“我给过你机会了。”

南嘉木快步穿过休息室，刚一出来就把门关上，然后靠在了门边。

好几位端着托盘的侍者从他身边经过，他都一一亲切地打招呼，故作恶狠狠的表情都松弛了下来，完全没有了刚才怒气冲天的样子。

他今日的举动是早有预谋的，左轶的反应也在他的意料之中。她原本就不是那么容易妥协的人。

他们从前就常玩这样的游戏。生气、吵闹、嘲讽，或者示弱、求情、故作亲昵，都不过是逢场作戏。每一次，演戏的那一个都全情投入，每一次却都未能得逞。

他们太熟悉彼此的呼吸、节奏、语气，纤毫的刻意都无从掩饰。但他们还是对这个游戏乐此不疲，就好像对方明知道你在做戏，但偏要看你演到什么时候。

方才南嘉木的那一出“倒数三分钟”，不过是他心血来潮的即兴发挥。甚至连离婚合同都不是他们最终敲定的那一版，但情急之下，左轶未能发现其中的蹊跷。是自己的演技进步了，还是左轶变得好骗了？

更令南嘉木觉得奇怪的是她方才的神情。

左轶号称“千面影后”，她饰演过的角色不胜枚举，什么样子的都有，但归根结底，魂儿是一样的。她总是知道自己要什么。

但刚才的左轶不是这样。她真正的表情从厚重的妆容下隐隐透了出来，脆弱、无助，并且绝望。

甚至有那么一瞬间，他觉得那不是他认识的左轶，而是另一个人。

楼下的钟声即将敲响，南嘉木侧耳聆听，然后深吸一口气。

那些都不重要了。反正他与她早已形同陌路。

同一时间，露台上。

左轶疯狂地拍打着露台的门，可是门被反锁了，她根本出不去。

“喂。”楼下有人在叫她。可是他并不是像从前那样叫她“大明星”。

“喂——”

左轶用力撞了几下门，无果，于是愤恨地转身，神情与方才刻意装出的柔弱和温和截然不同。她瞪着楼下的人，嘴唇抿得紧紧的，两颊都嘟了起来，看上去气呼呼的，像一只奓毛的小鸟。

程寄看到这样的她，反而很惊喜，慵懒的声音里充满笑意："我这是在帮你。伪造他人的签名是犯罪，知不知道？"见左轶又回过身去撞门，他出声阻止她，"哎哎哎，撞门没用。直接跳下来吧。"

左轶警惕地看着程寄，后者朝她挥了挥手。

"来吧，赶紧的。一会儿就来不及了。"他伸出双手，做出迎接的姿势，"我会接住你的。"

"不要怕。"夜色中，她看不清他的脸，可那声音里忽然没有了那种玩世不恭的意味，意外地有些认真。

没有摄像头，没有围观者，这一刻，周围只有夜风和蔷薇。

一个星期前，混乱的片场上，他用一只手紧紧搂着她，也是用这样的腔调说："你是谁？说吧，我不会告诉别人。"

那时，他的嘴角还挂着坏笑。

他没有得到想要的答案，但他也的确没有将自己的猜想告诉任何人。否则昨天的热搜就不会如那些无聊的八卦一样转瞬即逝了。

左轶退了半步，触到了露台的边缘，她试着往下探了探。没有威亚束在腰间，空落落的恐惧感立刻攫紧了她的心。

她在露台上颤巍巍地挪动脚的位置，那表情好像在说，是不是可以相信他？就信他一次，然后结束这一切？

左轶怔怔地看着他，而他用不可探知的目光回望她。

无尽的黑夜中，只有他的眼睛里有光。

南嘉木的手握上门锁。快到左轶出场的时间了，不管私底下他们如何针尖对麦芒，遇上工作，总不能坏了她的好事。他得去把人放出来。

他的肩上忽然被人轻拍了一下："嘉木！"

南嘉木转过头来，淡淡一笑，回了个"嗯"。

凌薇儿的眼神满是欲说还休的感觉。她抬手理了理柔软卷曲的长发："你不回我消息，我还以为你不来了呢。"

"我很少看手机。"南嘉木的手还放在门把手上，门后面隐隐传来咚咚的闷响，他的心思和眼神一起飘向了别处，"找我有事？"

凌薇儿发出了一个温柔的鼻音，表示否定："就是好久没见你了，想问问你最近怎么样。左轶……不是回来好一阵了嘛。"

听到"左轶"的名字，南嘉木放空的眼神终于收了回来："你又招惹她了？"

"没有没有。"凌薇儿连连摆手，神情无辜，"她跟我的戏份不在一起，我在片场都很少见到她……"

"没事别招惹她，回头她又来烦我。"南嘉木皱了皱眉，露出嫌恶的样子，却没有移步。门后的声响消失了，安静得有点儿不正常。

凌薇儿凑近了一点儿，纤纤玉指点了点他叠放在西装口袋里的深蓝色方巾："嘉木，你今天这身真好看，跟我穿的裙子是情侣……"

南嘉木拨开她的手，往左右看了看："有人。"

"哦。"凌薇儿露出一个情不自禁的笑容，"那酒会结束后，我等你电话。"说完，她便转身下了楼，临走前还回过头来张望了好几次。

等凌薇儿的身影消失在视线中，南嘉木这才急忙打开了门。然而，几乎就在他开门的一瞬间，楼下的壁钟敲响了。

铛，铛，铛……

壁钟敲响了十二下，灯光柔和下来，所有人的目光都投向舞台。

尼欧整了整领结，姿态优雅地从人群中穿过，不时和明星及投资家们打着招呼。他的手里拿着一个信封，里面写着代言人的名字。他和在场的大部分人一样，早就知道花落谁家了，但他还是得用第一次得知般惊喜的语气念出来：“Hausos 的新代言人就是……”

他抬头看向舞池，想在人群中将那位幸运儿找出来。但他突然发现，这场重头戏的主人公缺席了。

“well（好吧），或许我们应当先为这位幸运儿鼓掌……”尼欧开始拖延时间，并再一次在人群中扫描，试图确定目标人物的位置。

左边，没有。右边，没有。

尼欧示意乐队变换节奏，营造激动人心的气氛，同时，灯光在舞池中不断闪烁，只待一声令下，便可定格在某个人的身上。

但尼欧迟迟没有发出下一步指示。

他的代言人不见了。

在夜色中怒放的蔷薇铺满花园，从上往下望去，好似一张华丽的软毯。但左轶知道，如果掉落在那上面，花刺会将她扎得遍体鳞伤。

“跳下来，我会接住你的。”夜风中，蔷薇丛中的话音如此温柔。

他把鸭舌帽取下来，露出深邃的双眼，像一个在夜色中隐身已久的猎人终于向猎物亮出了刀锋。

她却什么都不说了，转身深吸了一口气，猛地撞向锁住的玻璃门。

她很瘦，当她的半个身子撞在门上时，发出的是以卵击石般的脆弱声响。

“别傻了，你撞不开的。”蔷薇丛中传来毫不掩饰的嘲讽的声音。

她似乎没有听到，只是继续一次次地撞门，脆弱、沉默、坚决。

大厅里传出司仪的声音：“Hausos 的新代言人就是……呃，或许我们应当先为这位幸运儿鼓掌……”

左轶发出一声懊恼的叹息，那扇被南嘉木锁死的门还是纹丝不动。

她停下来，头抵着映着夜色的玻璃门，陷入沉默，好像放弃了成为今晚酒会主人公的机会。

这时，玻璃门映出的夜色一动。

有个声音毫无征兆地在耳边响起：“宁愿在这里等死，都不愿意信我一回。真让人伤心。”

左轶猛地抬头，那个数秒前还在露台下和她斗嘴的人如今却近在咫尺。

一人高的露台，没有威亚，也没有蹦床，他竟然跳了上来，就那么轻而易举地跳了上来。前后不过两三秒，楼下的蔷薇兀自摆动着，而他已经稳稳地站在了左轶的身后。

玻璃上映射出左轶的眼神，她毫不掩饰自己的讶异。隐藏在松垮外套下的究竟是个怎样的躯体？

他经常戴在头上的鸭舌帽被摘下了，半长不短的头发在夜风中凌乱地拂动。明明是那么吊儿郎当的神态，他说出的话却好似骑士忠贞的誓言一般。

“别怕，我带你下去。”

他不由分说地俯下身去背起她，然后轻轻一跃，蹲在了露台的石栏上。这姿势，电影都不会这么拍，太危险，也太需要力量了。

“你这身裙子漂亮是漂亮，就是太累赘。”他微微侧过头，左轶被夜风吹乱的碎发落在他的脸颊上。他勾起唇角：“不过你运气好，遇上了我。”

说完，他便果敢地跳了下去。

左轶只来得及在他背上发出一声惊呼，然后整个人瞬间失重，与浸透花香的晚风撞了个满怀。

但失重只是一瞬间，似乎只过了一秒，她就被人扶起来了。整个过程快到如同电影里的降格镜头。

她晕晕乎乎地站好，眼睛完全失焦了，瞳孔中却满满都是那个人歪歪的笑容。

“要做大明星，这么恐高可不行。”他重新将鸭舌帽戴在头上，头发再次盖住眼睛。

她好像还没有从失重的恐惧中回过神来，并不答话。他又说：“下周来训练吧。”说着，他用手指轻轻刮了刮她的鼻尖，“乖。”

这个举动像是一个破解魔法，左轶猛地回过神来，然后张嘴就在他的手指上狠狠咬了一口。

“嗞！”程寄猛地抽回手。看样子她咬得不轻。

但他心情大好。看着兀自气呼呼的女孩，他笑嘻嘻地说：“不客气。”

乐队的鼓点落到了最后一个音节上。

随着咚的一声落下，乐声和掌声都停下了。

尼欧再次看向舞池，不抱希望地开始宣读信封里的内容：“Hausos的新代言人就是……”

“左轶！”

“左轶！”

尼欧猛地抬起头，聚光灯打在门口一个略显慌张的女人身上。和尼欧同时发出惊呼的南嘉木显然也很意外，那竟然是左轶。

她看起来好像刚刚奔跑过，众人回头时，她还有些微喘。那身复古拖曳裙似乎有些累赘，尤其是那过度收紧的腰身，让她的每一次呼吸都显得有些费力，蓬松的裙摆更是衬得她瘦如纸片，平添了一分病弱美人的娇态。

她快步穿过人群，周围的人也都主动为她让出一条路。但一位白发高个的外国男子似乎年岁颇高，行动不便，没能及时让开，与左轶撞了个正着。左轶踩到自己的裙摆，差点儿摔倒，幸亏这位男子扶住了她。

“Você está bem?[1]”男子关切地问道。

左轶下意识地回答：“Não, obrigado.[2]”

她刚说完就愣了一下，但话已出口，不能收回，于是只好匆匆拾起裙摆，继续向舞台走去。

“啊哈哈哈……看来得知自己成为新代言人，我们的大明星也十分激动啊！”尼欧开始圆场，努力将众人的注意力吸引到台上来，好让新代言人的初次登场不那么窘迫。

好在左轶足够专业，当她走上舞台时，已经完全恢复了从容优雅的姿态。

台下，刚才与她碰撞到的外国男子唤来了一个侍者，正在窃窃私语，那双苍老的眼睛始终紧紧盯着台上的左轶。

Bella 赢了。

南嘉木在舞台下怔怔地想。不知她又用了什么神通，竟然把左轶从露台上救走了。当他打开门的时候，那里已经空无一人，可那扇门之前明明还是锁着的。

凌薇儿从后面走过来，站在他身后耳语：“你说，她还能红多久？”

南嘉木没有搭话，他知道凌薇儿一直很想要这个代言。

“只要她有人气，你就不会太差，总归是好事。”凌薇儿故作大度，话语间却意有所指，“听说你的新戏挺卖座，多亏左轶复出了。”

南嘉木还是不说话，牙关却比方才咬得更紧。

① 葡萄牙语，意为：“你还好吗？”

② 葡萄牙语，意为：“没事，谢谢。”

凌薇儿说得没错。不管他做什么，都不重要。从头到尾，重要的只有左轶。

只要他和左轶维持现状，人们说起他时就不会只提他“南嘉木”的名字，他永远是“左轶的丈夫”。

台上，一个清寒而优雅的声音传来：“我今天所获得的一切，都与我的先生有密不可分的关系。我想请他上台，与我一同分享这份喜悦……”

南嘉木抬起头，定定地看向舞台。那里，左轶正朝他优雅地伸出手。

如果他给今晚的舞台带来一点儿“惊喜”，就像他刚才威胁左轶的那样——那么，一切都会改变。

那些同甘共苦的拍摄；那些千篇一律却乐此不疲的排演；那些拉锯中的抵抗和妥协；那数不清的谎言与真心话交杂，余晖与晨曦颠倒，最后都会化作幽深的夜晚中婉转的叹息……

一切都会改变。

凌薇儿在他身后继续小声地说：“代言人又没你的位子，你去干吗呀……”

南嘉木没有回头，面上露出微笑，向舞台走去，和左轶一道接受掌声和祝福。

这个圈子里的一切都是争来的。片酬是，咖位是，就连人心也是。凌薇儿不知道，正因为要争，他今晚才不得不配合左轶演好这一出“妇唱夫随”的戏码。他像是自己拿到了代言那样一边尽心尽力地笑着，一边和主持人谈笑风生。

看啊，他们笑得那么甜，那么温柔，一定是真的。

怀里的人和从前一样美丽优雅。南嘉木低头看着她，却什么感觉都没有了。

第四章
蜜色琥珀

人类的感情说起来千姿百态，但归根结底都是同一种——一个愿打，一个愿挨。

坠 落

五光十色的酒会结束，大家又得灰头土脸地回到剧组生活了。

在剧组里的时间呈相对论式分布着，有时候极短，好像还没拍几个镜头，一晃就天亮了；有时候又极长，熬得所有人都心力交瘁，特别是在演员不断 NG（失误）的时候。

这一点，没有人比戏份占了全片一半的女主角更清楚了。

“地牢”里，导演助理正在给女主角和特技演员讲戏。

“黑煞出现的那一瞬间，勾起了蓝音少年时的恐怖记忆，这时候你就得哭出来。”导演助理看着左轶，用手里的剧本指了指墙角的刑具架，“然后阿福从这里把刀拔出来，朝你攻击，第一下不要躲，受着，就好像是在旧事重演……”

阿福饰演的黑煞是蓝音幼时经历的灭门之灾的罪魁祸首。这一出“仇人相见”的戏码要求左轶在一个镜头里完成从“眼眶渐红”到“泪湿满襟”的全过程。通俗易懂地说，就是不可以用眼药水。

至于金导……他走到左轶跟前，只说了一句话：“哭吧。”

为了配合“地牢”阴森的气氛，光线被尽可能地调暗，灯光师只对演员的脸部做了补光。石墙上被洒了水，以营造出阴冷潮湿的环境。左轶穿着戏服，闭着眼靠在湿漉漉的石墙上，等待摄像机把她唤醒。

“开始！”

“地牢”的门打开，随着一道微弱的光出现，一个黑影沉沉地压在湿冷的地面上。

“等你多时了。”阿福用与平时截然不同的喑哑声调说。

左轶抬起头，干巴巴地吐出两个字：“是你。”

“Cut！”

喇叭里传来导演的喊声：“要哭啊！哭完再说词！”

阿福退到门外，左轶靠回墙边。一切重来。

“开始！”

“地牢”的门关上又打开：“等你多时了。”

左轶微仰起头，皱着眉看着他，欲说还休了好半天。

“Cut！太慢了，重来！”

阿福第三次打开门：“等你多时了。”

左轶挤挤眼睛，没什么效果，又吸了吸鼻子。她看阿福的眼神也发生了怪异的变化，完全没有惊讶、仇恨或者愤怒之中的任何一种情绪，而是直愣愣的，眼睛一眨不眨。她好像要等眼睛盯累了，自己流下泪来。

“Cut！”金导站起来。即使不用喇叭，他的声音也大到整个片场都能听见，“全剧组的人就在这儿等，你要是哭不出来，所有人都别想收工！”

传说中的“阎王导演”的样子终于显现：“给我哭！”

拍戏其实是一件苦差事，没有准时上下班的概念，进度随时可能受到各种因素的影响，比如出现一个任性的女主角，忙起来昏天黑地，连回家躺平，好好睡一觉的时间都没有。

演员们接受采访时总是喜欢强调自己吊威亚、入水、裸足奔跑有多辛苦，但那些为他们拉起威亚的特技师，一同入水拍摄的摄影师，全程在一旁待命的化妆师、服装师、医护人员，哪个又是躺着挣钱的呢？不过这些幕后的艰辛没人采访，也没人听就是了。

这个繁华而冷漠的行业一百多年来一直这样运行着。有人付出，有人收获，而将这一切看得最清楚的，莫过于坐在导演椅上的人。

导演的地位很特殊。他们既在幕后花费了很多心血，也和演员一样能够走上台前接受鲜花和掌声。导演在台前的风光有多诱人，就代表在幕后有多不易。

正因如此，金导最烦左轶这样的演员。

这样的演员自私任性、肆无忌惮，置剧组其他人的努力于不顾，甚至还插手剧本的创作，耽误工期不说，还让他们前期的准备全部付诸东流。副导演每次给制片人打电话，一接通就开始算账，耽误一天得花多少场租，又有多少人工费用。左轶故意摆姿态，有什么事情总是通过助理来转达，这让双方的沟通更加费劲，也早让他这个做导演的头疼不已了。

这一次是她自己撞到枪口上的，那就别怪他要开火了。

阿福第二十三次打开“地牢”的门，动作已经不如第一次那么谨慎。反正这一条也过不去，他心想，嘴上含混地念叨了一句：“等你多时了。”

明眼人都看得出来，金导看不惯左轶已经很久了。左轶带资进组，又要尽了大牌，早就让主创团队心气难平，这次正好借机治她。

不过左轶今日的表现也实在让人没眼看，哭不出来就算了，就连脸上的表情都不如之前的任何一个镜头。她那些流畅自然的表演技巧在这场哭戏中好像完全失效了，此刻像个瞎子似的坐在那里，瞪着眼无奈地张望着。

不负众望，她第二十三次还是没有哭出来。

哐当一声，金导一把砸了手里的喇叭，整个片场陷入了一片死寂。

“别拍了！干脆都别拍了！还拍个屁啊拍！”

没人敢说话。大家能躲到机器后面的就躲起来，躲不起来的就原地行垂首礼，努力降低自己的存在感。片场只听得到金导的咒骂声，幕后的怨气蒸腾成一团团浓密的杂音，在片场嗡嗡地四处飘荡。

这时，角落里慢慢悠悠转出来一个人。他走到金导面前，给金导递了根烟。

“金老，今天也到点儿了。你看。”他指指棚外，“天亮了。”

金导气呼呼地抬头看他一眼，并不领受他的好意：“又浪费了一天！”

“反正也拍不了夜戏了，弟兄们也累了。今儿先收工吧。”

“收工？收了工谁帮我拍这段戏啊？！后面的日程一天比一天紧，这些明星的档期一个比一个难敲。我上哪儿再去匀一个晚上的工夫来拍这段？”

“后天和大后天不是安排了两天拍阁楼那段戏吗？金导这是不放心我，我哪儿需要两天啊？一天，一天就够了！”程寄弯下腰来拍拍金导的手臂，态度亲昵又不谄媚，“多出来的一天拿来拍今天这段吧。”

金导翻了个白眼，老半天才说：“去你小子的！”

“得嘞！”程寄一笑，知道他这是答应了。他转过身来向众人道：“都累了，今天就先到这儿吧。”

片场的气氛这才松弛下来。大家放下机器，该回家的回家，该吃饭的吃饭，各自散去。

左轶和她的助理们还在磨磨蹭蹭地卸妆发，似乎并不关心这段风波的骤起骤平。

大头拉了拉程寄的袖子：“哥，咱管这闲事干吗？跟咱又没关系，哪头都不好得罪，平白惹一身臊。”

程寄笑起来：“你懂个屁啊？我这是管闲事吗？”他拍了拍大头圆滚滚的脑袋，笑嘻嘻地说，“我这是放债。”

“放……放债？”大头傻住。

还没等他搞清楚程寄的葫芦里卖的什么药，程寄已经走过去，弯下腰和左轶说了几句话。说完，只见左轶怔了半晌，没半点儿反应。

程寄朝大头招了招手，大头连忙小跑着过去。他凑近的时候，正好看到程寄不管不顾地一把拉起左轶，然后拉长了声音说：“不是早就说好要去我那儿训练吗？别躲了，你还有八个小时可以学会这一切。”

大头对这个腔调再熟悉不过了。这是被工作室的弟兄们称为“魔鬼程哥”人格上线时的腔调，强势、霸道、不容置疑，并且，还有一点儿邪气。

大头在心里突然对左轶感到很抱歉。

大明星要遭罪了啊。

车停在六环以外地图 APP（第三方应用程序）都不知道名字的某条道路的尽头，一行人下车，在扬起的灰尘中落脚。常年在室内工作的几位宣传助理已经被空气净化器养得弱不禁风，一下车就咳个不停。本来大家对这个把左轶推下水的白痴就没有好感，结果还要为了他来这种荒郊野外加班，白眼简直都要翻到天上去了。

这里是程寄的工作室。

说是工作室，其实就是一个废弃的厂房，门前栽了几株柳树和银杏，掉完柳絮掉黄叶儿，看门的老大爷一年到头都在扫地。

院子里停着一辆重型卡车，看上去有些年头了。后备厢的门开着，里面装着各种特技设备。车上没人，院子里也没人。

文筱筱往屋里探头，只见宽敞的厂房内凌乱地摆着拳击袋、木桩一类的装置，阳光从一排窗户中依次穿透而过，空气中都看得到飞扬的尘土。

十来个壮硕的男子正在练拳，沉浸在“嘿哈”声中不可自拔。见一个装着义肢的年轻小伙走进来，这些男子纷纷走上前打招呼：“大头，回来啦。”

大头故作神秘地挑挑眉：“喀喀，猜猜谁来了？”说完，他往旁边让了让，让身后的人走上前来。

五大三粗的汉子们不由自主地从喉咙里发出了喟叹：“妈呀……神仙下凡了。”

左轶刚才特意换了一身裸粉色的运动装，卸下了两米八的气场，看起来有种难得的俏皮感。有人给她搬来了椅子，她靠在椅背上。仅仅是日光下一个长发披肩的背影，便已经十分耀眼，更因为她的安静，静谧得动人。

文筱筱张望了一阵，然后问：“程哥呢？刚才一起来的，怎么不见了？”

大头正在搬椅子，左轶带的人太多，屋里都没地方坐。一听文筱筱问他，他忙抬起头来，眼睛亮闪闪的：“程哥啊，肯定又抓老鼠去了。

他一回来就先干这事儿。”

众人听得一脸尴尬。他明明说带左轶回来训练的，结果放着左轶在这儿不接待，去抓什么老鼠啊？

摄影助理琳达跟了左轶很多年，知道她最讨厌等人，连忙说：“左轶姐，要不我们先拍一组休闲照？现在的光线正好。”

左轶坐了下来。她的唇微微抿起，看似在笑，但熟悉她的人都知道，她不高兴了。

琳达和文筱筱交换了一个眼神，得到了文筱筱赞同的回复，于是端起设备，找了个角度咔咔拍起来。

明明刚才还在甩脸子，但只要镜头一出现，左轶就像变了个人。尽管还是维持着坐姿，但她明显摆起了造型，腰部、腿部的线条都极尽流畅。阳光穿透毛玻璃窗温柔地洒落在她身上，偶尔有几丝长发不听话地落在脸旁，更衬得她娇柔可人。

拍着拍着，左轶的腿上忽然一暖。她低头一看，一只灰色的毛球瘫在她的腿上，四只短腿前后抻了抻，伸了个懒腰。

她顿时僵住了。

一个玩世不恭的声音懒洋洋地从身后传来：“谁见着老鼠了？”

几个练武的壮汉都停下来，叫了一声：“程哥。”

左轶没有回头。

戴着黑色鸭舌帽的男人慢慢悠悠地踱出来，脚步闲散得像是在拍慢动作，明明是一副胡子拉碴、不修边幅的外表，却牢牢攫住了所有人的目光。

他最终在她面前停下。黑色帽檐下看不见他的眼睛，只看得到一个邪邪的笑：“可抓到你了。”

他是看着她说的，如此明目张胆，毫不顾忌别人的眼光。

左轶觉得自己才是那只毛茸茸的小动物，被他牢牢抓住，动弹不得。

大头颠儿颠儿地跑过来，从程寄手中接过毛球，看一旁的文筱筱一脸诧异，笑嘻嘻地解释："这只猫啊，特别不老实，总偷吃，只有程哥才逮得到。"

难怪他们给它起了个名字叫老鼠。

被大头抱走，那只名叫老鼠的猫一点儿也不高兴，胖乎乎的爪子在空中徒劳地扑腾着，拼命想逃跑。大头被猫爪挠得哇哇大叫："程哥，老鼠又要跑了！"

"跑也不怕。"程寄说着，摊开手掌，"只要有饵，就逮得到。"他手里握着一只小鱼干。

那句话是对猫说的，鸭舌帽下的眼睛看的却是左轶。

看着左轶僵硬的样子，文筱筱心想，她应当不太喜欢猫。

大明星的助理团队还挺有两把刷子，半小时不到就把厂房整个重新布置一遍，拳击袋和木桩被挪到中间来，刀剑棍棒这些道具也都占据了最好的镜头位置，没吃完的盒饭和装着生活用品的塑料袋都被转移到了门外，破旧的保护垫厚厚地垫了好几层，他们挑了个破洞最少的放在最上面。这间旧厂房总算有了点儿正经武术训练室的样子，在仅有的条件下，一切看起来还不错。

程寄抱着猫慢悠悠地在后面晃悠着，饶有兴趣地看着左轶的团队工作。

"这儿加一块反光板。"摄影师一边吩咐她的助理，一边举着相机不断地找角度，"左轶姐的脸再往右边转一点儿，一点点儿……好，做个打拳的姿势……"

"这是来上课呢，还是拍杂志呢……"程寄的身旁围拢过来几个壮汉，他们一脸疑惑，"程哥，不是说她是过来上课的吗？"

程寄笑了，他松开手，猫往地上一蹿，立刻逃得没影了。

只有大头在文筱筱旁边啪啪鼓掌，贴着她的耳朵夸：“大明星就是不一样嘿，瞧这速度，瞧这品位，讲究！”

文筱筱勉强笑笑，出于礼貌地回道：“没那么厉害，都是平时做惯了的事情……”

“但我不懂啊，左轶姐不是一直不想来的嘛。”大头似乎根本没把她的客套话听进去，凑得更近了，“早上在片场，左轶姐和程哥说什么了？怎么宁愿自己少一天拍摄时间也要来帮她训练？”

“啊？”文筱筱转过脸，眨眨眼，“我还想问你呢。程哥做什么了，怎么让左轶姐那么听话？”

两人面面相觑了几秒，然后同时转过头看向不远处的两人。

文筱筱不禁感叹：“我怎么觉得……”

大头接着她的话说完：“有猫腻。”

不远处，程寄慢悠悠地往前走了几步，挪到反光板旁。左轶察觉到身边有人，回过头来。

在三面反光板的衬托下，她的脸散发着柔光，好像加上了电影质感的滤镜，美得让人有瞬间的恍惚。就像那晚在蔷薇花丛中，她在他的怀里抬头看他时也是这样的表情，拼命压抑惊慌的表情下，是不谙世事的天真。

“别磨叽了，我们还剩不到五个小时。”程寄忽然不自觉地咳了一声，把帽檐往下拽了拽，挡住她的视线，“先来热身。”说着，他一把把她拽起来，也不管旁边的众助理瞪着眼就要骂他不懂怜香惜玉。

在长枪短炮的摄像机前，程寄稍微收敛了一点儿玩世不恭的做派，还算细致认真地给她讲解、示范。他教的是几个基础的闪避动作，动作简单，没有多余的花招，只求一个准确，在左轶卡壳的那场戏中就能用到。

只不过学武不可能速成，像左轶这样临时抱佛脚，学不了什么真功夫，都是花拳绣腿罢了。但平心而论，左轶的身体还算灵活，并没有助理们说的那么白痴。她的模仿能力也是显而易见地出色，程寄教她的动作，她几乎是看过一遍就能学会。

不过，左轶的短板很快就显露出来了。每当程寄放慢了速度一拳打过来，她就躲得像刚才那只在程寄怀里直扑腾的“老鼠”。

“别怕。”程寄总是笑着说，一副佛祖逗弄孙悟空的慈悲样子，“我怎么会舍得真打你？”

但程寄刚说完，左轶躲得更远了。她似乎控制不了自己的身体，又或者是完全不相信程寄的话。

程寄收了拳，歪着头看了她一会儿：“热身完毕，现在开始信任练习。”

“什、什么信任练习？”左轶的声音听起来有点儿不安稳。

程寄一笑，没说话，往后退了几步。在角落待机的几位特技演员已经搬来了垫子放好，然后，一高一矮两个特技演员站上垫子，面朝同一个方向，也没人指示，站在前面的人双臂抱胸，直直地往后躺倒。站在他后面的那个人立马伸出手将他接住，然后轻轻将他放在垫子上。

两人爬起来，旋即又站回了原地。看起来这样的练习他们做过很多次。

这次轮到程寄站上垫子了。他朝左轶勾勾手指，像逗小动物那样：“这就叫信任练习。”说着，他张开双手，做好拥抱的预备姿势。

左轶没说一句话，但全身都在表示“我怎么可能信任你这卑鄙的家伙”。

“原来大明星的弱点是不信任别人啊。”程寄笑得更邪乎了，“那更得好好学学。”

等在一旁的摄影师们早已按捺不住了，连镜头都显得蠢蠢欲动：

"左铁姐，上啊！"背摔多好啊，这样就又有了新的素材。

文筱筱以为左铁是怕会摔伤，忙叫人又加了两块垫子。人踩上去，松松软软的，要费点儿劲才站得稳。

左铁默默地看着她带来的团队围在程寄旁边，帮助他得逞。

见左铁一动不动，程寄跳到加厚的垫子上，愉快地踮了踮脚："这个厚度，从跳台上摔下来都没事。要不我们改上跳台？"他冲一旁的摄影师大声说，"从跳台上跳下来是不是更好看，更有意思？"

摄影师点点头，眼神立刻热切起来。

左铁瞪他一眼，迟疑了一下，终究还是踩上了垫子。这个家伙总是有办法得到自己想要的东西。

她反复确认了程寄的位置，然后转过身，深呼吸几次，向后倒去——

不行。

她的脚比她的意识更早地做出了反应。她不过是稍稍往后仰了一点儿，右脚就马上撤后一小步，站住了。

左铁紧张地看了一眼程寄，后者的双手仍旧张开着，等着她再尝试一次。

她又重复了一遍方才的准备动作，再往后倒，还是不行，早在程寄接到她之前，她就踉跄了两步，自己站住了。

如此反复多次，直到有一次她的脚没有踩稳，整个人歪斜着倒下去，眼看就要滚落到垫子外头。

就在众人倒抽一口凉气时，程寄猛地上前一步，将左铁揽在自己的怀里，二人摔倒在垫子的边缘。

相机的咔嚓声接连响起。

左铁猛地站起来，也不看被她压在身下的那个人一眼："练完了，收工吧。"

只听地上有个声音悠悠地传来："你要搞清楚，你是来为今晚的拍摄做功课的，不是来拍照的。”

程寄慢悠悠地爬起来，用被大头称作“魔鬼”的腔调说：“别忘了，今天的主修课还没学呢。”

程寄站起来，拉起左轶的手就走。文筱筱刚要跟上去，程寄一记眼风扫来，大头就拦腰一把抄起文筱筱：“别去别去，留在这儿等程哥骂吗？”

大头完美地复刻了程寄刚才的那记眼风，扫了一圈工作室的弟兄们。大家心领神会，纷纷拉住了大大小小的助理们：“哎哎，程哥上课，都别在这儿碍眼啊。”说完，他们就架着那些不明就里的人麻溜儿地跑了。

人都出去了，偌大的厂房只留下两个人。晚春躁动的空气有点儿沉闷，又有点儿隐隐的不安分。

程寄领着左轶往工作室的深处走，左轶挣不开他。他们穿过几扇锈迹斑斑、连锁都锁不上的铁门后，抵达了最深处的一间厂房。他打开墙壁上的开关，许久没有修缮的白炽灯闪烁了几下，在头顶间或亮起。

她终于看清楚灯下的东西是什么了。

一个巨大的水池。

左轶甩开他的手，用冷淡的语气问出了这一路上都想问的问题：“你说要教我演哭戏，是真的吗？”

在片场，他在她耳边承诺，只要来工作室就能教她学会哭，所以她来了。可是折腾了一个小时，他只是让她在软垫上摔摔打打，跟哭戏半毛钱关系都没有。果然上当了吗？

“其实凌晨那场戏，问题的关键不在于哭。”程寄松开她的手，恢复了往常那种满不在乎的神态，“这场戏有两个关键，第一个是情绪。”

“情绪？”

程寄笑起来吊儿郎当的，说的话却很有道理："黑煞杀了你的家人，你一心想要复仇，所以才会投靠千问，也就是我。但你后来发现其实当年就是我找来了黑煞，你为复仇奔忙了十几年，到头来发现还是没有挣开命运的枷锁。你说，这场戏要表达的情绪是什么？"

左轶怔住了，似乎没有想到平时在片场只负责"打打杀杀"的程寄讲起戏来竟然也有模有样。

程寄叹口气，替她说出答案："是恐惧。是对黑煞强大武力的恐惧，也是对命运的恐惧。金导说要一镜到底地哭出来，并不只是有眼泪就完了，他要的是你完整地表演出刚才我说的这一系列情绪。明白了吗？"

左轶缓缓地点头。

程寄也满意地点点头："既然明白了，那你现在哭一个，我看看。"

左轶又开始像凌晨尝试了二十三次那样，打算靠瞪眼哭出来。

"有时候觉得你挺机灵的，有时候又不是。"程寄又气又笑，"都说了要带情绪表演。"鸭舌帽下的眼睛转了转，浮现出一个不怀好意的眼神，"真正的恐惧很难模仿，只能体验。你这么聪明，学一次就能明白。"

说完，他拉着左轶往水池边走去。

"这里以前是工厂清洗用的水池，我们清理后改建成了泳池。兄弟们经常来这里游泳，比去游泳馆便宜。"

左轶不明白话题的转向，困惑地看着他。

程寄笑得意味不明："你有没有听说过浸入式练习？"

左轶的脸色忽然一白："没有……"

"不是什么高深的概念，就是字面上的意思——"程寄退了一步，站在左轶的身后，然后伸出手轻轻一推，"我刚刚发明的。"

哗啦一声，左轶猛地坠入水中。

浮现

落水的那一瞬间，左轶心里想的并不是“又被那个卑鄙的家伙坑了”，而是“这一回，他错了”。尽管并不会游泳，但她一点儿也不怕水。

因为她有哥哥在。

家乡的城边有一条小河，不知有多少次放学从那里经过时，她都会被人从后面突然推下去。夏天也是，冬天也是。

对那些推她的人来说，这是令人乐此不疲的游戏。他们会在岸上一边看她挣扎，一边大声唱：“屋梁高，买张刀，刀切菜，买箩盖，箩盖圆，买只船。船浸底，浸亲两个番鬼仔！一个浮头，一个沉底！”[①] 唱完就要问她，“番鬼妹，你的番鬼仔哪？”

那是一个在小孩子看来很可怕的世界，没有随处可见可以攀缘的浮绳，也没有同行的人，稍微一松懈就会沉下去，像一艘破船一样。

但她是不怕的，因为哥哥会来。每次哥哥都会及时出现在岸边，捞起快要沉没的她，往上，再往上，直到她重新遇见阳光和空气……

只不过，她突然想起来那已经是过去了，现在没有人要来捞起她了。

她在水中猛地睁开眼。

水面上，白炽灯发出的惨白光线影影绰绰，就连这光线也离她越来越远。她开始划动，想要向上游，可是这么多年过去，她依旧没有学会游泳，也忘记了该如何让自己的身体浮起来，更忘了在水中该如何保持镇定。渐渐地，手脚开始不听使唤，她比小时候的自己更像个

---

① 粤语儿歌《月光光》，版本众多，作者不详。

孩子，不知所措。

如果不是无法呼吸，她早就尖叫起来，喊一个人的名字，一个已经很久没有提起的名字……

程寄把左轶捞起来的时候，刚好过了三十秒，比他预计的时间短一点儿。

前十秒她都没什么反应，好像在任由自己沉下去，完全不像她平时贪生怕死的样子。后来他见她在水中睁开了眼睛，然后便开始扑腾起来，那样子有点儿好笑，像个完全没有章法的小孩子一样在水里一通乱舞。

他脱了衣服，也跳了下去，然后在她的身边游动着，等待时机。

慢慢地，他看到她的动作开始慢下来，挣扎也有些力不从心，并且再次开始下沉。他一个猛子扎下去，准确地绕到她的身后将她托起，很快二人就浮出了水面。

左轶在水面上大口喘气，像是从来没有呼吸过那般贪婪地吸着氧气。

有一个声音在她的身后响起："怕吗？"

她下意识地摇摇头。

于是那个声音变得凶恶起来："再来。"

她又沉了下去，沉到记忆更深处……

与刚才分毫不差的窒息感她又经历了一遍，度秒如年的三十秒过去，她被人托出水面，刚要大口呼吸，魔鬼的声音又一次响起："再来。"

沉入、浮起。再沉入、再浮起。

"再来。"

"再来。"

"再来。"

记不清呛了多少次水，也记不清看到多少次白茫茫的光线变得扭曲。终于，在浮起来的那一瞬间，她用尽全力挣脱出那个托住她身体的魔鬼的手掌，并且用力把他推开，力气大得令他感觉到了痛。

但被打的人一点儿也不生气，反而笑嘻嘻地赞扬她："不错，总算有点儿脾气了。"

她惊魂未定，尚不知这场噩梦是否已经结束，就因失去了依靠而再次向水中沉去。

从昨天到今天凌晨，她已经连续工作了二十八个小时，体力消耗得所剩无几，刚才在信任练习中努力攒起来的勇气也已经被掏空。她又累，又冷，又害怕，理智已经濒临崩溃。

那个阴险又狡猾的家伙快要把她榨干了。

忽然，有人轻轻托起她："恐惧往往伴随着愤怒，这就是我要跟你说的第二个关键。"

恍惚之间，那个魔鬼的声音消失了，剩下的是极尽的温柔。

她被人抱住，一只手从臀部将她托起，另一只手则从背后将她圈住。她这才发现自己早已经瑟瑟地以同样亲密的姿态回抱住了那人的脖子。

她已经没有力气再做任何挣扎，遑论愤怒。

那个温柔的声音继续在耳边响起："让我看看你学会了没有。"

有人伸手擦去她脸上的水痕，似乎是在检验那究竟是水还是泪，动作轻得仿佛是在擦拭一件易碎的瓷器。这举动过于陌生，她忍不住瑟缩地闭上眼。

她想她应当让他失望了，因为他半晌没有说话。

可是片刻过去，预料中戏谑的话语没有出现，那个惯常促狭的声音难得地收起了漫不经心的语调。

"乖乖，瞧我发现了什么宝贝。"

在程寄指间，一张面容渐渐显露，熟悉又陌生。被水花洗去妆容的脸上神色尚有些狼狈，却因水波潋滟而有了异样的美。

那是一张他初见的脸。

任是见惯了娱乐圈形形色色的美女，程寄也从未见过这样的面孔。

那轮廓与左轶确有几分相似，但气质又与左轶的清寒截然不同。她从水雾朦胧深处浮现，黑色的湿发紧紧地贴在雪白的脸颊旁，那张被水汽氤氲的面容像是懵懵懂懂闯入人间的精灵，只有不谙世事的天真。

眉粉被水洗掉了，露出了被修剪后不完整的眉形；腮红和高光也被洗净，脸部轮廓变得更为柔和；只有口红附着得顽强些，将那张湿漉漉的脸点缀得异常鲜明。

她的眸中还带着氤氲的水汽，可是那左眼的颜色与右眼的漆黑截然不同，眼睛浸润着蜜色，琥珀一般，剔透中仿佛带有糖果的甜。

世人怎么会想到，这个披着左轶的外壳，在镜头前极尽妖娆的千面女郎的真实面孔竟会是这样。

水面上漂来一只黑色美瞳片，他伸手拾起，勾起嘴角。

“小骗子，可抓到你了。”

嚯，他怀里的这个“左轶”，竟然是个混血儿。

那双蜜糖一般的眼睛定定地望着他，本该是生气的眼神，却因为她的狼狈而没有半点儿威慑性。

程寄本想要再损几句，却在见到这张被水汽氤氲的面容后失了言语。

她不知道自己看上去多么楚楚可怜，也不知道自己这样含羞带怨的眼神有多么摄人心魄，让人觉得使她露出这般神情的人一定是犯下了滔天大罪。

程寄心里破天荒地生出了罪恶感，怀疑自己的所作所为是否超出了应有的界限。

好像，他不该把她逼入这样的境地。

但他很快就生生把这种感觉按了下去。如果不这样做，他可能永远也不能见到这样一张面容。

人类的感情说起来千姿百态，但归根结底是同一种——一个愿打，一个愿挨。他清醒地知道这一切，所以下定决心，既要做那个无私而高尚的施与者，也要贪得无厌地索取。

只要她愿意，只要他可以。

于是他便咽下仅有的一点儿犹豫和歉疚，任由隐秘的欣喜蔓延滋长。他伸出手，端住她的下颌，用拇指擦去她唇上仅剩的掩饰。

下一秒，这个美丽的混血儿张嘴就咬了他一口，正咬在他的虎口上。

“嘶！”

程寄难得痛呼出声，却一点儿也不生气。

果然，那双唇一如他记忆中那样丰满而诱人。

程寄并不是从一开始就知道“左轶”不是左轶的。

电影节颁奖礼上，她看他的眼神很陌生，他以为像她这样的大明星是贵人多忘事，把从前的一面之缘给忘了也不足为奇。

后来在开机仪式上，她的身手矫捷，与助理的描述并不一致，他开始有些惊奇，暗暗揣测这个左轶颇有蹊跷。

随后在她吊威亚时，他发现她恐高，这显然不符合他此前对左轶的了解。据他所知，她的上一部商业片有一个片段是挂在摩天大楼的外墙上完成的。

直到化妆师的无心之言点醒了他，蛛丝马迹也渐渐浮现：剧场奇怪的跟踪者，她不择手段的逃避，与“丈夫”南嘉木的貌合神离，在更衣室鬼斧神工的化妆术……

他有了一个连自己都不敢相信的猜想——他面前的这个“左轶”，是假的。

更多的证据在支撑着这个荒唐的猜测。在娱乐圈驰骋多年的名经纪人Bella竟然选用了一个明显什么都不懂的小白来当左轶的经纪人，显然也是怕其他熟悉左轶的人来接手，会发现“左轶”的异常之处；在片场出现的操着一口粤语的陌生人，其背后的目的尚不明晰，但他分明与那个高高在上的大明星毫无关系，而是在找这个擅长伪装成别人的冒牌货……

想到这件事的瞬间，他几乎要大笑出声来。

谁敢假冒左轶？那个大名鼎鼎、绯闻缠身，不管走到哪儿都是焦点的左轶！敢假冒她的人得有多大的胆子、多大的能耐，才能把那个“千面影后”演出来？

如果左轶出现在这里，和她站在一处，其实可以很明显地看出两人的差别。

左轶长相清丽，肌肤无瑕，五官小巧而立体，薄唇细目，是极适合大屏幕的长相。而她的五官细看起来不如左轶那样精致，眉更鲜明，唇也更丰满些，略略看得出异国的血脉，年纪也应当较左轶小几岁。

她恐高，嘴拙，被神龙见首不见尾的Bella操控，背后还有神秘人在寻找她。可是她靠着鬼斧神工的化妆术和神乎其技的演技几乎瞒过了所有人。

除了程奇。

他原本以为她是左轶的专职替身。替身演员和演员本人长得很像，足以以假乱真的事情他不是没有听说过。圈内甚至有时风传明星太忙，有些活动便委托给替身演员去出席。可是很快他便发现不是这样的。

真正的左铁从未出现，从头到尾都是她。

她可演得太好了。

左铁散发魅力时的样子，发怒时隐忍不发的样子，对人又礼貌又淡漠的样子，和南嘉木故作恩爱的样子……她简直如同机器人一般将那些表现完美复刻下来，连语气和音色都模仿得惟妙惟肖。

有趣，有趣。

他想拆穿她，但还做不到。他还缺一点儿东西，一点儿……缝隙。

假如一个演员最基本的能力是模仿，那她应该是名伟大的演员，她饰演得最完美的也是唯一的一个角色就是左铁。就算是她正在扮演的电影角色，也只是她在扮演正在扮演角色的“左铁”而已。

可惜演员不是只靠模仿就可以当的。有一些东西是无法模仿的，比如超出她的理解范围的事情，又比如哭戏。

真正的左铁很会哭。在左铁十七岁时的处女作兼成名作中，在杰马央宗冰川[①]上面对着雄鹰发出的那一声哭喊，喊出了千万级的票房，在那个年代实属奇迹。

可是，她不会哭。

这太奇怪了。那么会演的她竟然不会哭，就好像她从来没有哭过，根本就不知道哭是怎么回事儿一样。

通过摄影机画面看到她 NG 的那一瞬间，他就知道这就是他要找的那个缝隙。

他不知道她究竟是天生铁石心肠，还是过度内向、不懂表达。要教会一个不会哭的人哭，他能想到的唯一方法就是逼她就范。于是他用尽办法把她的意志力消耗到极限，然后把她推入濒临死亡的绝境。

---

① 位于日喀则地区仲巴县境内，发源于喜马拉雅山北麓的杰马央宗曲，是雅鲁藏布江的正源。

果不其然，她就像是一个早已承受太多压力的气球，一个针尖大小的刺激便让她的本性瞬间暴露得无所遁形。

可令他惊讶的是，她明明看上去那么脆弱，好像一碰即碎，明明已经被逼到了崩溃的边缘，却仍旧半滴眼泪也不肯掉。

她的缝隙里还藏着缝隙，像一个谜底被揭开仍是一道谜题一样。

有趣，真是太有趣了。

程寄把她托出水面。他赤足站在平地上，立刻察觉出她的身高也与左轶有些差别。他伸出手在自己与她之间比了比，她的头顶和他的肩膀齐平，身高比左轶矮了四五厘米。这让他觉得十分新奇。

“其实不是所有哭戏都要靠情绪的。”他指了指自己眼睛下方，鼻梁旁边的位置，“人的脸上有两根泪管，正确地刺激泪管就会流泪。这是生理反应，不管你当时是什么情绪，有没有入戏，都能哭出来。”

他笑嘻嘻地，好像没把这个珍贵的行业经验当回事儿：“好好练练。你这么聪明，一定能学会。”

初出茅庐的冒牌演员不懂人情世故，被程寄打一巴掌又给一个甜枣的做法玩得晕头转向，傻乎乎地直接问出了心底的疑问：“为什么……要帮我？”

程寄只觉得浑身像被电了一下。

和那晚他在古街片场时听到的一样，这是她真实的声音，不再是刻意装出的淡漠节制，而是绵软而无害，像是喂耳朵吃了一口棉花糖。

他勾唇一笑，回道：“总得放……放点儿东西在你这里。”

她眨眨眼，长而密的睫毛震颤一下，如蝉翼一般。她似乎完全不懂他在说什么。

她的头发还滴着水，程寄从地上随手捡起自己的衣服帮她擦了擦头发，又将她全身裹住。

全民皆知的大明星左轶竟然是个冒牌货，此前的种种蹊跷都有了解释，极大地满足了程寄的好奇心。但他还想要知道更多，比如，那个在心底盘旋已久的问题——

“你是谁？”

混血姑娘仰头看着他，湿漉漉的脸上没有了妆容的掩饰，第一次显露出真实的表情，慌张，不知所措，带着微微的惧意。

她咬了咬唇，不愿回答。

“告诉我，我不会告诉别人。”他用诱哄的口吻继续问。

她的神情是显而易见的纠结，好像她在守着一个秘密。程寄知道，如果现在问不到，以后不知道什么时候才会有这样的机会了。

“你扮作左轶的原因，你背后的主使，这些我都不关心。”他低下头，把声音放得很轻，好似在诱哄，“我只想要你的名字。”

一个只有他知道的名字。

他站得这么近，近得她终于可以看清他惯常被鸭舌帽压住的那双眸，那双眸漆黑而混沌，像是要把人心都吸进去一般。

他极有耐心，他想要的答案，无论要花多久时间，他都等得起。

她紧张地连连眨眼，长长的睫毛像蝉。她把唇咬了又松开，松开又咬住，直到咬出了殷红的血色。或许是因为终于踩在地面上而让她踏实下来，又或许是因为包裹她的衣服散发着一种温暖而安全的气味，一瞬间，她的大脑放弃了长久以来的抵抗。她终于开口，交出了曾誓死守护的宝藏。

“他们叫我阿妹。”

他听了便笑起来，眸色浓得化不开：“真乖。”

果然，这是一个咒语。听到这两个字，她那慌慌张张，不知要落到何处去的眼神忽然安定下来，直愣愣地定格在他的脸上，有点儿傻乎乎的，但又怪可爱。

她太稚嫩了，在深不可测的名利场上，一点点儿诱哄和压力就能让她破绽百出，招架不住。可她扮演的角色又那么特殊，一点点儿失误就能让她身后的那座商业帝国轰然崩溃。她或许知道这一点，所以一直以来总是战战兢兢、如履薄冰，又或许她并不知晓她面临的真正的危险并不是来自亲眼见到的那些人。娱乐圈也是资本圈，幕后的深水远比她到目前为止经历的小打小闹更令人窒息。

程寄本来还想套更多话出来，但看到这样的眼神，他忽然不想用那些威逼利诱浪费眼下的这一刻了。

他回望她，唇角再次向一侧勾起。

不急，不急。

她已经打开了一条缝隙，他有的是时间和手段去得到他想要的东西。

他将拇指放在唇前，只需轻轻吐出那个“战利品”的名字，唇就会碰到指腹，那里还沾染着她的唇色。

“阿妹。”

在水面的折射下，在他的瞳孔里，她的身影微微一动，如同蛛网中挣脱不开的蝉。

第五章
网中鸟

她没有想到，损起人来那么刻薄的唇在吻她时却意外地温柔。

杀 青

《冷月无声》的片场难得地停摆了八小时。八小时后，一切回到正轨。

夜幕升起，场务无声而快速地穿梭在镜头拍不到的角落里，摄影师和音响师各就各位，臭脾气的导演也拿着喇叭坐回了导演椅上。万事俱备，只等女主角登场。

“Action！”

“地牢”的门又一次吱吱呀呀地被打开，灯光跟进，微弱地照亮了湿冷地面上的人影。

“等你多时了。”

饰演黑煞的阿福走进来，眼神凶狠。

大家不知道过去这八小时发生了什么，但传说中的“影后”显而易见地转变了。只见她缓缓地抬起头，先是恍惚地看了来人一眼，然后像是突然认清了他一般，她微微一颤，深吸一口气，一串泪珠应声滚落："是你。"

阿福没想到她哭得这么快，还稍微愣了下神，但随即反应过来，把戏接了下去。

"是我。十年不见，我来杀你了！"说罢，他提起剑，朝席地而坐的人刺过去。

"Cut！"

金导没有让女主角起身，冷着眼在监视器上重新看了一遍刚才拍的片段，然后说："再来一条。"

他没有给出这一条不通过的理由，当女主角展现了与刚才几乎一致的表演后，他仍旧说："再来一条。"像是存心折磨她一般。

"再来一条。"

"再来一条。"

……

他们一共重拍了七次，直到第七次，任她如何吸气呼气，也再流不出泪了。

结果导演还是用了第一条。

天又亮了，副导演通知各部门收工。金导还皱着眉坐在导演椅上，尽管已经拍出了想要的片段，但他看起来还是不高兴。

破天荒地，还没卸妆发的左轶走了过来。

"导演，抱歉，昨天是我状态不好，耽误了大家的进度。"她用可以称得上温柔的语气说，"今后导演还有什么要求，尽管提，我一定努力做到。"

导演抬头，愣成一座雕塑。

何止是导演，整个片场的人都愣住了。负责收音的小哥不小心松了手，麦克风砸在脚面上，也不知道喊疼。

什么情况？

左轶竟然会道歉了？这这这，这还是那个张狂任性又无礼的大明星吗？

好久之后，金导才回过神来，假咳了两声：“咯咯，下……下不为例。”

“女杀手”和善地笑了笑，又扔出来一个炸弹：“这场戏额外占用了武指老师的拍摄时间，我想，原本过两天我要请假的，就不请了，把进度赶一赶。或许还能多匀出来一天给他们拍特写。”

金导再次愣住。

就连跟在一旁的文筱筱也愣住了：“左轶姐，过两天是提前一个月就定好了的杂志拍摄……”

她抬手打断文筱筱，又补充道：“动作组人多，赶进度的时候可以请他们来我的更衣室，我的化妆师和服装师都可以借给他们。”

在一边的文筱筱一脸被雷劈了的表情：“更、更衣室？”

金导好像压根儿没有理解她话里的信息量，只是机械地点头：“嗯，如果小程同意的话……”

“我同意。”

不知道什么时候，程寄已经神不知鬼不觉地来到了她的身边。他凑近，将将要贴到左轶的脸上：“谢谢大明星。”

在戏里杀伐果决的女杀手收敛了杀气，垂下眼并不看他，耳后脖颈处被他的呼吸拂到的地方微微有一点儿变红。

他掀了掀帽檐，露出帽檐下那双墨色的眼睛。那双眼如黑洞般拥有致命的引力。

一晃半个月过去，电影终于临近杀青。

大头觉得程哥最近很奇怪。

比如说，他上工变得很积极。以前每天片场开工时都要手下好几个兄弟三催四请，递烟送茶才能把他从床上拉下来，有时还起床气发作打人呢。不过现在，他起得比院儿里的猫还早，一起来就用长棍把所有人都赶下床，催着大家去片场。

又比如说，他在片场老走神儿。有好几次，大头发现他靠在移动更衣室旁，仰头望着天，鸭舌帽遮住了他的眼，只看得到他勾起一侧的唇角，笑得……

有邪气。

一想到程哥那个笑，大头就不自觉地要打个哆嗦，觉得毛骨悚然。上次看到他这么笑，还是从徐子仁手里抢下那个帮程哥拿了最佳武术指导奖的角色的时候。

这是他决意要攻占什么东西时的笑。一种有侵略性的、笃定的，又隐隐透着疯狂的笑。

这真的，很奇怪。

大头想破头也想不出来，程哥又看上什么了？

文筱筱觉得左轶姐最近很奇怪。

比如说，她以前十分抗拒去上武术课，尤其讨厌练习吊威亚和背摔。但最近她在片场常与特效团队的人切磋，有时候要开拍了还不见人影。

再比如说，她之前对程寄能避则避，有时正面撞见了都当作没有看见，现在倒好，她在片场被程寄拦下时不但不再闪躲，任由他戏弄逗耍，还主动向导演提出剪辑时要多给程寄一些镜头。甚至有一次，文筱筱在片场布景的背后发现程寄在和左轶说话，左轶的神情简直像换了个人，平时的高冷不知道去哪儿了。就连在她的丈夫南嘉木面前，她都从未展现出那样的青涩与柔和。

文筱筱反复擦干净镜片，终于确定自己不是看花眼了。那个在程寄身旁低头咬唇的女子，真的是刚才饰演冷面女杀手的左轶。

见鬼了。

文筱筱以为几个月的磨合期过去，自己对左轶已经够了解了，但她还是不知道左轶怎么可以这么乖？

大头和文筱筱的感觉在杀青戏上达到了极点。

杀青戏也是电影的最后一场重头戏，女主角蓝音泪别多年挚友与自己的爱人，在悬崖边刎颈坠落，殒命在深渊之中。

摄影棚里当然没有悬崖峭壁，保险公司也不会允许他们这么做，所以他们只是拉了绿幕，搭了假石跳台，其余全靠后期。

等待拍摄的一个关键镜头中，女主角蓝音要从跳台上仰面倒下，面上带着释然和决绝。

其实跳台本身并不高，至多不过一米五，就算真的发生什么意外，应该也不至于太过严重。但文筱筱敏锐地察觉到，危险来自左轶自己。

Bella一早就事无巨细地交代过她左轶喜欢什么，不喜欢什么，但唯独没提左轶恐高的事儿。按理来说，以Bella做事近乎病态的严谨风格，不至于遗漏这样的信息，就好像Bella也根本不知道左轶恐高一样。

更令文筱筱奇怪的是，Bella不知道的事儿，程寄却似乎知道得很清楚。他曾一而再，再而三地拿这件事压制左轶。说实话，作为左轶助理的她是很看不顺眼程寄这样的。如果不是Bella有言在先，她一定会制止程寄，但现在……

为了开拍顺利，穿着黑色短打的女主角已经走上了跳台，左轶站在了最外沿的地方，仿佛是为了证明自己一点儿也不害怕。但她自己看不到的是，她的脸色又白了。

程寄招手叫了几个人过来，让他们在跳台下面对面地排成两列，手臂彼此抓在一起，形成一张密实的人网。程寄则站在人网的一端，伸出手，和大家的手交织在一起。他健壮的小臂上青筋突起，和他脸上漫不经心的表情完全是两个感觉。

“和几天前教过的一样，双臂抱胸，背对我们跳下来，我们会接住你的。”他仰起头，鸭舌帽下他的眼神让人看不清，“来吧，最后一场了。”

脸色苍白的女杀手深吸一口气，在跳台的边缘转身。

明明只是一个再普通不过的练习，竟意外地扣人心弦。她转过身仰头呼吸的样子就好像接下来是要闯入龙潭虎穴一样，而在深渊盘踞着的恶龙正虎视眈眈地等着她的坠落。

一旁看热闹的大头带头鼓起了掌，带着一群糙汉子大喊“加油”；摄影师蓄势待发，角度和灯光都调整到了绝佳位置；宣发助理已经为接下来的一幕想好了标题，就叫“左轶放飞自我为电影献身”。

万事俱备，只欠左轶。

文筱筱觉得不能再这么干等着了。她从围观的人群中挤过去，大喊一声：“等等！”

然而没等她走出人群，手就被人一把拽住了。大头在她身后说：“没事，程哥心里有谱。”

话音未落，跳台上的身影就猝不及防地翩然而落。戴着鸭舌帽的男子敏捷地将她接住，动作流畅得就像已经练习过多次。

文筱筱愣住。

她不知道自己该为哪件事情更惊讶一点儿。是左轶在如此短的时间内就克服了恐高，还是自己不小心听到的一句不该听到的耳语？

“真乖。”

那个平日里总是懒散的男人说这话时竟然有些认真。

包括大头在内，全剧组的人很快便见到了更令人惊讶的事情——那个被程寄抱在怀里的左轶脸红了。

欢呼声响起，导演通知各部门准备正式开拍。

摄影机后面，文筱筱的目光却很疑惑。Bella 是否知道程寄这号人物的存在呢？

夜 宴

每一年的春夏之交，城里的天空总是格外繁忙。三月扬风沙，四月飘柳絮，五月落榆钱。偶尔还会掉下一个晴天霹雳。

“左轶澳洲私会男模”。

文筱筱看到今天热搜榜第一位的关键词时，心里正是这样想的。

炸雷了。

此前圈内就风传左轶在澳洲时玩得野，含沙射影的爆料偶尔也会泄露到网上，但毕竟没有实锤，消息刚刚冒头就被 Bella 压了下去。但这一次，即便是新人文筱筱也知道问题的严重性。

“左轶澳洲私会男模”，这不是捕风捉影的谣言，是货真价实的绯闻。

“谁传出去的？”

五百人的工作群，平日里总是消息不断，今天却齐齐哑了火，只留下 Bella 的一句话阴沉沉地压在所有消息的末尾，像一个等待引燃的炸药包。

点进“左轶澳洲私会男模”的热搜，一组组九宫格照片如同橱窗里待选的衣服，高调而吸睛地陈列在册。尽管是偷拍视角，但在南半球阳光明媚的春天里，每一张照片都斑斓得像杂志大片，覆盖着新鲜和欲望的滤镜。

照片里的左轶躺在游轮的甲板上，闭着眼睛晒太阳，旁边躺着一个年轻帅气的异国男子。他和她的姿态亲昵，有时牵手，有时搂抱。最暧昧的一张照片里，男子贴着她的脸大笑，而她尽管闭着眼，神情却是在南嘉木面前从未有过的温顺和驯服。

即便是在这个时候，文筱筱在心里还是感叹了一句，左轶可真上镜啊。

照片里的她看起来比现在更瘦，虽然穿着性感的泳装，但平躺时也不会让人觉得露骨。当然，瘦一点儿的她看起来更冷漠，也更难以相处，的确是周围人之前和文筱筱说的“不好带”的样子。

尽管 Bella 的公关团队以“快准狠”闻名，但这一次面对如此铺天盖地的传播范围，再富有经验的团队也束手无策。

公司的每一个人都看到了从海外匆匆回来的 Bella 在办公室里不断打电话，朝电话那头的人咆哮的样子，但她的怒火无助于事件的平息。一夜之间，各大媒体都将“左轶澳洲私会男模”作为头条推送，解析角度五花八门，虚虚实实的消息层出不穷，热度一天高过一天。

在这个节骨眼上，左轶还有对外行程，她今晚要去参加《冷月无声》的杀青宴。无孔不入的媒体早就蹲守在了酒店的入口，如同蠢蠢欲动的捕网一般只等猎物自己送上门了。

这边《冷月无声》刚刚杀青，那边女主角就出了绯闻。时机异常微妙，很难让人不去猜测背后是否有操盘手在操纵，试图把杀青宴变成鸿门宴。

但无论是赴宴还是自投罗网，左铁都不得不去。更糟糕的是，Bella 说左铁还得和南嘉木一起去。

不比新片发布会时媒体无数的阵仗，杀青宴相对私密，只有参与了电影拍摄的剧组人员和制片、监制等重要人物到场。

辛苦赶拍了三个月，终于还算顺利地完工了，以臭脸著名的金导今天的脸也不太臭了，大概心底也在庆幸总算完成了一份苦差事。从未在片场出现过的制片人王志林此时正亲切地和演员们寒暄，心中盘算着下一部戏要请谁。

凌薇儿又在后悔自己到得太早，没有赶上压轴出场的风头，但今时不同往日，她暗自期待着最晚出现的左铁到来时会是什么表情。

与凌薇儿一样抱有期待的还有林非，不过他在看好戏之余还有一点儿不满，本来说好杀青后要炒他和凌薇儿的 CP（情侣）话题，可是左铁的绯闻一出现，只怕没有人会来关注他。

终于，到了南瓜马车和水晶鞋出现的时刻。

左铁挽着南嘉木的手从大门外走进来，细碎的交谈声在她出现的瞬间消失了。所有人都转头看向她，难掩心底的期待。

人们期待看到一个心虚的、不安的、难堪的、故作镇定的女明星，而不是像现在这样。左铁有些过分坦然了，好像那些照片拍的不是她一样。

她和以往一样，轻抬起下巴环视一周，神色一如既往地淡漠而节制。

在她的视线扫不到的每一个角落里，猜测和谣言每一秒都在以指数级增加。南嘉木一定气炸了吧？他们是不是要离婚了？或许他们早就离了，只是没说？或许这是他们离婚前的最后一次炒作？

众人眼中的那个“左铁”一步一步优雅地走着，那些八卦的眼神和兴奋的私语仿佛和她毫无关系。她微笑，挥手，自有一种安然的气度。而南嘉木站在她的身边，同样噙着优雅的笑。他西装笔挺、英英玉立，一副与她天造地设的登对模样。

看到这样的他们，那些八卦之心稍稍偃旗息鼓。大家知道他们毫不免俗地走了老套路。

明星夫妻一方出了丑闻，另一方便马上出来帮忙澄清，表现得彼此信任、情比金坚，这早就是娱乐圈的常规操作。管他什么“澳洲私会男模”，只要他们不离婚，这样的热搜再来一万次也终究只是谣言。Bella会替她找出一百种理由，用一千种渠道去分发散布，不出几天，真真假假的消息在网上“反转”再“反转”，所有对这件事情感兴趣的人都会陷入层出不穷的“爆料”的泥潭中，真相反而变得不可触摸。

摄像头将杀青宴上的一切都记录了下来，再通过朋友圈和微博散播开来，传闻不攻自破。而最终定格在人们心里的只有今晚他们二人甜蜜的合照。

什么啊，还以为有场好戏看，真没劲。

在场的人都这么想。

在场的众人各自落座，左轶携南嘉木与导演们同桌，凌薇儿和林非则与制片人和投资商们一桌，演员们的经纪人坐一桌，至于那些没名气的配角、摄像师、音响师什么的则挤在边角上的三两桌旁。

丰盛的佳肴堆满酒桌，但演员们吃得都很少，大家都端出良好的礼仪姿态与同桌人攀谈，难免过于矜持，而那些平时在片场闷声干活的幕后人员则喝得吆五喝六、面红耳赤，吵得服务员都捂耳朵。

气氛最正常的大概是经纪人这一桌，同行难得聚会，一定要借机互相交流一下，有时共享，有时打探。

“哎，你们知道吗？何大导演的新戏又定了温心怡。”

“是吗？这是她今年接的第三部戏了吧？前两部也是名导加持，大投资，她这是攀高枝儿了？”

“年初拿奖那时候就攀上了！听说是A平台要签她，原经纪公司已经留不住了。”

“我也听说了，我们老板和A平台的总监关系好，据说有人替她付了巨额赔偿金帮她‘赎身’。你们等着吧，明年她会有大动作……”

不同性格的艺人，经纪人也个性迥异，就好像不是一家人不进一家门似的。比如凌薇儿的经纪人刘婕大方活泼，不过说话却绵里藏针，时不时就刺别人一下，又比如林非的经纪人小泽也算是元气满满，不过各种八卦秘案也数他聊得最多。

说起来，和自家艺人最不搭调的大概就是戴眼镜、不化妆的文筱筱了。当然，作为话题中心人物的经纪人，她也是这一桌的绝对主角。酒桌上的八卦绕来绕去，最终都要绕到左轶身上。

“筱筱，好羡慕你啊，听说你进这行是Bella姐亲自带的哎，而且遇到的第一个艺人就是左轶。你跟Bella姐本来就认识吗？”小泽眨巴着无辜的大眼睛，一脸天真地说。

刘婕顺着话头接力发问：“听说你们又要开始新一轮融资了，投资人里有位没公开名字的大佬，该不会和你有关系吧？”

“这个……那个……”青涩的文筱筱不知道要如何回答这些暗藏心机的问题，于是回答得十分诚实，“其实我也不是很清楚，我也没有什么特别的关系……”

在场的人彼此交换了一个眼色。

刘婕用一种刻意装出来的和气语调说：“筱筱，咱们这个圈子呢，说大不大，说小不小，混久一点儿就会发现来来去去都是这么些人，咱们在剧组也一起待了三个月了，都是熟人，有什么不能说的呢？”

文筱筱费解地看着她，一脸不开窍的表情：“可我真的不知道啊。”

在场的人都跟着刘婕一起在心里翻了个白眼。娱乐圈凡事都讲一个资源置换，他们之前唾沫横飞了那么久，就是在彼此置换消息，但没想到这个文筱筱是个光吃不吐的家伙，这可太讨人嫌了。

小泽看气氛不对头，于是出来圆场：“哎呀，筱筱是 Bella 姐亲自带的，口风当然紧啦。”他扭头向文筱筱旁边同公司的另一个经纪人探问，“不过总有些信息可以交流吧？”

这个经纪人刚才一直默不作声地在一旁吃瓜，完全没有要帮文筱筱圆场的意思，这会儿被小泽问到了，装作才注意到这个话题的样子：“筱筱，你可以说说邱承泽那部戏的情况啊，制片人不是说承泽可能要和凌薇儿合作吗？”

被同事提醒，文筱筱一拍脑门，马上顺嘴说道：“没错没错，听说薇薇姐要和邱承泽搭档，是演……女二号来着？”

现场的空气突然一凉。

一个声音突兀地插进来：“谁说我要演女二号了？”

在座的人纷纷站起来，文筱筱扭头看到来人，也站起来笑着打招呼：“薇薇姐。”

但凌薇儿甩了个极难看的脸子给她：“铁铁，你怎么带了这么个助理，嘴巴也太欠了吧？”

一个淡漠的声音接过话头：“我的助理像我。怎么，我嘴巴欠吗？”

凌薇儿忍了又忍，勉强挤出了个笑容：“哈哈，铁铁就喜欢开玩笑。”

但左铁却不打算就这样放过她："当着我的面就编派我的助理，可不像是开玩笑。还是我该让我的助理教教你怎样开玩笑才叫得体？"

凌薇儿被她堵得无话可说，于是扭头走开，跑到王志林那里说闲话去了。

文筱筱僵在原地，坐也不是，站也不是。就这么短短几分钟时间，她得罪了在场的所有人。不过她倒是不害怕，跟在左铁屁股后头这么久，她第一次有了有人撑腰的感觉。难怪宫斗戏里都喜欢演"护妻狂魔"的戏码，被人保护也太爽了。

把凌薇儿的话头抛出来的那个同事已经悄悄坐下，刷起了手机，一副事不关己的样子。而同桌的其他人则嘻嘻哈哈地另起了话头，仿佛刚才的一切都没有发生。

"小文，你跟我来。"

文筱筱乖乖跟着自家艺人出去。她感觉到自己一转身，背后就有很多双眼睛齐刷刷地看过来，那些闲言碎语的主角变成了自己。

受到万众瞩目的大明星不顾身后的议论纷纷，拉着文筱筱来到会场外的走廊上，左右看了看，确定没人，这才松开手，给文筱筱解释刚才酒桌上的刀光剑影。

"在凌薇儿那帮人面前，要小心你的措辞，不能说她是女二号，最好连'二'这个字都不要提。"大明星谆谆告诫小助理，"凌薇儿的出道作品就是给左……给我做配角，后来她几乎都是演的女二号，大家都说她中了'女二魔咒'，一直翻不了身。她当然耿耿于怀。"

看到文筱筱听得睁大了眼，大明星也觉得有点儿奇怪："Bella……公司没人跟你说过吗？"

“我不知道……”文筱筱弱弱地说。她的眼神充满了懊悔、内疚、自我怀疑等各种情绪，未经修剪的眉毛纠结得像根粗麻花，“公司里也没人提醒过我这些事儿。”

事实上，公司里的人没有提醒过她任何事儿。包括刚才那个邻座的同事在内，大家都觉得文筱筱是Bella开金手指召来的空降兵，背后一定有强大的人脉关系，根本轮不到其他人来指手画脚，或者，那个同事单纯地就是想看她犯蠢出丑。

见文筱筱这个反应，对面的人也猜到了个大概：“算了，如果你还有什么不懂的就问我。既然你是我的助理，我不会让别人欺负你。”

闻言，文筱筱的眼神变得亮晶晶的。她咬着唇，欲问还休。

别说，她还真有想知道的。

她想起那晚失踪的左轶被程寄送回来时二人暧昧的交谈，又想起杀青戏中左轶落在程寄怀中时娇羞的模样，就连方才左轶去每一桌敬酒时，坐在角落里的酒桌旁，戴着鸭舌帽的男人虽没有露出自己的眼睛，脸却一直朝着左轶所在的方向。

文筱筱想问左轶是不是和程哥好上了，但又觉得这可能性太低，问出来连自己都不相信。想拐弯抹角地打探一下程寄这样缠着左轶的原因，可以文筱筱的情商和阅历，又始终找不到合适的由头。

看文筱筱抓耳挠腮了半天，急得满脸通红也说不出什么来，刚燃起了一点儿同情心的大明星丧失了耐心：“没事？没事我就回去了……”

文筱筱想，左轶性格冷淡，平时也不怎么和她交流，错过了这次机会，自己不知何时才能再鼓起勇气，索性把心一横：“左轶姐，我听其他经纪人说程寄这个人很贪财，为了钱跟同门兄弟闹翻过，不值得深交……”

话未说完，眼前人脸上的神色一变："你在说什么？"

文筱筱以为是自己说得太冒失，让左轶误会自己在八卦了，于是连连摆手："我不是说左轶姐有什么问题，我只是……想保护你。"她的眼睛里有一束天真的光，亮晶晶的，"左轶姐这么好，值得遇到一个好人。"

她说完，半晌不敢去看左轶的反应，直到有人打断她们。

"哟！你们竟然躲在这里说悄悄话。"

满身酒气的南嘉木冒冒失失地走出来，看样子是要去洗手间。他发现走廊边正在说话的两人，不顾脚步踉跄，跌跌撞撞地走上前来。

"你们又凑在一起商量怎么祸害别人是不是？"他凑近，明明是开玩笑的口吻，眼神里却有一股杀气，"这次是谁？是我，林非，还是那个洋男模？"

文筱筱被南嘉木看得后背直冒汗："不、不是的，我只是在说……"话说到一半，她又觉得不能跟南嘉木提起程寄的事儿，这不是给他头上戴绿帽子吗？于是又硬生生把后半句憋住了。

"嚯！还真有事瞒着我？"南嘉木满脸醉态。他伸出双手按住文筱筱的肩膀，正要继续逼问，却被人打断。

"嘉木，你不是要去卫生间吗？我陪你去。"

南嘉木有些迟钝地转头，看见他的妻子正扶住他的腰，将他引去另一个方向。他忽然就忘了刚才要做什么，只低头看着怀中人微垂的脖颈，雪白的皮肤如凝脂一般。他已经很久没有从这个角度看过她了，这距离近得让他觉得陌生。

但显然他的妻子并未有他这些旖旎的遐思。走到一半，她回过头去，远远地对那个小助理说："在保护别人之前，先保护好自己吧。"

文筱筱怔了怔，点点头。

尽管左轶用的是一如既往的淡漠腔调，但文筱筱听在耳朵里，却泛起了一丝暖意。

看来，左轶并不像别人说的那样冷漠啊。

男洗手间永远都很空荡。南嘉木从隔间里出来，确认了每一扇门后都没有人，然后走到洗手台边洗了把脸，也卸下了脸上的醉态。

镜子里的他仍旧英气逼人，却难掩疲惫。他望着镜中的自己，忽然自嘲地笑了。

这么多年了，那家伙还是不知道他酒量的深浅，以为他是真的醉了。她巴巴儿地扶他上来，任他把全身重量的一半压在她身上，也不吭声。平日里，她对他的去向毫不在意，到了这会儿，又像真的关心他一样时时嘘寒问暖。

他的笑越来越讽刺。今日媒体不在，到场的都是圈内人，这贤良淑德的样子是装给谁看的呢？

门外传来敲门声："嘉木，好了吗？"

南嘉木皱起眉。自从她回来后，每次见面都叫他嘉木，不管有没有外人在场都是一样。这是玩的什么新花样？套近乎吗？

南嘉木在门内用醉话应声："好啦……就是裤——子提不上来。"

门外的人明显窘迫地沉默了片刻，过了一阵才有声音响起："那、那你加油。"

南嘉木差点儿笑出声来。这么快就没词了？不像她平时的水平啊。

他存心要让她难堪，继续用醉话说："你——进来！帮我！"

门外再次陷入静默，好像并没有人在那里一样，但南嘉木知道她在。她不能不在，总不能放任自己的丈夫出洋相吧？

过了好一阵子，门被悄悄推开了一条缝儿。半个头小心翼翼地探进来，一只眼睛还半闭着，她似乎很不想看到洗手间内部的情况：“嘉木，你还好吗？”

南嘉木猛地拽开门，把她拖进来，按在墙上：“我不好。”

被困在墙壁与他之间的人显得十分慌张。她根本不敢看他的脸，或者其他任何地方：“你、你……裤子……穿上了吗？”

南嘉木没忍住，笑出来了，但她没睁开眼睛，所以没有看到。他重新整理了一下表情，故意咬字不清：“你自己摸摸看不就知道了吗？”说着，他拉着她的手往下探去。

她吓得整个人都弓起来，手僵硬得不像话，努力往回缩着，与他僵持在尴尬的地方：“不不不……你穿、穿好！”

她的反应让南嘉木颇感意外。相识十年，两人什么事儿没做过，有必要害羞成这样吗？更何况，以左轶往日的性格，这种时候她应该借机揩油才对啊。

南嘉木决定转换策略。他假装醉到犯困，故意把头靠在她的颈窝里，说话的声音也变得含混：“我喝了酒，不能开车。今晚去你那里过夜。”

说完，他感觉怀中的身体明显一僵，好像汗毛都竖了起来：“我叫助理送你回去……”

“不，我要跟、你、回、去。”喝醉的人好像有一瞬间的清醒，每一个字都咬得格外清晰，“你那个傻头傻脑的助理有什么用？一个男模都管不住。Bella给你找了这么个没见过世面的助理，也不怕丢了你的脸。”

他借着酒劲发了通火，身边的人却没有反抗，反而好像略微松弛了下来。南嘉木不禁好奇地抬起头来。今夜，他还没有好好地看过她。不知道是因为洗手间的灯光太过昏暗和暧昧，还是因为她今晚的妆容比平时浓烈，此刻总有一种不真实感，让他无法在她身上感受到往日任何熟悉的气息。

但她眼下的表情却罕见地真实，是显而易见的疑惑：“你……不生气？”她今天一直提心吊胆，担心南嘉木因为绯闻的事情找她麻烦，没想到他的语气轻描淡写，似乎完全不把那个和她拍了私密照的男模当回事儿。

南嘉木嗤笑一声：“生什么气？我第一天认识你吗？”

眼前的人好像暗自松了口气。也对，这么些年来，她一直绯闻不断，与南嘉木的婚姻却一直稳固如初。或许他早就习惯了她在外拈花惹草，练就了常人难以企及的宽广心胸。

但南嘉木并没打算就这样放过她。他端起她的下巴，以一种近乎羞辱的轻佻的语气道：“我只是好奇，你跟他接吻的时候也会这样做吗……”说着，他就要吻下去。

被他捏住下巴的女子瞪大了眼睛，瞳孔里满是惊慌。

他忽地怔住。这是她回来后，他第一次这样近距离地看她的眼睛，她的瞳孔似乎有一点儿异样……

然而不等他看清楚，门口就忽然传来很大的敲门声：“有人吗？里面有人吗？”

南嘉木松开怀里的人，不耐烦地应声道：“怎么了？”

门并没有锁上，被人缓缓地推开了，显然那人不想表现得太唐突。一位穿着酒店制服的工作人员出现在门口，脸上有职业化的笑容：“抱歉，打扰二位了。我们接到投诉说洗手间的门打不开，有人在里面出不来，所以过来看一下。看样子门没坏，二位，不好意思。”

尽管见到男洗手间里有女人，他却连话都不敢多说一句。看南嘉木面露不快，工作人员再三道了歉才走，由于过于匆忙，还不小心撞上了低着头正要进来的男人。

戴着鸭舌帽的男人被撞了也没有生气，甚至还对工作人员笑了笑，只是那个笑歪在一边，怎么看都有点儿邪气。

见有人进来，南嘉木一把抓住左轶的手，把她拖了出去。

由于出去的时候过于心烦意乱，所以他没有注意到落在他们背影上的目光意味深长。

夜 访

杀青宴曲终人散，到了分别的时候。

片场如浮世。一部电影拍完，无论中间有过多少欢乐与龃龉，都就此化作前尘旧梦。即便在下一个片场重逢，每个人的际遇只怕又大有不同，此前的交情也都会清零。社交网络上的好友关系并不代表任何意义，一切都会从头来过。尤其是那些默默无闻的幕后人员，此宴一毕，所有人就此散去，尽管还在一个圈子里，下次却不知什么时候再见了。

曲到终章，难免有些伤感，有些第一次经历杀青的年轻人已经哭了出来。直到出了酒店门口，也还是不断有人在互相拥抱道别。

门口的车道上停了一连串的豪车，它们各自等待着自己的主人来认领。

南嘉木夫妇正挽着手准备一起演好最后一出妇唱夫随的戏码。左轶的保姆车就停在他们身后，此刻门已经打开了，只是男主人还在不断地和别人握手，迟迟不能上车。

她当然不希望和南嘉木同坐一辆车，但两人既然是一起来的，自然也得一起回去，否则今晚演的这出戏就前功尽弃了。

与摄像导演告过别，一个戴着鸭舌帽的男人冒了出来，自然地握住了南嘉木尚未收回的手。

南嘉木怔了怔，这才发现他是武术指导程寄，上回在酒会上拿了他的邀请函的是程寄，方才在洗手间遇到的也是程寄。他与程寄此前从未有过交集，最近却好像有缘得很。

鸭舌帽的帽檐被压得太低，南嘉木看不到习武之人的眼神，只看得到他嘴角勾起的一个笑，野性十足。

“南老师常年神龙见首不见尾，不知在忙些什么？”

南嘉木有些讶异，自己淡出娱乐圈多年，怎么还有人关心他的日程？不过他还是礼貌地答道：“还不就是排排戏、教教书？不比你们辛苦。”

“排戏可是每天都去？”

“周末不会……”南嘉木忽然觉得有些奇怪，“怎么了？”

鸭舌帽下再次浮现出一个意味不明的笑：“没怎么，就是羡慕南老师闲云野鹤，有时间可以多出去走走。”

说完这句莫名其妙的话，程寄握了握南嘉木的手，力气大得让他觉得有些疼，以至于南嘉木没有发现另一只手牵着的人不易察觉地紧张了几秒。

到了车上，南嘉木还回头看了看窗外的人。他无法确定刚才程寄与自己握手时一瞬间散发出的凌厉气场是否只是幻觉。

车窗关上，方才一直与他琴瑟和鸣的人借着系安全带，松开了与他握着的手。

南嘉木无端有些烦闷，于是又装出醉态：“师傅，回家。”

司机说了声好，拐上了去往左轶的公寓的路。

南嘉木用余光瞥见身旁的人的手顿了顿，莫名地有一种恶作剧得逞的快乐，于是装得醉意更深，大大咧咧地放倒了座位，还故意打了儿声呼噜。

他说今晚去她那儿过夜，可不是随口说说而已。

左轶的高级公寓楼下。尽管已是深夜，小区的工作人员也依然服务周到。

保安见南嘉木靠在女主人身上，二话不说就替她接过去，一直送到电梯口。当保安问她是否需要一直送到房门口时，方才还醉得路都走不稳的男人突然睁眼，口齿清晰地拒绝了他。

电梯里，南嘉木松开了她，双臂抱胸，倚靠在电梯的墙壁上。

她数次回头，欲说还休，直到南嘉木沉沉地开口："这么怕我过来，你房里藏人了？"

不等她否定，电梯门开了。南嘉木一把拉住她出了电梯，往她的房门口走去，健步如飞，哪还有半点儿喝醉的样子？

她用尽力气追上去，拦在门口："别人看到你和我一起回来就行了，你还是走……"

她还没说完，南嘉木早已不耐烦地伸出食指按在门锁感应区上。嘀的一声，门开了。

南嘉木率先走进去，末了还回头对她说："进来吧。"就好像他才是这里的主人似的。

她磨磨蹭蹭地进来，用尽可能慢的速度一一放下自己的提包和外套。当她花了比平时多三倍的时间走到客厅时，却发现南嘉木早已坐在沙发上好整以暇地看着她。

"上次来时我心情不好，其实咱俩这么久没见，理应叙叙旧。"他给自己倒了杯酒，是她从来不碰的白兰地，"说说吧，你和那个澳洲男模是怎么回事儿？肌肉男可不是你平时的口味。"

她舔了舔嘴唇，好像有些渴，却不敢接过他递来的酒："照片是伪造的。我不认识那个人。”

南嘉木发出一声嗤笑：“跟我有必要说这些鬼话吗？”他的表情看上去十分放松。他似乎真的对妻子红杏出墙不屑一顾，但如果仔细听，就会发现他的声线绷得很紧，并不如表面上那样轻松。

可惜她太紧张了，听不出来他话音里隐藏的怒火，只是一味地解释：“热搜已经撤掉了，我们已经给公布照片的账户发去了律师函。媒体明早就会公布照片是用AI（人工智能）技术处理的合成图像，如果有人再散布谣言就会被起诉。Bella已经把一切都处置妥当，不会有任何问题……”

“Bella如果有本事，当初就不会让我们结婚。”他打断她，语气突然变得异常平静。

他起身，突兀地说：“我先去洗澡。”

当发现她又僵直了身体时，他再次发出了一声嘲弄的嗤笑：“放心吧，今晚我睡自己的房间。”

说罢，他走进浴室，打开龙头，任由冰凉的水从头顶淋下。

浴室里传来哗哗的水声，让人异常地心浮气躁。

她拿起浴巾又放下，端了酒杯也不知该摆哪儿。南嘉木的衣服都整齐地堆放在他房间的衣柜里，可她根本不知道该拿哪件出来给他穿。

正当她在房里焦躁地走来走去时，门铃响了。

电子猫眼的屏幕上出现一顶黑色鸭舌帽。她吓了一跳，连忙打开门出去，又赶紧把门虚掩上，只留一条缝隙。

“你、你怎么来了？”

程寄啧了一声：“不是你要我来的吗？”

她嗫嚅了半天，到底没能反驳。毕竟她和南嘉木上车前，是她不争气地回头向程寄投去了求助的眼神。反诘的话到嘴边，最后变成一句软绵绵的耳语："你怎么上来的？"

"我说是你的助理，帮你送你忘带的东西。"他毫不掩饰眼神里的得意。

不再伪装高冷气质的冒牌明星惊讶地瞪圆了眼睛："保安竟然不核实？"在她的印象中，高级公寓的管理员和保安都异常严格，对每一个不熟悉的面孔都会反复盘查。

"我说你忘带的是手机，反正他也不知道你的号码。"他勾起嘴角，狡黠地一笑，"不过我马上就得下去，保安下一班换岗是十分钟后，如果换了不认识我的人会有点儿麻烦。"

她彻底无语。这家伙如果去做坑蒙拐骗的行当，只怕要成为社会公害。

程寄一转眸，看见了她褪去外套后裸露在外的肩膀。他的笑容忽然变得有些冷："叫我来，又不让我进去，什么意思？"

她的眼神开始躲闪。说实话，她根本没有想过他来能干什么，也没有想到他真的会来。她与他不过是一起拍了几个月的戏，打过几次说深不深、说浅不浅的交道，她怎么就会鬼迷心窍地看了他那么一眼，怎么就会搞出了这般进退两难的局面？

冒着寒气的声音打断她的自责："他呢？"

门缝儿里适时地泄露出了流水声，她忽然有点儿难以启齿："在……在洗澡。"

说完这话，不知怎的，她觉得周围的空气变凉了。

一个阴影从上往下将她笼住："好啊……还以为你叫我来是有什么要紧事，原来是叫我来欣赏你们夫妻爱浴吗？"

她一下涨红了脸，只顾着眨眼，话都说不出来了。

"你到底想要我干吗？"他平时说话总是漫不经心，这会儿却难得地带了点儿寒意，吓得她更不知如何是好了。

一时间，她好像突然回到了被他推入水池的时候。濒临崩溃的窒息感、束手无策的绝望再次将她淹没……她满眼挣扎地看看他，又垂头丧气地低下头去。再仰头时，她的眼中蓄满了湿气，似在万般无奈、百转千回后终于泄露出了心里的不安。

“他要留下来过夜……”

“他要留下来过夜？”程寄一字一顿地重复，话音里有了戾气。

她几不可察地点点头：“他有自己的房间。”她也不知道自己为什么要这样解释。

“好，我帮你这个忙。”程寄回答得不情不愿，“你拿什么谢我？”

她显然在努力思考，眼神直愣愣的。离开剧组这个环境，她既不能帮他争得任何权利，也不能承诺任何待遇。杀青之后，两人本应再无交集，她要拿什么谢他？

想了半天想不出答案，她只好傻乎乎地问：“你要什么？”

周围的气氛忽然一松，鸭舌帽下浮现出一个笑容，透露出明目张胆的阴谋。

费尽千辛万苦追到这里来，工夫总算没有白费。他等的就是她这个问题。

“你。”

笑容消失，他低头吻住她。

走廊里的灯光被调成了舒适的暖黄光，落在人的脸上有一种模糊了界限的暧昧感。没有人说话的时候，柔软的地毯隔绝了进与退的脚步声，只有唇舌相磨的声音咫尺可闻。

初入江湖的雏鸟不懂得如何守卫自己的城池，撑不过几秒就开始进退失据、任人宰割。柔软的手抵住他的胸口，反被他一把抓住，十指紧扣。瘦弱的腰身盈盈不及一握，很容易就被他整个圈住，牢牢地控制在有力的臂弯之中。

仿佛挣脱不开猎网的鸟一样，她被他裹进松垮的大衣里，从头到脚都无处可逃，只能任他翻来覆去地吻，贪得无厌、得寸进尺。

她没有想到，损起人来那么刻薄的唇在吻她时却意外地温柔。他试探、挑逗、巧取，绝不蛮攻，引得她忘了最初的惊诧，渐渐尝到了禁锢中的甜蜜。

像一种只有两个人知晓的秘密游戏一样，快乐仅存在于呼吸交融的方寸之地，然而每一次探索都有新的发现，每一次抵抗都激发出更深的欲望。她只能默许、承受，然后迎合，越陷越深，直到……

门后的水声忽然停了。

她猛地回过神来，一掌推开他。

“你怎么敢……”黑色美瞳片掩盖了深藏的蜜色琥珀，却掩不住不停晃动的情绪，“他还在这里！”

被用力推搡也纹丝不动，暗劲奇大的男子轻描淡写地擦了擦嘴角的湿意，不慌不忙地答非所问：“不错，这次倒是没咬我。”

关上莲蓬头，南嘉木还在直直地盯着置物架上的瓶瓶罐罐，老半天没有从浴室里走出来。

他今夜来本是想告诉左轶，他们太久未见，需要好好谈一谈。在婚姻中虚度的这些时间耽误的不只是他的前程，也有她的梦想。就算再不情愿，两人也该把恩怨暂置一边，不要一错再错下去。

他甚至想最后大度一次，告诉她，如果她是真心喜欢那个金发碧眼的男模，他也不生气，反正离婚后各走各路，她高兴就好。

但当南嘉木坐在他们曾经纠缠翻滚过的沙发上，看着从前那个骄傲肆意的人在门边小心翼翼地观察他的样子时，又觉得心里莫名地烦闷，一句话也不想多说，只想走开。

感情有鬼斧神工之力，它将曾经亲密无间的两人雕刻成了两块生分的顽石。

人已非，物仍在。其实这里的一切都没变。

他喜欢用的那个品牌的沐浴乳还剩了一半，还是从前那一瓶，只是已经过期了，似乎自两年前他在这里用了最后一次之后就再也没人动过。看起来不管她在外如何风流，终究是没有把别人带进这间房子过。

南嘉木心里稍安，裸身走出来，打开镜子旁的柜子，拿出剃须刀，却发现电池早就耗尽了，启动不了。这是他在这里进出这么多年来，第一次出现这种事。

方有一点儿暖意的心又变得冰凉。她的确是不曾带人回来，只是对他也不再关心。

镜中，裸露的上半身健壮有型，一半是得益于他近几年来不懈地举铁，另一半也是得益于工作不多，他有大把时间去健身房挥霍。如果左轶还和从前一样出其不意地闯进来，就会发现她口中的“白斩鸡”已经脱胎换骨了。

南嘉木忽然自嘲地一笑。他原以为自己对她总是处处抗拒，却没想到她的一句无心之语都被他记到如今。

转头，他发现毛巾架上没有为他准备的浴巾，而他又一次忘记了带衣服进来。

“真没出息。”他低声骂了一句。

忽然，他感到了一丝异样。浴室外好像太过安静了。

南嘉木心里一空，大声喊了一句：“小左！”

高级公寓顶层独门独户的套房门外，画面一瞬间静止了。

水声停了，但屋里还没响起开门声。南嘉木还没有出来，门外的人也不敢进去。

门口的两人，一个后背抵着门，一动不动地侧耳听门内的动静，另一个则放松地拥着她，一动不动地看着她紧张兮兮的表情。他忽然没头没脑地说：“阿妹为什么要扮成左轶？”

听到自己的名字，小巧而精致的耳朵一动，继而有点儿泛红。她僵直了脖子，没有搭话。

“就算要假扮左轶，也不一定非要时时和南嘉木在一起。”程寄的语气原本玩世不恭，奈何他说这话时混杂着强烈的不甘愿，莫名地有一种阴鸷之气，“就算你把他一个人扔在这里又如何？”

她犹豫了一下，然后说：“Bella 会查我的定位，除非有合理的理由，否则我不能随意走动。”

鸭舌帽下的深邃眼眸眯了眯，透出一种危险的气息：“你和 Bella 又是什么关系？”

她咬紧了唇，又不说话了。

程寄正要继续逼问，忽然，房内传出一声大喊：“小左！”

怀中的人的身体瞬间绷得僵直，她反手拉住门把手，想要进去。

程寄一把抱住她：“你叫我来是为了帮你解围，但现在你要是自己进去应付得了，我千里迢迢地跑来，岂不显得很没面子？”

怀中的人诧异地转头看他，却发现两人的距离极近，与方才耳鬓厮磨时别无二致。

危险的声音在唇与唇之间传递，他说每一个字时都将将要吻上去。

“要不要我现在就帮帮你？”

她没有再退开，眸中的疑惑、惊讶和一点点儿希冀混合成一种奇异的光芒。

他松开她，然后慢条斯理地脱下了自己的外衣。

高级公寓的保安不好当，住着大明星的高级公寓的保安更不好当。

“凡是跟明星有关的事儿都要问，但不要细问。”每次交班给新人，老徐都会把这句话翻来覆去地讲上好几遍，生怕这些莽莽撞撞的年轻人不懂分寸，冲撞了本栋楼最尊贵的业主。有时为了生动形象地说明什么叫“要问，但不要细问”，他还会把自己经历过的优秀案例拿出来举例。

比如今晚，老徐就觉得自己处理得很好。

难得左轶和先生一起回来，老徐先是亲切地把喝醉酒的南先生送到电梯口，然后又更亲切地询问是否还需要进一步的服务，在得到明确的拒绝后，他再次亲切地和两位明星道了晚安，这才回到自己的岗位。老徐强调，在这个过程中，人家需要的服务就提供，不需要的绝不要勉强。

接着，来了一个戴着鸭舌帽、穿着黑色外套、自称是左轶助理的男子。尽管老徐第一次见到他，但他松松垮垮、不修边幅的样子确实很像那些作息日夜颠倒的经纪人。这位助理说是来送左轶落下的东西的，出于谨慎，老徐准备打电话核实一下，但助理告诉他左轶落下的东西是手机，这电话打了她也接不到。更何况，老徐心里清楚，左轶留在前台的电话号码并不是她自己的。反正整栋楼都装有监控，也不怕助理乱来。于是老徐让助理在登记簿上签了名字，就放他上去了。

左轶的助理果然很靠谱，上去不一会儿就下来了。走时还微微抬起帽檐，对老徐点头致意了一下，让他放了心。

正好到了要交班的时候，老徐把刚才的这些事儿告诉接班的小周，并且再次叮嘱：“要问，但不要细问。记住喽！”

小周点头如捣蒜，老徐总算放心地下班了。

小周入职还不到两周，对于业主和业主的熟人们还认不全，很多时候要靠前辈指点，或者调监控确认。

老徐和他交班后不久，电梯处就走出来一个面生的男子。他的步伐不紧不慢，有些令人生疑。小周连忙跑过去，不失礼貌地问："您是？"

被小周拦下的男人勾唇一笑，慢悠悠地答："我是左轶的助理，刚才来送还她的手机。"

小周一怔，老徐刚才不是说来送手机的助理已经回去了吗？

见小周不信，男子又说："不信你调出十分钟前的监控看看。"

为了保险起见，小周和男子一起去前台把监控画面调到了十分钟以前。果然，监控画面中出现了这名男子的脸，也确实如老徐所说，两人交谈了一会儿，老徐就放他进去了。不过监控中的他戴着鸭舌帽，穿着黑色外套，现在帽子和外套都不见了踪影，也难怪小周一下子没对上号。

不过，这些细节也不关他们保安的事儿。老徐一定是老眼昏花，认错了人，但和他说也没用，他仗着资历老，从来不承认自己的错误。

"很抱歉耽误了您的时间，您慢走，路上小心。"小周端出从老徐那里学来的亲切的微笑，目送左轶的助理出了门。

不一会儿，左轶的先生下来了，衣衫不整、步履匆忙地问小周有没有见到左轶。小周尽管心里觉得有点儿奇怪，但还是亲切地告诉他左轶之前和他一起回来后还没有出去过。南先生听完，忙不迭地就跑了出去。

又过了一会儿，公寓的大门被打开，进来一个面容干净的女子，尽管她没有化妆，但小周定睛一看，可不就是大明星左轶吗？于是他连忙迎上去，告诉她刚才南先生正在找她。左轶听了后，淡淡地说了声谢谢，告诉他她会自己去联系南先生，不劳他和同事费心，然后就迈着优雅的步伐上去了。

尽管有些不解，但小周没有更进一步地考虑这件事情。明星嘛，总是有些神出鬼没的。

要问，但不要细问。

这一点，小周觉得自己做得很好。

时间回到十分钟前。

公寓大楼外的拐角处一前一后走过来两个人。一个个子不高，穿着黑色大衣，往下扣的鸭舌帽遮去了大半张脸。跟在这人身后的男子则只穿了件 T 恤，步伐懒懒散散，半长不短的头发几乎盖过了眼睛，表情有些漫不经心。

当两人都走到了拐角的阴影里时，走在后面的人忽然以异乎寻常的速度追上了前面的人，把她拉到了监控摄像头看不到的地方。

“在这里等一下，等南嘉木出来了你再上去。”说话的人的声音低沉，话音里却有一种阴谋得逞后的愉悦。

怀里的人闷闷地点了点头，然后轻轻推开他，把脱下的大衣递给了他。

“南嘉木一定不会把这件事捅到 Bella 那里，你那个笨手笨脚的小助理也发现不了什么。不过，”他接过衣服，话锋一转，语气有些寒凉，“南嘉木那边，你自己掂量着办。”

他用手端起她的下巴，强迫她看向自己：“下次再让我发现你放他进去，我可就没今天这么好心了。”

黑暗里，他明明看不见她的表情，却能从她绵软无害的话音里准确无误地听出她的傻乎乎和直愣愣：“下——下次？”

他和她还有下次?

他将她的鸭舌帽取下，被塞在帽子里的长发瞬间倾泻而下，落在他的手上。他抬手理了理柔软的发丝，那是她被掩盖和矫饰的身体上唯一真实的东西。

“你的号码上不能留下任何通信记录，我也不能频繁地出入这里，免得他们疑心。那我们只好用最原始的方式——”

黑暗中，她的唇上落下了一个吻。

“阿妹，过阵子我会来找你。”

说完，他伸出食指轻轻刮了刮她的脸颊，就好像在说——

等我。

第六章 胭脂蝉翼

反正他是会走的，无论是早是晚，像所有从她身边走开的人一样。他们一旦发现了她身上不再有可以索取的东西，就会毫不犹豫地离开。

春 逝

春天的最后一个清晨，不到八点，CBD 某大厦三十一层的会议室里已经坐满了人。

尽管与会者都哈欠连连，但没有人敢抱怨。Bella 的时差还没倒过来，她仍旧生龙活虎地活在堪培拉时区，大家都得跟着她的时间走。

PPT 放完，坐在 Bella 左首边第一个的戴着金框眼镜的女子开口道："刚才大家看到的就是左轶在复出三个月内所有的工作内容和情况。有问题的请提。"

今天会议的主题是左轶，主人公却不在场，在场的是各个部门的总监。他们平时在业界也都算是有头有脸的人物，如今在这个场合却都低头不语。

“片约只有三部？代言邀约就只有我签下的 Hausos ？”Bella 拧着眉开口，“往年是什么情况？”

商务总监先开口：“品牌代言原本是二十一个，息影的两年中掉到了……三个，加上新签的 Hausos，一共也就四个。”

内容总监接着说：“影视这边，原本每年几乎都会收到三百部以上的片约，不过最近一年……这么说吧，在颁奖礼以前，片约是零，现在除了我们主动联系的，对方发出邀请的也很少。”

“我们做了市场调研和客户调研，所有的结果都显示左轶的市场认知度在下降。”公关总监给出最后一击，“相反，今年对家新出的几个艺人蹿红得非常快，比如天野传媒的温心怡。”

Bella 的眉头锁得更紧了，整个会议室只听得到她用指尖敲击桌面的声音。

“Hausos 和我们只签了一年，而乐家的合约连一年都不到了。如果我们不在这一年里把左轶重新捧上一线，对赌失败的后果你们都清楚。”

经纪公司的核心资产只有一个，那就是艺人。而具有巨大的商业影响力的艺人则是资产中的重中之重，如果核心艺人的赢利能力下降了，会给公司整体造成巨大且不可挽回的影响。

Bella 的话沉沉地压在会议桌上，让在其后面开口的每一个人都不得不小心翼翼。

“或者……我们可以转变思路？”时尚总监还没有发过言，这时他鼓起勇气提出了自己的意见，“左轶的私服形象一向很好，如果我们能够打造出适合她的新形象，说不定能够得到时尚界的青睐。这次与 Hausos 签约也有助益，后续再增加与时尚杂志和品牌方的合作，即便是短期的也无妨，或许可以打开新的通道。”

Bella 略忖了一会儿，然后说：“我们与 Hausos 的合约有排他性条款，法务部去确认下是否影响我们与其他奢侈品牌的合作。”

这条意见算是得到了认可，在场的人都略微松了口气，于是更多意见被提了出来。

“现在的年轻观众刷剧比观影多，以往左轶只拍电影，其实也错失了一部分观众。不如尝试下拍电视剧？”

“今年综艺节目也很火爆，上对节目对于短时间提升人气有莫大的作用，事实上我们已经接到了某节目的邀约，不如……”

各种想法纷纷涌现，看来左轶休息的这一年，她身后的这些人半点儿没敢松懈。

但这些充满了希冀的声音都在公关总监提出一个问题后归于静默了：“左轶刚复出就出了和男模的绯闻，虽说我们撤掉了热搜，但她温柔人妻的人设还是岌岌可危。说实话，如果她的形象得不到改善，后续铺再多路都是徒劳，观众不认，谁都没辙。”

听了这话，刚刚还舌灿莲花的总监们一下又都蔫了。

会议桌上再次传来指尖的叩击声。过了好一会儿，Bella 忽然说：“说说目前有哪些片约。”

争执不下的话题被搁置在一边，内容总监开始汇报起目前接到的片约的情况。总体来说还是以电影居多，也有几部电视剧，但都不是大制作。Bella 看了材料后，拣出其中两页扔给内容总监：“这两部电影往后推进，同时主动联系一下跟我们的其他艺人合作过的电视剧导演，看看有什么机会。综艺先不考虑，我再想想。”

内容总监愣了下：“同时？左轶向来每次只拍一部戏啊。”

Bella 的脸上神色淡淡，但她说出的话不容置疑：“今时不同往日，我要在大小屏幕上都看到她，尽快。”

内容总监和旁边的宣传总监默默交换了一个眼神。这是要她轧戏啊，左铁会同意吗？

“你们不用管左铁同不同意，按我说的做就可以了。”仿佛是听见了她们的内心戏，Bella 直接说，“《冷月无声》会定在国庆档，这是她复出后的第一部作品，上映前宣传的重要性不用我说了，只有不到五个月了，各部门都动起来。”

Bella 正说着，有人敲了敲门，文筱筱的脑袋探进来：“Bella 姐，我来了……”

话音未落，文筱筱突然发现会议室里原来坐满了人，一下怔住：“我是不是来早了？”话没说完，她就打算溜了。

Bella 叫住她：“不，我们说完了，你进来吧。”

与会者们不动声色地交换了眼神，然后纷纷站起来收拾东西。一介小小的助理竟然可以和 Bella 单独开会，打断了他们的会议也安然无恙，看来这个小文的背景果然不浅。

文筱筱一边进来，一边和出去的人们挨个打招呼。尽管其中有一多半没有见过面，不过大家都对她十分和善。

Bella 将这一切尽收眼底，神色波澜不惊。待所有人都出去了，文筱筱坐了下来，Bella 才淡淡地开口：“你跟着左铁有三个月了，对她什么印象？”

文筱筱没想到大忙人 Bella 特意把自己叫过来，竟然就问了个这么简单的问题。她怔了怔才回答：“我觉得……左铁姐人美、大气，对我挺好，嗯……对谁都挺好。”不像别人形容的那么不招人待见，只是这句话没说出来。

Bella 的声音听不出情绪：“她听话吗？配合工作吗？有去过什么不该去的地方吗？”

“听话、配合，没有去过。”尽管对这样的提问方式感到奇怪，但文筱筱还是一一作答，“嗯？什么叫不该去的地方？”

Bella 顿了顿，没有回答她的问题，而是用一种话里有话的方式又问：“有没有异常情况？我是说，任何异常情况。”

文筱筱的嘴巴动了动。她想起了程寄。

怎么办？要和 Bella 说吗？如果她把程寄送左轶回家的事儿告诉 Bella，势必就要解释那天左轶是如何在自己的眼皮底下落水，又离奇地从车上消失，而自己笨到完全没有察觉的。她会不会因为这件事丢掉这份工作？

更何况，左轶那天说的话还在耳边回响：“在保护别人之前，先保护好你自己。”

作为现任助理，未来的经纪人，她要保护的人不就是左轶吗？

Bella 察觉到了文筱筱的犹豫，目光一下子锐利起来：“怎么，有事？”

文筱筱嗫嚅再三，终于开口：“我想问问 Bella 姐，三个月试用期过了，我可以转正了吗？”

她终究还是没有把程寄的事情抖出来。

Bella 定定地看着她。过了好半天，Bella 才好像终于放心：“可以。”

夏 至

结束了《冷月无声》的拍摄，阿妹休息了好几天，难得痴痴地看了几日春花，睡了几夜长觉。但这样的日子并没有持续很久，很快，两部戏就几乎同时开工了，她忙得脚不沾地，有时一天之内要同时赶两个片场，差点儿背串了台词。

但她觉得这样很好，忙起来就不容易想东想西，不会去反反复复地思量一个人，一句话，一个眼神，或者一个吻。

记不清多少次被助理提醒说她越来越常陷入放空中，如做梦般怔忡，回过神来时，耳后的大片肌肤都泛着淡红。

在一天之中的任何时间，别人的一个不经意的动作，一次擦肩而过，一种表情，一种语气，都可能会引起她的短暂分神。她的脑中像有一根针，轻轻地拨动一下，就会落在某处记忆上，播放出一句低语。

“阿妹，过阵子我会来找你。”

过阵子是多久，又该如何找？语焉不详的一句承诺，值得她这么思量吗？他不过是换个名字叫了她一声，她需要这样心心念念地惦记着，连做梦都不忘吗？

“等我。”

奇怪，他好像没有说过这句话，又或者他说过，却不是她记忆中的那种语气。他说话向来懒懒散散、玩世不恭，为何记忆中的低沉男声却那般温柔，让她似初识般怦然心动，又似故人般柔情缱绻？

“我会来找你，等我。”

真实与幻想混作一团，她的耳中有山呼海啸。一声声打在心口上，却都化作了一缕轻烟，根本寻不到踪迹。

春天过后就是夏天，郊外的白杨和银杏都绿了，野猫生的小猫已经可以跃上房檐活蹦乱跳，就连夜晚的风也热得足以融化冰激凌了，那人却依然没有音讯。

“等我。”

夏天，可真长啊。

同样是刚刚结束拍摄，程寄的日子过得却和之前没什么不同。他仍旧是在片场厮混，不过是换了几个地方，爬了几座山，下了几次水，把大江南北跑了个遍，不算轻松，但也不至于太累。

别看程寄平时一副懒懒散散的样子，其实他的日程排得不比顶流明星轻松。像他这种知名度不高的演员，拍一部戏就挣一部戏的钱，很少有片酬之外的其他收入。所以要让一个二十来人的团队在业界始终有一席之地，他和团队的所有人就必须维持高强度的工作，才能守住来之不易的饭碗。

《冷月无声》杀青之前，下部戏的导演就跟他敲好了档期，谈好了价钱，定好了人数。时间一到，一群人全都打包上了飞机，取景去了。

程寄已经习惯了东奔西跑的日子，所以并不觉得上天入地的拍摄难熬，无奈受条件所限，拍摄周期一延再延，说好了在五月初返程，生生拖到了仲夏时节。与他相熟的导演为表歉意，主动提出要补片酬，但是程寄这么讲义气的人怎么会答应？自然是——多要了一点儿。

他回城的这日正是夏至，地面附近的空气热得扭曲了视线，直到深夜吹起了晚风，这才稍显凉爽。

大头一手拖着一个箱子在机场的到达层狂奔："程哥，等等我！我叫的车还没来，不着急的呀！"

前头一个戴着鸭舌帽的男人已经拉开了出租车的车门。他对身后的人挥了挥手，就自顾自地走了。

后面的弟兄们陆续赶上来："火烧眉毛都不急着灭火的人今天怎么急成这样？"

大头停下来，大喘了几口气："谁知道？本来说好了要搭明天早上七点的航班，结果他突然说要改成今晚。"他一看手机，显示的时间是凌晨一点，"就差了这么几个小时，有必要吗？"

夏至这天晚上，阿妹“忙里偷忙”，轧戏之余还被安排了一场访谈的录制，地点在城中的某大型录制棚里，主题是她复出后的心路历程。

所有的问题都已经提前发给艺人那边审核过，对于回答的程式他们也早就做过了演练。说是访谈，其实也是一场有台本的表演，阿妹仍旧扮演左轶，而对面的主持人则要扮演对今晚的一切套路都毫不知情。

“你做出息影的决定之前，有没有想过未来的人生路可能会遍布荆棘与坎坷？”

表情淡漠的女明星没有接话。她看似不经意地把视线投向了场边的助理，原本打算用眼神示意助理等下暂停节目，她要去补妆，结果当视线落在摇臂摄像机的旁边时，左轶整个人微微一怔。

主持人发现了嘉宾奇怪的反应，以为场外有什么异常，于是也跟着望过去。可是那里看起来一切正常：戴着眼镜的总导演一如既往地在跟副导演咬耳朵；身材魁梧的摄像大哥操着摇臂摄像机，根据嘉宾的动作转变着角度；戴着鸭舌帽的摄影助理正在弯腰捡拾地上散落的电线；而左轶的那个小助理在不断地为移动的电线腾出位置，笨手笨脚的样子和半小时前如出一辙。

主持人收回目光，发现对面的嘉宾也已经把脸转了回来，只是表情有些恍惚：“你刚才……问我什么？”

即便主持人是按照商量好的台本来问，女明星的状态也不如之前了。她时不时就会卡壳，或者忘记了原本设计好的答案。主持人有点儿不安，担心自己的主持风格不讨左轶喜欢。尤其是当自己提问的时间过长，而对方的眼神飘飘忽忽地落向了场外的摄像机旁的时候，他就很担心传说中敢扇导演耳光的大明星下一秒就会把巴掌招呼到自己脸上。

不痛不痒的访谈又持续了半小时，到了凌晨三点，大约是看台上台下的状态都不太好，导演宣布中场休息，观众们可以去上厕所，嘉宾回后台补妆。

门口写着“左轶”的化妆室内，除了本尊没有其他人，据说她现在习惯自己化妆，不需要不熟悉她的化妆师来捣乱。文筱筱守在门外，一方面是为了防止有人打扰左轶，另一方面也是为了联络各方。看样子访谈的录制时间要延长，剧组那边又要耽误了。

纤弱的身影进入化妆室的一瞬间，门就被砰的一声关上了，一旁经过的主持人以为左轶在摔门出气，更加不敢去招惹。

只有文筱筱稍微愣怔了一下。

那门，是左轶自己关的吗?

世界在门关上的一瞬间安静了下来。

人来人往的嘈杂，东西掉落在地面上的撞击，机器转动的闷响，尖厉的呵斥，放肆的大笑，一切的一切都听不到了。

只有胸膛里的心跳声在耳边。怦怦，怦怦，怦怦。

心跳……会不会太大声了?

她不敢抬头，只能悄悄地转动着眼眸，去够视线里的那半张脸。这个高度，她刚好可以看见那个笑容，三分慵懒，五分邪气，还有两分意味不明。

可是很快，这个笑容就沉了下去，视线里的世界被一双深邃的眼睛所取代，眼睛漆黑而混沌，像是要把人心都吸进去。

“阿妹有没有想我?”

记忆里的那个声音出现了。是真实的吗?这一切会不会是她的又一次走神儿，是又一场美妙而酸涩的白日梦?

“不说话，那就是不想？”那个声音继续响起，低沉而暗哑的声线混杂着一丝意味深长的叹息，“可怜我凌晨不睡觉，水都没喝一口，一路从机场奔过来，原来根本没有人在等我。”

她的心弦忽然一动，看似纤薄的红唇微微张开，她想要辩解些什么。可是不行，这距离太近了，好像她只要说一个“不”字，就会碰上去。

那个声音却全然不惧唇与唇的触碰：“想要吗？”

她不确定他问的是什么，却下意识地想要点头。然而轻微的动弹都好像有巨大的回响，极暧昧的距离中，每一次微小的空气流动都会带来强烈的震颤。被胭脂色晕染的肤色，长睫如蝉翼般震颤不停，无端拨乱了心弦。

他的心忽然也乱了。

他用拇指重重地擦去她的口红，露出原本丰满而诱人的唇形。一个吻落下，再一个吻，又再一个。

那双蝉翼终于停止了飞舞，停留在了胭脂般的皮肤上。纤细的腰上覆盖了一双粗粝而温柔的双手，像是蛮横的野兽收敛了力量，去轻触一朵蔷薇。纤细的十指正以陌生的姿势在修长健壮的身体上攀缘，经过了虬结的血肉，也经过了暗涌的脉搏。两具躯体都好像不再属于他们自己，只能原始而诚实地听从着灵魂深处的欲望，靠近，再靠近。

如果这是梦，请不要停下。

如果这不是梦，也不要停下。

轻柔的呼吸逐渐变得急促，像在催赶，又像在索取。唇与唇的每一次接触都像是在安抚，却无意间引动了更多的情绪。那就只能吻得更深，更热切，好像这漫长的等待就只为了这一个吻，好像这纷杂的世界就只剩这一个吻。

所有的矫饰在这一刻都失去了色彩，所有的语言也都没有了作用。他的疑问，她的辩解，都在一场吻里说尽了。

很久很久以后，唇与唇才恋恋不舍地分开。

两个月不见，他晒黑了，轮廓也比之前更凌厉了一点儿。但他的笑没有变，还是那么懒懒散散，带着某种玩世不恭的意味。纤白的指尖覆上他的唇角，轻轻地擦拭着一片狂乱的殷红，那是她的残妆留下的印记。

他不动，任她擦拭。当指尖抚上他的唇峰时，他却突然伸出舌尖，若有似无地一舔。指尖失去了方向，她怔了怔，半晌才回过神来，收回手。

“你……怎么来的？”

她好像每次见面都要问这个问题。这个神出鬼没的男人好似古代飞檐走壁的武者，有着上天入地的本事。

她的声音像棉花糖一般细细软软，程寄只觉得耳朵都被甜倒了，话里毫不掩饰得意：“这部戏的摄像师是我的一个旧交，恰好说起你要来拍摄，我和他交换了一打情报，又说尽了好话，才允许我进来。只可惜我费了这么多工夫，却只得了一个吻，怕是不够。”

她的神色却不似方才那般掩都掩不住的欢悦，目光和表情都黯淡下去，好像缩回了一个叫作左轶的壳子里：“你还需要些什么？”

她低下头，默默地想了想，无甚表情地又说：“我最近忙于拍戏，与剧组外的人接触得也不多，不过两个月后《冷月无声》就要开始宣传了，我会让剧组叫上你。”

她说完，周围忽然安静了一秒。

她疑惑地抬眸，却发现惯常总是在笑的男人的脸上此刻却半点儿笑意也没有。他的眉眼都微微凝起，神色是她从未见过的复杂难解。

她的心跳忽然杂乱地急跳了两拍。她忍不住侧过脸去，不敢再看他的眼睛。她知道自己一定是说错话了，但并不知道错在哪里。是因为她浪费了他与旧交的交情，还是因为她能提供的东西太微不足道？

又或许，是她不该在等他来的时候，从未想过他来的目的。

她早就知道他爱开玩笑，一个吻或一个应许都不值得他跑这一趟，他要的筹码应当比她更有价值。是她冲昏了头脑，忘了自己上不得台面的身份，也忘了娱乐圈最无须言说的规则。他数次把她从悬崖边救起，她早该把这些恩情折算成情报和资源，在他出现的第一时间就双手奉上，免得显得她不识好歹、忘恩负义。

想来，她身上也就只有这点儿东西值得他特意来取了。

“你觉得我在跟你要东西？”他的语气里分不清是满意还是讽刺，只让她觉得那眼神一刻比一刻瘆人，“乖乖，没想到一个吻竟能换到顶流明星的资源。”

他拧过她的下巴颏儿，用比方才更大的力气狠狠吻下去。

与方才的温柔与缠绵截然不同，这一回他用上了蛮力。不知道他在发泄什么火气，只是把她吻得生疼才放开。

“也好，就当我吻一回便放一回债，看看你到最后究竟还不还得起。”

她没有说话，眼眸上的蝉翼兀自轻颤不停。

缠 绕

阿妹从床上醒来，第一件事就是去翻看手机。

联系人列表里的唯一一个头像上没有新的红标。她有点儿失望，但手指已经自顾自地点了进去，聊天记录停留在两天前。

“去外地，两天后回。”

手机是程寄给她的，里面就存了他一个人的号码。但他从来不会打来，只是隔三岔五地发一条消息，短短几个字，有时是时间，有时是地点。

自从他们在摄影棚后台的那一次重逢之后，事情好像变得不一样了。

明明他们已经不在同一个剧组，彼此的工作和路线也毫无交集，但他却比从前更经常地出现在她的视线里。后台无人使用的空房间，专属化妆室的门后，司机上厕所时的保姆车，又或者是影视城某条不知名的小路上，一个大多数人都难以发现的拐角。他总是突然出现，好像有什么通天遁地的法术一样。

那些平日里不被人注意的门卫、保安、场务、助理，在他需要的时候都纷纷为他打开方便之门。她不知道他哪里来的本事，怎么可以和这个圈子里的人都如此熟稔，竟可以在青天白日下把一个被所有目光盯着的大明星偷走。

他们见面的时候通常都会刻意避开旁人，像在见不得人地偷情。两人见面后几乎不做其他任何事情，用他的话说，他就只是在“放债”。那种绵长、热切、濡湿的“债”。

出乎她的意料的是，程寄的耐心极大。她的生涩与笨拙都被他温柔地包容了，他有数不清的方式和技巧引导她放下胆怯和羞涩，去探索新的世界。

夏日的炎热没有阻绝他们对彼此的渴望，他不介意汗湿了背脊，她也不介意花了妆，身体每一次滚烫的接触反而放大了感官的感受，一个浅尝辄止的触碰很快就会变得暴烈而失控。在他们勉力停止的时候，她总能在他的眼神里看到更深的、未能满足的欲望。

但他并非只是一味地给予抚慰，有时也会问起她的事情，比如她的来处，留在这里的目的。

“追你的人说的是粤语，你是从南方来的？”

“你原本应该不是学表演的，却如此有天赋，以前是做哪一个行当的？”

“Bella 捡到了你这么个宝贝，尽心尽力地替她做事，连别人的老婆都要扮演，她是许了你什么好处？”

他好像已经嗅到了一些气息。

但阿妹从来不回答。明明是嘴那么笨且不善迂回的人，沉默起来却坚不可摧。

程寄倒是并没有因此而生气，他脸上的笑仍旧漫不经心，只是在他的下一个吻落下时，她会感受到比刚才的温柔更难以招架的撩拨和缠绵。

好像一种惩罚，又好像一种引诱。在那双黑眸的凝视下，她只要神志稍失，就可能丢盔弃甲，让此前的顽抗前功尽弃。

好在他总是无法待得太久。大明星的行程要以分秒来计算，他费劲偷来的空当往往也不过是数分钟的欢愉。

程寄的消失总是和到来一样突然，但每一次都刚好卡在她被人注意到不见了之前。而阿妹在被人发现时总是仿若一个被偷走又还回来的孩子，茫然到不知今夕何夕。

他们的偷会越频繁，她的困惑就越深。

程寄不是那种会无缘无故地付出的人，他费尽千辛万苦，就只为了几分钟的偷吻？每每思及他的眼神中深不可测的墨色，阿妹便忽然瑟缩起来，不敢再往下想。

她唯一能做的就是裹紧身上这层名为左轶的外皮，像穷人在寒夜守着唯一一床破絮。

他放的债越来越多，最后，要她拿什么去偿还呢？

曾因为等待而无比漫长的夏天不经意间已戛然而止。

阿妹下床拉开窗帘，外面有些寒凉的晨雾。程寄定下的见面时间就是今日，但她并无行程安排，只能待在公寓中，形同禁足。程寄如果硬要来见她，再假装一次助理也不是不可以，但那样他就会给保安留下印象，对于她眼下的处境来说并不保险。

今天不必来了。

把这句话留在输入框里，她反反复复看了许久，也还是没有发出去。

上一次见面是十天前，她有些想他。也不是那种一见面就要拥在一起的想，她就是想看看他，闻闻他的气味，摸摸他凌乱而松软的头发。

她不知道自己这样的心情意味着什么，只知道每当他出现时，心底泛起的那一点儿窃喜过于陌生，令她忍不住害怕。

一整天过去了，他没有来。

阿妹删去了输入框里的话。想必是他辗转问到了她今日的情况，也放弃了过来的打算。也好，省去了彼此的麻烦。

阿妹这样想着，整个人懈怠下来。窗外，华灯渐渐亮起，屋里却暗得没有一点儿生气。

咔嗒。

阿妹猛地转头看向门口。他还是来了？

咔嗒，咔嗒。

好像有人在转动门锁，但并不是以光明正大的方式。

阿妹顿时警觉起来。她猫起腰，像小动物一般蹑手蹑脚地潜行到门禁旁。在黑暗中发着光的屏幕上显示着门口空荡荡的走廊，并没有任何异常。

阿妹整个人都紧绷了起来，许久没有在血液里流动的紧张和不安瞬间喷涌而出。她太熟悉这样的手法了，看似并无异常的监控画面之外一定藏着一个暗影，熟练而狡黠地游走在监控盲区里。

门锁的转动声加快了。阿妹没有迟疑，飞身退回室内，床头有一个鲜红的应急按钮，只要按下，安保公司的保镖就可以在十分钟内赶到，但她顿了顿，终是没有伸手。

再出来时，她穿上了一件灰色的宽大外套，手里拿着一个其貌不扬的手包，然后轻手轻脚地回到门边，拉开了玄关旁的鞋柜的门。原本应该放满了精美、昂贵的高跟鞋的柜子，打开来却是空无一物，刚好够一个身材纤瘦的人藏身于其中。

鞋柜关上的一瞬间，大门开了。一道暗影悄无声息地走进来，然后轻轻地将门关上。电子锁像被捂住了嘴一样，没有发出惯常会有的落锁声。

暗影无声地走进客厅，没有开灯，缓步在房间里巡视。身家过亿的女明星的公寓面积太大，摆设又琳琅满目，一定要非常小心才能不遗漏蛛丝马迹。

他每一个房间都看过，每一个柜子都打开过，床底、柜顶、门后，每一个可以藏人的地方都检查了个遍，毫无收获。暗影停在了客厅中央，拨通了电话。

“屋里没人，是不是搞错了？”

电话那头有人说了什么。

“灯下黑，什么意思？”暗影抬头在屋里巡视了一圈，忽然，视线定格在了门口的鞋柜上。那里他还没有打开过，“好，我知道了，别挂电话，等我消息。”

他拿着手机的手放下了，电话却没有挂断，随着屏幕上的秒数不断变化，他的脚步渐渐向玄关趋近。

突然，阳台上传来一声异响，像是什么东西掉到了地上。

暗影猛地回头，直扑向阳台。与此同时，鞋柜里的人箭一般地冲出，飞快地拉开房门，消失在门后。

阳台上没有人，地上只有一个杯子横倒着，旋转不停，旁边凌乱地放着筷子和筷子架。一声咒骂脱口而出，他把手中的电话再次贴到耳边："她在这里，竟让她跑了！"

阿妹熟知他们的行动方式，他们既然已经找到了她的住所，又敢直接破门而入，说明他们没有考虑如何善后，意在一击即中。来者不会是一个人，这栋楼里布了一张网，开锁的人只是这个网中的一个节点。

房门口不远处就是电梯，但里面一定有人蹲守，阿妹没有进去，而是快步走到了安全出口旁，她无声地清了清嗓子，然后大喊一声："快来，她在这里！"

她的嗓音竟然与刚才房中那暗影的极为相似，低哑而凶狠，乍一听上去几乎辨不出区别，更何况还隔了一道门。安全门被猛地打开，门口蹿出来一个男人，直奔公寓门口而去。就在他冲出的一瞬间，门边有个猫着腰的影子出现在他视野的盲区里，神不知鬼不觉地与他擦肩而过，闪进了安全门的空隙里。

下一秒，公寓的房门被打开，仍未挂断电话的暗影闯出，两人差点儿碰个正着。而那道安全门此时发出了一个咔嗒声，被人从另一边落了锁。

"又让她跑了！"

阿妹匆匆往楼下跑。

一切又好像回到了三年前，她提着头在刀锋上行走，时时刻刻都把心悬在嗓子眼上，稍有差池，就会踏入无尽深渊。

但越是紧张，她就越是异乎寻常地冷静。这样的生活好像已经刻在了基因里，不需要调整就已形成条件反射。她一路沿着逃生楼梯下去，十分小心地不发出脚步声，不去惊动头顶的声控灯。

黑暗中，她掏出手机，按开后却怔了怔。

屏幕上显示着那条她看了一整日的消息："去外地，两天后回。"匆忙间，她竟然拿错了手机。

她下意识地咬了咬唇，在键盘上拨出一串熟记于心的号码，那是一层的保安室的号码。但铃声响了很久都没有人接，她心头一紧，只怕保安室已经出事了。

正当她犹豫下一步该怎么做时，楼下数层的灯一层层亮了，看来楼下也有人，他们得了消息，正要到楼上夹击。阿妹不再迟疑，从距离最近的安全门口闪身出去了。

幸好楼道里空无一人，阿妹打开手包，拿出几个小瓶，倒出里面的东西，以不可思议的速度在脸上涂抹起来。短短一分钟后，她的肤色深了，眼睛小了，嘴巴暗沉沉的，她又把长发扎在脑后，从手包里拿出几片刘海贴在头上，再把大衣上的帽子戴起来，整个人像个熬了一整夜的宅男。

她把手包夹在腋下，藏在大衣里，然后按开电梯。

十秒后，电梯门打开了。她走了进去，按下了一楼。

电梯里有一个壮硕的男子，见她进来，他以警惕的目光盯着她。阿妹当作没有看见，静静地站在电梯一角。她搭上电梯的楼层是三十三层，去往一层只需要三十秒，只要混过这三十秒，她就可以假装去买夜宵，逃出这栋布满猎网的大楼。

然而十五秒过去后，身后的男子抬手按下第十层的按钮。

阿妹知道这人一定察觉出了异样。她的装扮太潦草，仅仅改了样貌，却没有改变身形。但她没有轻举妄动，手悄悄伸向大衣中的手包。

两秒后，电梯门打开的同时，一阵辛辣的雾气从阿妹的手中释放出来，直喷在身后的人的眼睛上。那人痛苦地大喊一声，蹲在电梯里不能动弹。早已在十层等着接应的同伙听到了动静，匆忙来查看情况，结果也被阿妹用防狼喷雾招呼上了。阿妹使出最大的力气撞开了他，匆忙间，防狼喷雾掉在了地上。但她来不及捡，再次跑向逃生通道。

看样子，他们每十层就安排了一个岗哨，那么一层一定还有一个人在等着她。阿妹清楚地知道，从这里开始，每往下一层都是在接近那个黑暗中的潜伏者，而她已经不能再像刚才那样冒险乘一次电梯了。

这一次，只能硬碰硬了。

黑暗中，阿妹打开手包拿出一样东西。那东西在幽绿的应急灯的映射下闪着微弱的寒光。

分裂

由于突然降雨了，为了搭雨棚，原定的拍摄计划拖到了晌午才开工。导演说收工的时候，比预计的时间晚了五小时。程寄向大头交代了明天的安排，然后自己一个人开了台破吉普，往城里疾驰而去。

等绿灯的时候，他打开手机，翻到了那个没有标注姓名的号码，对话停留在他两天前发的消息上。他的嘴角勾起一个笑，他并不介意自己发的消息总是得不到回应。

那个小傻子明明每次都那么盼着他来，但当他迟到了、爽约了的时候，却从来不敢催一声、怨一句。这样的性格一点儿都不好，会让人只想变本加厉地欺负她、折腾她，从她身上榨取更多的忍让。

这样想着，程寄的心里却毫无愧疚之意。他买了酒和卤味作为迟到的补偿，正好大头从文筱筱那里打听到了消息，左轶今天歇业在家，他们难得有足够的时间厮混一夜。

车停在公寓旁的路边，程寄从车里拿出拍摄用的戏服穿上，瞬时变成了一个外卖小哥的样子。然后他拿起卤味和酒，不紧不慢地走进公寓大厅。

然而走进大厅的一瞬间，程寄就察觉到了不对劲。

平日里总站在门厅两侧执勤的迎宾员不见了踪影，在前台后面坐着的保安则低着头靠在椅背上，好像在睡觉。程寄走过去拍了拍他的脸，他却顺着力道滑了下去，不省人事。程寄扭头，发现往常二十四小时不停播放的监视器此刻黑了屏，桌上的电话线也被人扯断了。

不知为何，程寄忽然想起拍摄《冷月无声》时从群演里突然跑出来的那个行为怪异的粉丝，围观人群里似在合围猎物的几个路人，还有他们分工行动时的那种细致和警觉，都和这里的现场有着说不出的相似。

他的心里一瞬间涌出不妙的预感，那预感直指住在这栋楼顶层的人。

程寄从昏倒的保安身上找到手机，报了警，又探查了保安的体征，确认无大碍后才起身向电梯走去。

远远看去，电梯口站着一个壮汉，像在等什么人，又或者是在等什么猎物。程寄全身的肌肉都绷紧了，不自觉地把鸭舌帽往下压了压。

忽然，电梯旁的安全门内好像传来了什么动静，等在电梯口的男人迟疑了一下，然后还是走过去打开门察看了一下。结果门刚一打开，里面就滚出来一个青年，血浸染了灰色的外套，好像是他的腰受了伤。他含混不清地说了句什么，壮汉连忙冲了进去。

受了伤的青年从地上爬起，这时才能看出他的个头并不高。他跌跌撞撞地往外走，与程寄擦肩而过，没有停留。

程寄一心急着要去楼上查看阿妹的情况，也没有出手拦住他。但是当他迈进电梯，发现里面同样站着一个高大的壮汉时，程寄忽然意识到了不对劲。

此时，警笛声远远地响起了。

电梯里的男子看了程寄一眼，没有什么反应，直接走出了电梯。他一边走，一边在和别人打电话，用的是程寄听不懂的语言。

程寄没有追上去。他沉默地按下了关门键，任电梯将自己送上了顶层。

走廊里空无一人，走廊尽头的房门微微打开，似是有人忘了关。程寄走进去，开了灯，发现里面一片狼藉，价值连城的收藏品被打翻在地，家具也被粗鲁地推倒了，那些被费尽心思栽培的绿植也被连根拔起，泥土和花叶散落一地。

如此凌乱不堪的房间里应当有一个正瑟瑟发抖、不知如何是好的主人。

但那人已不知去向。

阿妹等到警察散去了才敢回来。

她仍旧带着救命的手包，灰色大衣却已经被她扔了，她只撕了一小块布下来，用于绑住手臂上的伤口。那是她为了骗过守在一楼的人自伤所致。她假装是他们的同伴，受到了攻击，把手臂上的血涂抹在外套上，才把那个壮汉骗离数秒，最终得到了逃脱的机会。

公寓里有人报了警，但阿妹没有奢望这样就可以让他们落网。他们对于这样的事情驾轻就熟，提前踩了点儿，外场还会有人接应，只怕在警察出现之前就已逃之夭夭了。

天快亮的时候，她假装成刚刚收工的样子回到了公寓。推开门，房中是意料之内的狼藉。他们一定是恼羞成怒，没抓到人就拿这些物件撒气。好在东西都不是她的，并且上了数额不菲的保险，摔了也不心疼。

卧室的房门打开，阿妹突然呆住了。

卧室里，被利器剐烂的床上坐着一个戴着鸭舌帽的男人。

微弱的晨光从半开的窗帘中透进来，他的轮廓有些晦暗不明，像电影里的一个剪影，灰冷的色调隐喻着一个惨淡的结局。

阿妹没有说话，她拿不准该用什么姿态去面对这样陌生的程寄。她站在角落里，像个犯错的孩子。

他略微抬起头，鸭舌帽压得极低，让人看不见他的眼睛。

“为什么不找我？”

他的声音有些哑，好像是刚醒，又或者一宿未睡。

阿妹不知如何回答，顾左右而言他：“保安已经醒了，正在挨个通知业主，待会儿文筱筱只怕会来。”她顿了顿，声音变得有些艰涩，“你还是先走……”

“你不敢报警，一定有你的理由，你不告诉你公司里的人，也有你的理由。”程寄打断她，语气有些陌生，“可是你为什么不找我？为什么不告诉我？为什么……不拦住我？”

阿妹怔住。

“我在大厅里遇到的人是你，对不对？”他站起来，一步步走向她，“我就在你旁边，你却没有让我帮你。为什么？”

他的身影遮住了本就暗淡的晨光，一步步在她身上落下了阴影。她不自觉地往后退了几步：“我……没有认出你。”

“嗬。”他发出一声冷哼，仿佛不屑于拆穿这样拙劣的谎言。阿妹听了更加觉得心里发虚，想再往后退一步，却发现自己已经被他逼到了绝路。

阴影从头顶笼下，他弯下了腰，手触到了她的身体。

她稍微放松下来，可是如以往千百次的那般温柔而缠绵的触碰却没有发生。他的手冷静而利落地在她的身体上游走，最终从她的腰后掏出来一部手机——他给她的手机。

他不说话，把手机放在她的眼前，如同在一个妄图逃脱的罪犯面前摊开了她所有的罪证。

看吧，就算你没有认出我，但起码可以告诉我。一个电话，或者只是一条讯息。但这些都没有。

这样沉默的质问比方才更令人难以忍受，阿妹不自觉地低了头，好像她真的犯了十恶不赦的大错一样。

晨光一寸寸地从窗口爬上来，爬过她的脚面、膝盖，爬过她仿佛还染着些微血迹的腰，又爬上她的脸、她的眼。那双来不及戴上瞳片的眼睛在晨光下呈现出剔透的琥珀色，仍旧浸润着蜜色，仿佛带有糖果的甜，只是她的眼神却是苦的。

如同一个自首的逃犯一般，她用一种近乎解脱的声音轻声说：“我已经没有什么可以给你了。”

蜜色的双眸上，那对如蝉翼般的长睫安分地停在那里，不泄露半点儿情绪。

结束了，她想。她的底牌已经用完了。

空气中有一瞬间的静止，但她不敢去窥探静止中的情绪。

很快，那部并不昂贵的手机被无情地抛下，然后落在冰冷的地面上，碎开一道长长的裂痕。一双脚毫不留恋地改换了方向，走出了被定格的视线。

阿妹没有抬头，更没有追。

反正他是会走的，无论是早是晚，像所有从她身边走开的人一样。他们一旦发现了她身上不再有可以索取的东西，就会毫不犹豫地离开。

她只是有些奇怪，明明自己一早就知道这样的结局，明明已经习惯了这样冷漠的离别，可为什么心还是有些隐隐地疼呢？

她怔怔地留在原地，一如多年前那个空气中充满迷雾的清晨。

天又亮了。

第七章
人生如寄

人的心是一只不肯停留的小鸟，无论在哪里落脚，都只是短暂地寄居。

残 暑

今年的秋天来得有些晚，白日里尚存着一丝残暑的燥热，到了晚上才倏地消散，只余缕缕凉风吹走了薄云，夜空异常澄澈。

大头夜观星象，最近金木合上升，运势应当不错。

事实也确实如此，自从程寄接到《冷月无声》的片约以来，工作室就在走上坡路。尤其是这两个月，不光程寄本人的邀约变多了，其他人的工作量也比以往更为饱和。其中最明显的转变出现在程寄第一次上了热搜之后。

热搜关键词叫“过目不忘的打戏”，都是程寄在以往各部电影里的打戏集锦，配文是清一色的“燃炸”“过瘾”，偶尔也有其他动作演员的视频，不过数量不值一提。

这热搜来得也是诡异，前头没铺垫，后头没下文，就这么没头没脑地在榜上挂了一天，最高时冲到了第二位。后来大头掐指一算，发现《冷月无声》的全国路演就要开始了，想必这条热搜和其他主演的热搜一样，都是片方的营销手段。

果不其然，热搜上去没多久，程寄的名字就出现在了评论和转发里。无数人感叹，看了这么多年武打戏，终于知道了这个专演反派的演员的名字。有人特意去搜了程寄的作品，即将上映的《冷月无声》赫然在列。

随着实时搜索指数爆发式的增长，大家对程寄个人的关注度也迅速提高，团队片酬也跟着程寄的名气水涨船高，开始有媒体来接洽采访，甚至还有品牌方来询价。一切都在朝着好的方向发展。

不过，令大头有些不解的是，程寄的脸上看起来并没有多高兴。

虽说他平时也是一副吊儿郎当的死样子，可但凡涉及挣钱的事情，他都会笑着接受。但这次大头和他一起谈了一个商业活动，站台半小时就能拿二十万，相当于躺着挣钱，程寄看上去却始终兴致缺缺。

大头在一旁说得唾沫四溅，程寄却只顾着转来转去地找猫，半句也不搭话。大头怕他是担心时间不合适，毕竟他现在的档期也比较紧张了："程哥放心，我已经跟主办方敲好了时间，就安排在《冷月无声》首映发布会的同一天，这场活动在上午进行，发布会是下午举行，会场距离活动地点不到半小时车程。"

听到"发布会"三个字，程寄总算有了点儿反应，他把鸭舌帽往上抬了抬："发布会后呢？"

"没安排，程哥之前不是说了那天晚上不要安排工作嘛。"

他正说着，只听喵的一声，那只名叫老鼠的猫被抓住了。

程寄的表情仍是一贯的漫不经心。他抓住了猫后却又放下，打开一个罐头，搁在距离猫几步远的地方，人却走开了。猫闻到了食物的香味，一时并不着急上前，等发现程寄确实在远处不打算过来时，这才警惕地快走几步，把罐头叼走了。

大头没见过这个操作，好奇地问理由。

程寄想了一会儿，然后说：“有段时间没见了，怕它认生。太亲热了它会跑开，如果冷淡一点儿，说不定它自己就蹭过来了。”

果然，没过多久，吃完了一整罐罐头的猫哼哼唧唧地凑过来了。它绕着程寄的双脚来回呈 8 字形转圈，那意思是还要。

大头看这御猫术看得叹为观止，深感自己要跟程哥学的还有很多很多。

除了程寄，《冷月无声》的另外两位主演也都忙得脚不沾地。凌薇儿确实接了新戏，不过不是与邱承泽一起演的那一部。这部戏的男主角是徐子仁，听说也是部古装武打戏，看样子凌薇儿果然如网上爆料的那样，走起了“古装女神”的路线。而林非结束拍摄后上起了综艺节目，阳光帅气的外表加上机智活泼的表现让他成功出圈，收获了迷妹无数。

唯一不见动静的，大概只有女主角左轶了。

息影一年造成了曝光度的断崖式下跌和商业代言的流失，以演员为主业的左轶如果要在短时间内恢复在业界的地位，就必须拿出可以傍身的作品和成绩。圈内都知道她短暂地隐身是为了什么——她和她的团队正在暗地里疯狂地积蓄作品，此刻就像是一场暴风雨来临前的平静，当风雨开场时，绝不会只有一声孤单的雷鸣。

对于《冷月无声》的首映礼兼发布会的时间，大家商量了很久，主要是因为左轶的日程定不下来。同时演两部戏的后果就是左轶的日程像钟表的齿轮一样卡得严丝合缝，很难找到一丁点儿空隙。据左轶的助理文筱筱说，今天下午的三个小时是最近一周内左轶唯一抽得出来的空当，所以其他所有主演的行程都得跟着左轶来调整。

制片方已经习惯了左轶要大牌，但听在其他与会人的耳朵里，就未免太招人嫌了，尤其是凌薇儿。她来的时候一路都气鼓鼓的，直到摄影机架起来，有媒体开始拍照了，她才恢复了笑容。

既然是双女主，左轶和凌薇儿自然要站在正中间，在戏里与女主角们有感情戏的两位男演员则按照各自的 CP 设定站在女主角们的旁边。

台下的摄影师不断地提醒："右边的两位靠近一点儿，哎，再靠近一点儿。像凌薇儿和林非那样。"

站在左边的凌薇儿瞥了身旁的人一眼。这两人不是还加了对手戏吗，怎么几个月过去还跟第一次见面似的？

摄影师拍了几张，又说："程哥可以把腰弯下来一点儿吗？这样画面紧凑一点儿。"

程寄听话地照做。

摄影师还不满足："程哥的手可以放在左轶姐的腰上吗？"

程寄顿了顿，还是照做了，只是手掌并没有真的碰到她的腰，而是做了个假样子。他低头看了一眼被他勉强圈住的侧影，又不动声色地把眼神移开，看回镜头。

这种感觉真是奇怪。明明他们偷会的时候那样难舍难分，到了可以光明正大地同处一室时，却生分得像两个陌生人。

摄影师要求两组 CP 各自做了几个亲密的动作，又是公主抱，又是摸头杀。左轶这组完成得波澜不惊，倒是凌薇儿那组不太顺利。在公主抱的时候凌薇儿故意捣乱，害得林非折腾了好几次才把她抱起来，给场内带来了很多笑声，当然，也为镜头提供了很多精彩瞬间。

"最后一组照片，咱们来个捧脸杀吧。"摄影师得寸进尺地提议。

林非大大方方地捧起凌薇儿的脸，深情地凝视着。场下顿时有了起哄声，气氛比刚才更火热了。

摄影师把镜头转向右边，表情是毫不掩饰的期待："程哥、左轶姐？"

程寄把头上的鸭舌帽取下，塞在裤兜里，侧过身："来吧。"

身边的人迟疑了一下，这才转过身来。她抬起了头，却不抬眼。

这还是程寄今天第一次认真地看她。她穿了一件裸肩的小黑裙，性感却不招摇，两耳下坠着长长的钻石流苏耳环，流苏刚好落在她凝脂般的肩膀上，随着她的每一次顾盼而光彩熠熠。

他顿了顿，然后把手放在她的耳后，轻轻托起她的脸。

不知是不是化妆师失手，扑多了腮红，她的脸色比平时多了几分潮红。被瞳片遮住颜色的双眸并不直视他的眼睛，只谨慎地看向他的眉心，长睫如蝉翼般轻颤着。他们面对面的时间每多一秒钟，蝉翼的震颤就更频繁一些，仿佛急欲逃离。

但程寄没有放走她，反而凑得更近了。他将她的整张脸捧起来，低头望着，两人的唇马上就要碰上，好似一场吻戏的前奏。

台下静了一瞬，然后便骚动起来。摄影师应景地喊："二位再近一点儿！不要怕，南嘉木来了我们会拦住的！"

随着场内响起比方才更热闹的起哄声，程寄把腰弯得更深了，这个高度恰好能让他平视她的眼睛。在他的掌中不断轻颤的蝉翼忽地一停，她对上了他的视线。

就这一眼，让江湖老手程寄忽然怔住了。

古人有句话怎么说的来着？

金风玉露一相逢，便胜却人间无数。

"完美！"台下的摄影师发出满足的呼声。

两人分开，各自看天看地。

呼，好险。程寄心想，差一点儿就吻上去了。

演员暖场后，制片人、导演、监制纷纷上场大谈创作心得。随后电影正式进行首映，大家落座，舞台后的大幕拉开，全场熄灯，只等电影开场。

黑暗中，萧瑟的埙声响起，众人的视线中出现了一片幽暗的夜色，夜色中有一座古色古香的楼阁，楼阁上站着一个黑衣雪肤的女子。镜头拉近，女子脸部的细节不断被放大，那眉、那眼在清寒中透着十足的杀气。

镜头中的左轶从楼上一跃而下，身姿流畅。前方是她要追逐的目标人物，身后则不间断地落下了数个同样黑衣打扮的杀手，一群人开始在夜色中奔袭。随着距离的拉近，暗器、短刃在不断地交锋，随着街巷位置的变化，他们不断地跳起、腾挪。兵刃摩擦的声音不绝于耳，但其中又有攻守的转换和绝杀的震撼。

整段长达五分钟的打戏一镜到底，酣畅淋漓，不愧是大导演的手笔。媒体席中有人开始交头接耳，点头赞许。

开局不错，主创们的心稳了。

然而就在其他人都在关注着观众的反应时，程寄的注意力却始终放在了邻座的人身上。

她好像还在紧张。自落座起，呼吸就有些急促，会场并没有开冷气，但那纤细的手臂似乎在瑟瑟发抖，然而她的脸色却一直是潮红的。在片中的人打得正激烈的时候，她用手捂住嘴，不易察觉地咳了一声。

程寄想了想，还是伸手探了过去，在黑暗中握住了她的手。

她一怔，很快将手抽回。

但晚了，他已经有所察觉。她也知道他有所察觉。

仿佛有无声的对话发生了，片刻后，她站起来，拨开旁边坐着的凌薇儿、林非等等一排观众，向放映厅外走去。

程寄的手握紧了又松开，黑暗中看不清他脸上的神情，只看得到他也在众目睽睽之下站起来，跟了出去。

指尖的黏腻感他很熟悉，闭着眼睛都知道，那是血。

程寄出去的时候叫上了坐在后排的大头和文筱筱。

他们走出昏暗的放映厅，走廊上明亮的光线猛地进入眼睛里，一下子让人有些不适应。但程寄仿佛不受影响，他环视了一圈，终于在垃圾桶旁边发现了蹲成一小团的阿妹。

程寄快步走过去："出什么事了？不舒服？"说着，他伸手探向阿妹的额头。

但阿妹挥开了他。像是要证明自己一切正常一样，她猛地站起来，刚想说什么，眼睛却忽然失去了神采，整个人往后倒去。

程寄连忙接住她，掐了一下人中，她却没有半点儿反应。他转头看向刚刚赶来的文筱筱，厉声质问："你们怎么把她搞成了这样子？"

文筱筱看到阿妹倒在程寄的怀里，直接吓傻了，根本没有注意到程寄语气中的震怒和焦急。大头却怔了怔，程哥的语气……他什么时候和左轶这么熟了？

程寄探了探阿妹的心跳和呼吸，都还在，他心下稍安，自顾自地将阿妹抱起，向电梯快步走去。大头赶到程寄前头，替他按下电梯的下行键，又拉上文筱筱一起上了电梯。四人直接下到了停车场，文筱筱终于反应过来。她说："左轶姐的车停在……"

话未说完，耳边已响起了发动机的轰鸣声。大头开着一辆破吉普，嘎的一声在程寄面前停下，然后赶忙下来帮他开车门。程寄将阿妹小心地放在后座上，自己坐在旁边。

大头把文筱筱推上副驾驶座后，发动车子疾驰向最近的医院。

程寄仍在反复检查阿妹的心跳和呼吸。她已经没有再咳血了，但脉搏微弱，面色惨白，昏迷中仍使劲咬着下唇，好像在忍受极大的痛苦。

程寄替她轻轻地抚平了唇，头也不抬地问："最近有什么异常情况？"

文筱筱此时已经回过神来，知道他是在问自己："最、最近左铁姐的工作排得很紧，前几天听她说过胃不舒服，这两天又一直没睡觉……"

"胃出血……"低声念叨了一句，程寄轻轻地抬起阿妹的腿，放在自己的腿上。他忽然抬起头，原本藏在鸭舌帽下的凌厉的目光一下子毫无遮拦地扫过来，"那你就让她继续累着？"

"没、没时间去医院……"文筱筱勉力解释，"再说左铁姐自己都说忍忍就过去了。"

"她就是这么个蠢性子，累死自己也不哼一声，你作为她的助理，就不会动动脑子？"程寄平时跟旁人的话不多，没想到数落起别人来十分不客气，从明星到助理都骂了个遍，"她这么丁点儿的身子骨够熬几宿，你也不数数？拍戏的时候你搁旁边打瞌睡，她呢，合过眼吗？"

说到最后，程寄已经不是在骂文筱筱了："艺人也是人，不是机器。你跟你们公司吸血鬼说清楚，尤其是那个叫Bella的，好好待左铁！把她累死了，你们连个屁也挣不到！"

文筱筱大气都不敢出一声，任由程寄发了通火。幸好他们十分钟后就到了医院，程寄忙着把人抱下来，不再搭理她。

急诊检查的结果是急性消化道出血引发的休克，情况确实危急，幸好人送得及时。上过麻药后，程寄看着护士把陷入沉睡的阿妹推进了手术室。

站在远处的文筱筱眼泪汪汪，陷入深深的自责中。她没有如约定的那样保护好她的艺人，程寄骂得没错，她确实没有动脑子。

大头看了看文筱筱，又看了看远处焦虑地来回踱步的程寄，再想起他今日提前结束了行程，脑中模糊地有了一点儿不靠谱的推测："这事儿，有哪里不对劲……"

迷 离

空气中有一种陌生的味道，凛冽、怪异。是这味道让她醒来了。

头顶的大灯照得她有些难受，她想抬手去够，却发现一个手指都动弹不了。旁边有人说话，她想问问他们是谁，她在哪里，却张不开嘴。

糟了，她想。该不会又被他们抓住了吧？

她还记得上一次被他们抓住后，在地下室里被关了整整十天。头五天是不给饭吃，后五天是不让睡觉，他们故意把一盏明晃晃的吊灯吊在她的眼前，那吊灯随着他们的每一次拍桌而摆动。

左，右，左，右。

她的眼睛不自觉地随着那灯光游走，越是刺眼越要去追，越是想睡，越要提醒自己保持清醒。只有追光才能保持清醒，只有醒着，才能死守住那个秘密。

左，右，左，右。

他们不敢在她的身上弄出伤口，尤其是她的脸："外国女孩儿的脸很金贵！"那个人一边这样说着，一边用汗津津的手摸她的脸颊，继而是身体。她躲也躲不开。

左，右，左，右。

她被找到的时候，神经因为长时间的紧绷而变得迟钝，被反绑的手也早就失去了知觉。头顶的灯终于被关掉，眼睛被人温柔地覆住，她却还是觉得眼前有白影在晃动。清醒和昏睡的界限如此模糊，以至于她到现在都不知道那声温柔的"阿妹"是她亲耳听到的，还是梦一般的幻觉。

她用尽了力气才勉强说出："阿 sir（警官）……"

入夜，医院里已经少有人走动。程寄把窗帘拉开，让路灯的光透一点儿进来。

她该醒了。

医生说手术完成得还不错，因为做了全身麻醉，她醒来后可能会有短暂的意识不清，需要一个人陪护。她还年轻，恢复起来应该很快，只是后续不能再这样劳累了，也不能背负太大的心理压力。

文筱筱这次确实被吓到不行，也不管 Bella 平时是怎么要求的，她一个劲儿地拍胸脯保证，说会让左轶好好休息，然后就一个人跑到外面疯狂地打电话，应当是去协调后面的行程了。

程寄已经彻底平静下来了。他让大头守在病房外面，提防无关人员的窥探，自己则守在病房里等她醒来。

病床上的人脸色苍白，因为打了麻醉而陷入昏睡，看起来没有往日的半分灵气，她好像在用这样的方式指控他擅自离开两个月的行为。

他低下头去，手指深深地插在头发里，无声地谴责自己的罪行。

忽然，床上好像有什么动了动。

程寄猛地抬起头："阿妹！"

似乎是听到了他的声音，阿妹抬了抬眼皮，又无力地闭上了，嘴里喃喃地念叨着什么，他听不清。

程寄坐到她的床边，捏了捏她的手："阿妹，阿妹。"

他连唤几声，她终于睁开了眼睛。掩饰用的黑色美瞳片在手术前被取下，露出了蜜糖琥珀般的本色，但眼神还是愣愣的，她好像不知道自己在哪里，也不知道发生了什么事。

程寄轻声告诉她她昏倒后发生的事："阿妹，你做了手术，现在在城西医院。不要担心，这里没有别人，只有我。”

程寄拿来枕头，稍稍将她的头垫高，又拿起水杯放在她的嘴边。她乖乖地润了润嘴唇，然后又直愣愣地看着他，说了两个字。

这回他听清楚了，她叫他“阿 sir”。

好像心里忽然响起了一声空寂的铃音，程寄顿了顿，不动声色地问：“阿 sir 是谁？”

阿妹的脸上露出一种貌似困惑的神情，与她往日佯装镇定的样子截然不同，有几分稚气，又有几分烂漫。

“阿 sir 是……好人。”

大概是因为麻药还没有完全消退，她连说话都有点儿含混不清。她浑身软绵绵的，缩回了被窝里，像一只小动物一样。

“阿 sir 救过我。”她又说，眼神傻乎乎的。

程寄忽然勾唇一笑，笑容里有几分邪气：“哦，救过你？”他凑近了一点儿，声音故意放得很轻，“什么时候，什么地方，还有谁？”

被麻药攻陷了意志力的阿妹乖乖作答：“两年前……在澳门……还有……”说着，她又忽然停下来，“我困了。”她打了个哈欠，像只幼猫一样用指尖拍了拍自己的鼻尖。又因为刚做过手术，还有些疼，哈欠打到一半就忍不住闷哼一声。

程寄露出无奈的表情。他原本想趁机套话，但她露出这般温顺无害的样子，他这么卑劣的人也下不去手了：“好好好，你睡吧。”说着，他就要从床上起身。

但她一把抓住了他的手，破天荒头一回。

“可是你还没有唱歌呢。”阿妹的头歪在枕头上，声音如松软甜腻的棉花糖，“唱《两只老虎》，哥哥。”

程寄哭笑不得，他怎么又成哥哥了？

可是她不依不饶，平日里胆小瑟缩的样子都不见了，她歪着头在他的手边蹭来蹭去，扑闪着好看的蜜色的眼睛，长睫拂到他的手背，有点儿痒。

程寄的目光一沉。这小傻子该不会以为他真是坐怀不乱的正人君子吧……

他弯下腰去，靠近她。

她忽然咬了他一口，正咬在手背上："快唱！"

程寄忍不住嘶了一声。不管清醒不清醒，这咬人的习惯倒是没变。

他瞪了她一眼，想着"看在这里只有你的分上"，真的开口唱起来："两只老虎，两只老虎，跑得快……"

她打断他："跑调了。重唱。"

音痴多年从未被人揭穿的程寄哪里受过这样的屈辱？他深吸一口气，调息半晌："两只老虎，两只老虎……"

她又打断他："又跑调了。重唱。"

"两只老虎……"

"重唱！"她的声音大起来。她竟然真的生气了。

"好好好，重唱重唱……"

折腾了很久，病房里的声音终于消失了。程寄给阿妹盖好被子，轻手轻脚地出去了。

门外有个人在等他："程哥。"

程寄点点头，问道："她的经纪人怎么说？"

大头望了望还在走廊尽头打电话的文筱筱："近三天的行程都取消了。"

"只休息三天够吗？"程寄皱眉，一脸不快，"医生的建议呢？"

"医生当然建议多休息一段时间，但你也知道，像她这样的艺人……"大头没有把话说完。

程寄靠在门上，仰头叹了口气："这三天我的活动也都取消，跟弟兄们说一声，就说我回老家了。如果有因为我启动不了的项目，跟主办方道歉，按合同赔钱。还有……"

半晌过去，没有等来意料之中的回应，程寄侧过头，发现大头一脸踌躇。

"怎么了？"程寄摆正了身子。

大头顿了顿，犹犹豫豫地说："程哥，她……"

程寄挑了挑眉，示意他把话说完。

"她……她……"大头吞吞吐吐了很久，最终眼一闭、心一横，把盘旋在心里许久的事情吐了出来，"她是有夫之妇，程哥你不能当小三啊！"

程寄怔了半天，忽然大笑起来，笑到弯了腰，止都止不住。

大头愣愣地看着程寄大笑，不知道自己哪里好笑。这是很严重的事情好吗？！虽说程寄做事向来大胆，但也从来没有碰过道德的底线，更何况左轶是赫赫有名的艺人，如果绯闻被爆出来，别说毁了他一个小小武指的前途，就连左轶的名声也会翻船。程哥怎么还能笑得出来？！

笑了半晌，程寄总算停下来了。

"此前我答应了她不告诉任何人，但如今你发现了，左右也瞒不住你了。"他的表情还是一贯漫不经心的样子，说的话却如平地惊雷一般，"病房里的人，不是真的左轶。"

"啊？！"

大头傻眼了。

程寄把阿妹的情况简略地说了一遍，略去了那些隐秘而热烈的段落。听完，大头许久说不出话来。近期程哥一切反常的行为都有了答案：他时不时地失踪，休息日也总是在赶时间，还有两个月前开始的莫名其妙地烦闷，都有了合理的解释。

可这理由也太离奇了吧！那个“左轶”是假的？！

大头在脑中混乱而飞速地想了一通，努力镇定下来：“程哥，你跟谁好这事儿我不管你，也管不住。但我提醒你一点，像左轶这种量级的艺人，竟然在这么长时间里被人冒名顶替着，背后一定有什么原因。”

大头那圆乎乎的脸上难得地露出正经八百的神色：“别忘了我的腿是怎么没的。有钱能使鬼推磨，这亏咱们吃过了。”

程寄也难得地收敛了漫不经心的表情：“我知道。”

一时间，两人都没有再说话。但大头读懂了他的表情。

程寄什么都知道。他知道这是一个被资本控制着的深渊，一旦踩错一步就会万劫不复。他也知道最好的办法是明哲保身，掉头离去。

但他做不到。

大头知道他心里做了决定，无声地叹了口气：“明天会有很多人来看她，程哥，做好准备吧。”

程寄没说话。他拍拍大头的肩膀，男人间的互相理解，一切尽在不言中。

初秋的夜微凉，程寄在室外透了口气，想起病床上的被子似乎有些薄，于是又折回房中。然而当他打开房门时，却怔住了。

病床上的被子被掀到了一边，床上不见人影，窗户半开，晚风吹进来，撩得窗帘乱动。

程寄赶紧几步走到窗边，探出头往下看去，只见半人高的灌木断了几枝，叶片散落一地，像是有人在此滚落。

程寄低骂一声，转身拿了床边的大衣，快步走出门去。

“她跑出去了，告诉助理去找。”程寄一边快速地吩咐大头，一边沿着走廊搜查每个病房，“不要惊动医院里的人，她现在麻药没退，问什么说什么，被人听到点儿风声就坏了。”

程寄一边心急如焚，一边也忍不住猜想，她翻窗而出，明显是在逃跑。她明明被哄睡前都好好的，怎么一睁眼又跑了？

他非常不情愿地自我反省，难道又吓到她了吗？

医院说大不大，说小不小。住院部大楼的每层都有几十间病房，上下十几层楼，找起来十分费劲。过了一个小时，大头在一间普通病房里发现了异常，于是立刻打电话叫来了程寄。

程寄一路飞奔而来，却在病房门口突然放慢脚步。

空荡荡的病房里只有一张单人病床，上面有一个插着呼吸机的陌生男子沉睡着。床边团着一个小小的身影，身体微微地起伏，看起来温顺又无害。

程寄稳住呼吸，放慢了脚步，轻轻走到她旁边蹲下，给她披上了大衣。

听到他的动静，她醒了过来，然后抬起头，睁开蜜色的双眸。见是他，她迷迷糊糊地问："他们走了吗？"

程寄不知道"他们"指的是谁，不动声色地撒谎："走了，我们也该走了。"

她好像放下心来，转眼拒绝了他："我不走，我要在这里陪阿 sir。"

程寄往病床上看看，那是一个再普通不过的中年男子，有着因长期卧床而泛黄的脸色，床尾的病历卡上写着一个名字，李子山。他暗暗记下，轻声哄她："阿 sir 在睡觉，我们明天来陪他，好不好？"

"不好。"不清醒状态下的阿妹异常顽固，"我就要在这里陪他，你们别想把我和阿 sir 分开！"

"阿妹，"程寄的语气比刚才强硬了一点儿，他感觉自己的耐心在一点一点儿耗尽，"我们回去。"

"你说谎。"阿妹猛地站起来，刚刚披上的大衣掉落在地上，"根本就没有回得去的地方。"

尽管她站起来时摇动了病床，床上的人却根本听不到，只是无限期地昏睡着。

程寄沉默地仰头看着她。她居高临下地望着他，可是眼神却没有半分气势。糖果一般甜蜜的双眸里好似有无尽的痛楚，而对于这痛楚，她显然觉得他应该懂。

她又把他当作了别人。

这样的情况让程寄心烦意乱。她什么也不肯说，什么也不愿解释，关于她的来历和去处，至今他仍一无所知。可是显然她也有过同伴，而她不肯解释是否就是因为这个同伴呢？

半晌，程寄捡起大衣，重新给她披上，她抗拒。两人僵持许久，最终还是程寄赢了。他给她严严实实地穿上了大衣，被包裹在大衣里的她像个暴躁的小动物，不停地扭动挣扎，只想挣脱出来。

程寄忽然想起了什么。他伸出食指，在她的鼻子上轻轻刮了刮。

“乖。”

就好像他施展了一个魔术，她瞬时就不动了。浸润着蜜色的眼眸怔怔地看着他，好像在他的脸上寻找着什么，或者寻找着谁。

程寄心里一动，面上还是满不在乎的神色，语气却有了点儿邪气。

“今天先放过你，等你清醒了，你说过的这些胡话都要一句句给我解释清楚。”他一把横抱起她，向外走去，“不然，我绝不再放开你。”

邪气而无赖的人自顾自地说着，并不在意她是否听懂了。

撩 动

三天后，大明星低调出院。

尽管医生建议多观察几天，但文筱筱还是办了出院手续。一方面是因为 Bella 那边一直在催着左铁的工作进度，另一方面也是因为左铁住院的消息爆出后，来探望和窥视她的人实在太多了。每天她都要和保镖打发走好几十拨人，但病房里的人还是络绎不绝。除了坚信左铁是在装病的南嘉木以外，不管和左铁是否熟识，大大小小的艺人都来表示了关心，害她一整天都没法合眼。这样看，还不如回剧组，省去这些麻烦。

好在左铁对此毫不介意。事实上，左铁似乎对任何事情都不在乎，文筱筱说什么她就做什么，即便刚刚经历过一场手术，她也毫无怨言地继续工作。

文筱筱不是不担心。回剧组的车上，脸色苍白的大明星靠在车窗上合着眼休息，明明曾是那么光芒万丈的人，此刻却安静得仿佛不存在。文筱筱看在眼里，有点儿心疼。

这几日，她总是会想起那天程寄在车上骂她的那些话："艺人也是人，不是机器！"她不由得深深地叹口气。作为左铁的助理，她好像还没有一个外人懂得如何关心自家的艺人。

她对左铁越发愧疚。

的确，无论是粉丝还是经纪公司，谁都不比她更知道左铁的辛苦。Bella 拼命追求经济效益，尽可能地压榨左铁每一秒钟的价值，在这个流水一般不断向前奔涌的产业链里，作为贴身助理的她是左铁唯一的盾牌。

可是渺小如她，究竟该怎么做呢？

半个月后，左铁同时出演的两部戏的其中一部宣布杀青，另一部也即将收尾。她终于可以腾出时间参加《冷月无声》的路演了。Bella 给出的指令是全力配合片方的路演行程，这就意味着左铁要花整整一个月的时间去往全国的三十座城市，完成至少五十场路演。

Bella 的意图不难猜测，她要确保《冷月无声》万无一失，一炮而红。

路演如今已是电影上映前很常见的宣发手段，一般由导演、演员等主创组成不同的小队，携电影在全国各大城市进行放映，还要举办观众见面会。这种最早可以追溯到一九一二年美国《伊丽莎白女王》公映时的宣传方式经百年的演化，如今已不再仅仅是走马观花。通常电影放映结束后，主创们会留下来接受现场访问、与观众互动等等，把现场的气氛炒到高潮。

作为观众，可以提前看到明星的新作，又有近距离接触明星的机会，自然对路演趋之若鹜。观众的热情会直接反馈到当地院线，如果口碑尚佳，在电影正式上映后，院线便会通过排片让其更具优势，电影就有更大的机会在同档期的作品中脱颖而出，得到更多的票房。

所以，即便路演耗时耗力，制片方仍然决定投入大量人力和时间进行全国三十城的路演，而且尽可能地协调好了四位主演的档期。只不过，尽管主演们的档期调到了一起，咖位却不能勉强到一起。同一班飞机上，左轶、凌薇儿、林非三人坐的是商务舱，程寄却带着大头坐在经济舱，到了酒店，明星们一人一间豪华套房，程寄和大头却只分到了一间普通大床房。

进了房间，大头还在愤愤不平："凭什么咱们就低人一等，这不是给我们难堪吗？程哥，咱得去找人说道说道。"

程寄倒是不为这种事情生气，他看过的太多了。娱乐圈里按咖位排位，等级分明，订票、订房间的人也是照章办事，无可指摘。他拦住气冲冲地要去讨公道的大头，然后说："放心吧，你今天住的是豪华单人间。"

大头愣了愣："程哥，你要去帮咱们换房间啊？"

程寄把鸭舌帽戴上，压住眼睛，只看得到他嘴角勾起的一个坏笑："有比换房间更简单的办法。"

不等大头回答，房门就砰的一声关上了，只留大头一个人傻愣愣地坐在大床上。

别说，少了个人，还真是豪华单人间。

两分钟后，同一个酒店的顶层套房内响起了门铃声。

阿妹警惕地透过猫眼看了看，却只看得到一顶黑色鸭舌帽。

她咬了咬唇，没有开门。

猫眼里的帽檐动了动，有声音从门板后隐隐约约地传来："再不开门我就要被别人看到喽。"

片刻后，房门无声地打开了，一只纤细的手拉住他，把他扯了进来。门关上后，她低着头用了全身的力气把他推在门板上，一副要跟他顽抗到底的样子。

程寄觉得有点儿好笑："来都来了，不请我坐一下？"

阿妹还是不抬头，声音闷闷地从下面传来："你不该来。"

程寄装模作样地假咳一声："你以为我想来？片方让我们两个大男人同床共枕，这哪儿受得了？我想你这里房间多，蹭张沙发总可以吧？"这个混迹娱乐圈多年的男人说起鬼话简直手到擒来，表情还十分真诚，好像真的只是来做一晚沙发客。

但他的动作泄露了他的真实想法。他轻轻托住抵在身上的两条手臂，阿妹刚想抽走，就被他紧紧抓住："又或者，蹭张床也可以。"他邪气地一笑，勾起一边的唇角。

阿妹的脸上还带着妆，看不出真实的脸色，耳后却瞬间泛起了大片淡红色。程寄逗了她半晌，最后终于放开她。她立刻后退三步。

程寄在心里叹口气。这小傻子比猫的戒备心还强，一段时间不见，防他跟防陌生人一样。但他在面上却没表现出来，而是故意叹了口气，用哀怨的口吻说："不说别的，我进来半天连杯水都没的喝，救命恩人就这待遇？"

闻言，阿妹终于抬起头来。

她的美瞳片已经被摘下，此刻露出了她真实的眸色和眼神。那束蜜糖一般的目光中有一点儿惊讶，又有一点儿不确定：“那天送我去医院的……真的是你？”

程寄自顾自地走到沙发边，大大咧咧地坐下：“当然是我。后来你偷偷溜出病房，冒着被传绯闻的风险，把你安全带回病房的也是我。怎么样，是不是很感动？”

阿妹怔怔地看着他，没有说话。

文筱筱说那天左轶晕倒后是程寄把她送到医院的。左轶不是不信，只是总有一点儿不确定，他明明已经……

“你以为我走了就不会回来？”仿佛看穿了她的想法，程寄慢条斯理地道，“我还没有那么小家子气，吵一架就要一辈子都不搭理对方。更何况，我们又没有吵起来。”

他挪开了目光，看向窗户。明净的玻璃映出了房内两人疏离的身影：“其实我反倒希望你和我吵一架，但每次都只有我一个人在演独角戏，你总是什么都不说。

“我告诉了你我的事儿，你却什么都不说。阿妹，你不觉得欠我什么吗？”

他转过脸来，静静地看着她，脸上没有了往日的漫不经心：“阿妹，你欠我一个解释。”

阿妹的脸上露出不知所措的表情，她反反复复地咬着唇，几乎要见血了。良久，她开口：“抱歉，我原本不想把你牵扯进来。”

程寄的神色一变，这不是他预期中的回答。

阿妹继续说：“从一开始，我就不应该接近你……和我关系太近很危险。”

程寄缓了缓神色，拉着她的手坐下。茶几上摆着镜子、美瞳盒和湿纸巾，显然她原本正在卸妆。程寄一边极其自然地拿起一张湿纸巾轻轻擦拭她的脸，一边说：“你说的危险和阿 sir 有关吗？”

听到这个名字，阿妹一震。

程寄不动声色地继续道：“还是应该叫他，李子山？”

阿妹不可置信地看向他，声音都抖起来：“你怎么会……”

“我怎么会知道？”程寄替她把话说完，“你不清醒的时候叫我阿 sir，后来知道了自己在城西医院，你又跑到了一个叫李子山的病床前。”

程寄的手停下来。他一字一句都透着寒意：“你还说，别想把你和阿 sir 分开。”

阿妹脸上的妆容已经完全被他擦去了，露出了一张混血儿的完美脸庞。他轻轻地端着她的脸颊，他的脸上明明是那么漫不经心的表情，却让人莫名地觉得有一股杀气。

房间里有一瞬的沉默，她的眼眸垂下，掩住了情绪。半晌，她开口，嗓音仍如棉花糖一般绵软而无害，但说的话却字字惊心。

“你不是问过我，我以前是做什么行当的吗？”她用那双剔透而无辜的蜜色眼睛看着他，“我是个老千。”

五光十色的夜幕，金碧辉煌的赌场，数不清的牌桌、筹码，还有钱——曾经，这就是她的一切。

刚刚成年就被带入行，从此，她过上了黑白颠倒的人生。她聪明、记忆力好，很快就明白了那些复杂的规则和玩法，并且学会了出千。刚开始，她每场都赢，但很快，赌场的人注意到了她，他们对她狠狠警告了一通，然后就把她扔了出来，不准她再进去。

但她不能放弃。走到这一步，赌桌就是她的一切，筹码是她自己，赢的是她和哥哥的人生。于是她开始学习伪装。化妆比起在赌场做事来简直容易得不值一提，要想改变年龄，仅靠一根修容笔就能做到，发型和眉形稍微改变甚至能调换性别。那时还没有人脸识别技术，她每天换个装扮进去，每一次都能成功地浑水摸鱼——直到被他们抓到。

“他们是谁？”程寄打断她。

阿妹歪头想了很久，给不出一个准确的答案：“他们就是……他们。没有其他称呼，大家都这么叫。我只知道他们的老大姓陈，底下的人叫他陈生。”

陈生从不露面，露面的只有底下那些打手。他们发现了阿妹的伪装，于是顺藤摸瓜，找到了在背后替她出谋划策的哥哥。他们把她的哥哥抓了起来，却仍旧让阿妹每日去赌场出千赢钱，只是赢的钱再也到不了她手里了。

“有一天，哥哥找到机会逃了出来，我以为我们终于可以一起逃了，于是买了离开澳门的船票。但他们后来追上来，把我抓回去关在了地下室里。过了十天，是阿 sir 找到我，救我出来的。

“我一直不敢告诉你，因为我不是好人。”

琥珀般剔透的眼睛里盛满了不知名的情绪，每多说一个字，她就把他多推开一步。

“现在你知道了，你可以走了。”

说完，她垂下眼眸，静静地坐在那里，一动也不动，仿佛是电影终章的一个定格画面。

但预料之中的脚步声没有响起。一只温暖有力的手托着她的脸庞，将她引向一个怀抱。

“我想你搞错了一件事，请神容易送神难。”低沉的声音在耳畔响起，酥麻而危险，“既然我已经来了，想要我走可没那么容易。”

阿妹靠在他的肩膀上，直直地望着天花板上炫目的灯。她不知道他说的是今晚临时的留宿，还是什么别的意思。

但她不愿去深究了。

好吧，就放弃无谓的抵抗，回抱住这个温暖的身体，任由意识沉入久违的气息中，缓缓下坠吧。

探 入

不走这一遭还真不知道，路演原来是创造感情的绝佳时机。

在剧组，由于彼此档期和场次的不同，他们之间还没有这么多共处的时间和机会。但在三十天的路演行程里，浩浩荡荡的一支队伍从北向南一路行进，除了偶尔请几次假，所有主创几乎朝夕相处，同车、同住、同进退。如果愿意，同床共枕也不是不行。

单身演员之间的关系在肉眼可见地变好，比如凌薇儿和林非。尽管他们在戏里饰演一对相爱相杀的怨偶，在现实中也由于背靠的投资方不同，杀青后并没有太多往来，但在这一趟路演中，凌薇儿几次身体不适，幸亏林非一力关照，屡次将自己用的旅行神器和药物送给她。在后面的行程中，凌薇儿知恩图报，不但在活动上努力配合表演，在活动结束后也与林非挽手同行，显然亲近不少。

同行的工作人员之间都在传，这部片子里又要出一对荧屏情侣了。

不过，相比自由自在的单身男女，结了婚的左轶显然就要拘束很多。大多数时候，人们只能看到她独乘一辆车，独坐一张桌。和她在电影里有情怨纠葛的程寄或许是为了避嫌，也并不像林非那样关照女主角。没有观众和摄像机的时候，二人的表情都是淡淡的，仿佛彼此不过是点头之交。

只有大头知道事情没有这么简单。

隔三岔五地，程寄就会半夜消失，然后在所有人醒来之前回来。

不用问也知道，他又去找阿妹了。大头每次看到程寄眼下的黑眼圈就心疼地想，哥啊，行程这么紧张，就放过人家小姑娘吧。

大头猜对了一半，程寄深夜出门的确是找阿妹去了。

他们好像又回到了在剧组偷会的时候，白日里生分得像两个陌生人，到了夜里，却会纠缠在一盏灯下、一个房间里。但与那时候争分夺秒地亲密不同，这一次，他们有漫长的夜晚、大把的时光可以做一些以前没时间做的事儿。但程寄绝不是去做大头想的那件事。

他就是找阿妹聊天去了。

真的是盖着被子纯聊天。

阿妹过去的经历极其坎坷，他花了好几晚才算听了个大概。

“我出生在澳门，一直到十九岁都在那里。澳门是座小城，小时候我常想，长大了要出去看看，却没想到真长大了，连赌场都出不去。”

拥有蜜色眼睛的姑娘自嘲地一笑，眼里已看不出当时的心绪。她自顾自地说了几句，就闭上眼陷入了回忆中。

赌场的人工穹顶二十四小时都是蓝天白云，进去了就分不出昼夜。于是那些人就日复一日地耗在牌桌上。在他们手里经过的数不清的筹码可以换来足以买一条人命的财富，然而却轻得掂不出重量。

“为什么要做老千？”

身边的男人似乎极有耐心。他不在乎她每段话中间大段的空白，每当她因回忆而累得要睡着时，又会被他温柔地唤醒。两人和衣而卧，他将她圈在怀里，轻轻抚摸她的后颈，一个问题，再一个问题，好像要把她的全部魂灵都掏空。

真是奇怪，明明他看起来一副又阴险又卑鄙的样子，明明知道他是故意做出了暧昧的姿势，露出轻柔的表情，她却还是克制不住地想要靠过去。

“老千可以挣钱，挣很多钱。”她闭着眼，声音细软得如棉花糖一般，“而我需要钱。”

“要钱做什么？”

男人的声音很轻，没有了往日那种玩世不恭的腔调，让人十分安心。

“很多地方都要用钱……一开始是为了治妈妈的病，后来是为了吃饭，再后来……”她的声音渐渐低下去，要靠在她的唇边才听得到她模糊地说出的几个字。

“为了……哥哥……”

程寄沉吟半晌，停下了在她背后的轻抚：“你说的哥哥，现在在哪里？”

好像是因为失去了某种安慰，阿妹从睡意的边缘醒来：“他那时留在了澳门，和他们在一起。”

程寄忽然想起来什么：“你哥哥，难道就是阿辉？”

她迷糊地点点头。

“可是你们长得并不像。”他记得很清楚，阿辉是典型的广东人的长相，并没有混血儿的样貌。

“我们的爸爸不一样。我的生父是葡萄牙人，他在我出生那年就回国了。”

她的生父走后，靠帮厨养家的妈妈失去了大部分的经济来源，有着两个孩子的家庭很快陷入困顿。光是阿辉的学费就要掏空家底了。为了挣钱，妈妈不得不起早贪黑，做更多活计，但也因此积劳成疾。阿妹十七岁时，妈妈查出了肝癌。

“哥哥刚刚高中毕业，考了大学也不去念，说要去挣钱给妈妈治病。结果一年后他回来时，钱没挣到一分，还欠了一屁股债。”

她怎么也想不通，从小规规矩矩的哥哥怎么会和赌场的人搅和到一起，还欠下了她无法想象的巨款。但事已至此，她也没有办法，只好半工半读，想尽快筹出治疗费。

但妈妈的病情迅速恶化，不过半年，已经到了卧床不起、只能喝流食的程度。医生说如果不马上做手术，她都撑不到第二年春天。

“手术费要六十万，我要打十年工才能挣到这六十万，妈妈怎么等得起？哥哥说，没办法，只有去赌一把了。”

对未来一无所知的懵懂少女就这样第一次走到了赌桌旁。

在澳门生活这么多年，她一直以为自己的人生与赌场是两个平行世界，却没想到命运之手如此随心所欲，随意挑弄一下就将人推入了万劫不复的地狱。

赌了一次，就有十次、百次、无数次。

钱不够多，永远都不够。赢了的又会输回去，输了就只能加大筹码再赢回来。她已经忘记自己是如何在牌桌上杀红了眼，赢了半人高的筹码还不收手，直到赌场的人把她抓住又丢出去的了。

她到这时才清楚地知道为什么哥哥会陷在这个无底洞里。上了牌桌，停手就难了。

为了再混进赌场，她想了很多办法，尾随、伪装、偷护照，做尽了坑蒙拐骗的事儿，也是在这时，她遇见了阿 sir，李子山。

李子山是这一区的警官，他几次抓到她，关几天放出去，然后再抓进来。和阿妹的屡教不改一样，李子山也是个倔脾气，一次教不会，就教十次。

“阿 sir 跟我说，老千做不了一辈子，被人抓住就断手断脚，后半辈子就废了。可我那时候不听，一心想挣快钱。”现在想起来，阿妹只觉得当年愧对阿 sir 的良苦用心，“我仗着自己越来越善于弄假成真，有一次偷了赌场酒店一位女住客的护照，然后照着相片假扮成她的样子，结果出千时被发现了，他们抓到我，关了十天。”

她说起这一切时轻描淡写，仿佛是在谈别人的人生，唯独说到阿sir时，话里有十二分的难过："我对不起阿sir，是我害了他，让他变成现在这个样子。"

不久后，李子山在一次任务中落了单，被一伙不知来历的人拦住，痛打一顿，当时就失去了意识。她从他们的闲聊中探到了口风，知道了阿sir打乱了他们的计划。

"那位女住客是一个富商的女伴，那个富商也是个赌场大亨。他知道我的事情后，出价十万美金买我的青春。他们高兴坏了，想着等我再赢几局，就把我送出去。如果没有阿sir，说不定在富商身边的下一个女人就是我。"

若不是李子山找到了她，她后半辈子都将继续在不分昼夜的赌场里过着不知今夕何夕的日子。

然而李子山的遭遇并不能让陈生满意，更何况阿sir在寻找阿妹的时候发现了他们犯罪的证据，而且藏了起来。阿妹探听到他们下一步会去阿sir所在的医院，要让他彻底消失。没有时间留给她犹豫了，她用尽一切办法逃脱了他们的掌控，溜到医院里把阿sir偷了出来。

她也是那时才知道，阿sir为了素昧平生的她承受了什么。

"肱骨、桡骨、尺骨骨折，脾脏、肝脏破裂，股大动脉损伤。"她到现在还背得出病历本上的全部文字，每个字都好像是一座山一样沉沉地压在她的心头。

她在病房里见到的阿sir已经看不出来人形，他僵硬地瘫在那里，像一个随时可能碎裂的玩具。她假装成护士把他从病房里带出来，然后躲进了港口。

"你一个人把阿sir带离了港口？"程寄听到这里，也不得不感叹她当时的足智多谋。

“不，把阿 sir 带出来的是 Bella。”

就在她想要离港的同一天，Bella 也正要坐船离开。她好巧不巧地混上了 Bella 乘坐的那艘船，但因为带着一个病人，目标实在太大，开船后她终于还是被发现了。应该说是上天开眼，让 Bella 目睹了她的伪装被船员拆穿的全过程，一个惊天计划在 Bella 脑中闪电般地出现了。她在船员面前保下阿妹，并且许给了她一份回报不菲的工作。

“Bella 说，只要我假扮成左轶，就帮我出阿 sir 的医疗费，并且保证他不被他们找到。”阿妹说起这一切时仍旧觉得心有余悸，“我自然求之不得。”

从那之后，她就开始了假扮成左轶的人生。她花了一年的时间学习演员要学会的一切技术，并且不断地观看左轶从前的影像，模仿她的表情、动作、语气，乃至一切。直到半年前，Bella 将她推出来，向世人宣布她就是复出的左轶。

“那真正的左轶在哪里？”

阿妹摇摇头：“我从没见过她，Bella 也没有告诉过我。”

说实话，她很惧怕 Bella。这个传说中一个人就是一支军队的王牌经纪人擅长解决棘手的问题，也擅长掌控人心。当初她与 Bella 签下条约，就是因为 Bella 看准了她放不下阿 sir。阿 sir 受伤后一直昏迷不醒，原本医生说要安排手术，和 Bella 谈过之后却改了口，说还要再观察观察。这一观察就是大半年，阿妹再笨也反应过来了。阿妹为了阿 sir 乖乖签约，现在阿 sir 又成了 Bella 控制她的筹码。

以利诱之，再以人质制之。她原本应该很熟悉这样的手段，赌场里的那些人也是这样对她的。

“说起来，我要谢谢你带我找到阿 sir，我本以为在与 Bella 的合约结束之前，我都见不到他了。”

“哦？这么说我又做了件好事？”程寄歪嘴一笑，“该怎么奖励我呢？”

她在他怀里不作声，不知他玩的什么把戏。

“奖励我一点儿坦诚吧。”恍惚中，好像有人吻了吻她的脸颊，“以后我想看到你真实的样子。”

这一次，她没有讨价还价，而是仰头轻轻地应了一句：“嗯。”

路演临近结束，他们也渐渐从一线城市走向了二线城市，及至三四线。场所、设施、安保，走着走着就参差不齐起来。

待他们到了某个偏远些的小城的影院，正常路演时都会布置的隔离带在此无处安放，保安的人数也比最初双方联络时商定的少很多。据影院经理说，这是这里最好的影院，而他们已经做了最好的准备。

条件的艰苦没有阻碍剧组和观众的热情，路演仍旧照常举行。由于舞台与观众席间并未设隔离带和人墙，而观众席中的观众又超过了定额，以至于现场人满为患。当影片放映结束后，四位主演依次走上舞台，还没站定，观众席中就爆发出了一声大喊：“左轶！”说着，一名神情激动的男子冲上台来，直扑向主演中走在最前列的人。

与此同时，不待台上数人反应过来，林非觉得走在自己身后的那个总是懒懒散散、磨磨蹭蹭的男人动了。

仿佛是游动的鱼，又好像是随光移动的影，程寄瞬间就拦到阿妹的身前，拉住了那个飞扑过来的不速之客。

然而情况出乎所有人的意料。这个大叫左轶名字的狂热粉丝给了现场观众一种过激的示范，看他毫无阻碍地冲上舞台，与明星们近在咫尺，原本好好坐在观众席的人们也沸腾了。更多的人激动地涌上来，想圆一圆自己的追星梦。

站在舞台角落里的数名保安根本就无力阻止人潮，原本设计的明星通道也被人群堵住了。凌薇儿和林非倒是还好，由于他们还没走到舞台中央就站住了，得以在保安的帮助下退回到后台。被粉丝们层层拦截的阿妹和程寄则深陷于人潮中，进退两难。

待到更多的工作人员被叫来，他们好不容易疏散了人群，场内已是一片狼藉。女主演惊魂未定，不过看上去并没有受到什么磕碰，但程寄就没这么幸运了，在人群的冲撞中，他几次被相机和手机磕到，还受到了撞击，身上青一块紫一块，还有几处擦伤，甚至有一处伤在脸上。

活动自然是没办成，影院经理赔了几个小时的礼，生怕这些金贵的演员生起气来要赔偿，一开口就是他几辈子都赚不到的钱。

但传闻中不好相与的左轶却是今日最好说话的，除了脸色不佳，倒是并没有过多责怪的意思。

凌薇儿颇有微词，不过由于她很早就被保安救下场了，所以也没发太多牢骚。而林非是少年心性，看得很开，还有空跑过来打趣："程哥这么好的身手，怎么还挂了彩？"

程寄邪邪地一笑："身手好也不如跑得快。"

林非脸一僵，哈哈干笑了两声就走开了。

半夜，酒店的房门口响起了两声不轻不重的敲门声，大头把门打开，愣住了。

来人和左轶长得很像，但眉眼更鲜明些，轮廓略柔和些，还有那双眼睛，是琥珀色的。

"左轶姐……哦不，呃……"大头还不知道她的名字，这要怎么称呼？

身后却已经有人叫了出来："阿妹。"

程寄走到门口，眸色中透出一分惊讶，但很快就笑起来。他的脸上还贴着纱布，这一笑拉扯到了伤口，他顿时又改了颜色，笑得有些龇牙咧嘴。

阿妹见他这样，微拧起眉，她想说什么，却又见大头在一旁，所以把要说的话又都咽了下去。

见她这般模样，程寄把大头推回房内："得了，今天又便宜你住一晚豪华单人间了。"说罢，他牵起阿妹的手，理直气壮地道，"走吧。"

他们穿过安静的走廊，上了电梯，并没有发现身后一间房间的门被打开了一条缝儿，半边手机伸了出来。

两分钟后，顶楼套房的门被无声地打开，又被重重地关上，力道大得让她担心隔壁的人会听见。

关门的那个人把她压在门板上，他们额头抵着额头："阿妹胆子大了，敢来找我了。"他伸手擦去她唇上的水渍，指腹下露出饱满丰润的唇，"心疼我？"

阿妹躲开了他的眼神，不说话。她用手抵住他的胸口，想推开，他却忽然嘶了一声："哎，疼！"

阿妹连忙收了手，满脸关切地看着他。

程寄把她的神情看在眼里，心中好像点燃了一簇赤焰，因她这一抬眸、一蹙眉，大火轰然烧起来，把他连日来的努力克制烧得干干净净。

"别再说我招惹你了，这回可是你自己找上门的。"

说完，他劈头盖脸地吻了下来。没有试探，毫不委婉，他单刀直入地撬开她的守备，按下她的所有抵抗，直到她快无力呼吸了才放开她。他弯下腰去，把阿妹一把扛在肩头，仿佛打家劫舍的匪徒一般。

世界突然扭转了方向，颠倒的视线里，她只看得到桌脚和地毯，以及他磨损得老旧的牛仔裤。匆匆数步后，有人稳稳地将她放在某处柔软的地方，世界恢复了正常。她睁开眼，眼睛浸润着蜜色，像琥珀一般，剔透中仿佛带有糖果的甜。

他用双手撑在她的身侧，缓缓靠近，尽量隐藏起侵略性。但那双墨色的眼睛异常深邃，泄露出某种危险的欲望。就连他的声音也与方才的戏谑不一样，而是喑哑下来，很轻，仿若耳语，又好像响在她的心上。

“阿妹，你该知道接下来要发生什么事儿。”

指尖抚过她身上起伏的曲线，停在她的心口上。掌下有着与她的表情毫不相称的激烈的律动，怦怦，怦怦，怦怦。

“阿妹害怕吗？”他轻声问。

漂亮的蜜色眼睛看着他，不说话。

他执起她的一只手，放在自己的心口上。强烈而稳健的心跳在她的掌心下涌动，她的心渐渐安稳下来，跳动的频率与他一致。

他低下头来，与她鼻尖贴着鼻尖。不慌不忙，他好像在等一个时机。

她闻到他身上刚刚沐浴过的清冽的气味，那味道有一种让人安心的作用。她抬手托住他的脸颊，仰起头，轻轻地印了一个吻上去。

这个动作戳破了他温良的伪装，点燃了他体内暴戾的本性。他的动作突然激烈起来，每一次抚摸都像一次掠夺，每一个吻都在进犯更多的领土。而她放弃了最后的一点点儿抵抗，把自己全然交付出去，任由他强横地索取。

在比从前所有的吻更深的纠缠里，她不再只是那个被包容、被引导的角色。她第一次试着去触碰他，触碰他修长健壮的身体、蓬松凌乱的头发，还有刻薄却柔软的唇。

但她不知道，她的每一次探索都是引来他更激烈的反应的罪魁祸首，是她一手将自己推到了濒临失控的边缘。

最终，他做了那个掌控一切的终结者。他咬着她的后颈，伏在她的背上，野兽一般低吼出声。她微微颤抖着，承受着感官炸裂后的余音。

月光洒在凌乱的床上，丝绸和肌肤都泛着柔和的光。被单没有盖住的地方露出交缠的身体，仿佛这里是彼此的樊笼。

男人俯卧在身侧，露出宽而厚的背。她试探着伸出手撩开他额前的发，看他是否睡着了。见他闭着眼，于是她也闭上，几秒后她又忍不住睁开。

他的眉眼其实极好看，长目剑眉，有一种剑锋出鞘的凌厉感。但偏偏他平日里总是用半长不短的头发将眉眼盖住，如同明珠蒙尘、锋芒藏鞘。她有些疑惑，在靠脸吃饭的圈子里，聪明如他，怎么会甘心把这样的利器藏起来？

被单随意地盖住了他腰部以下的地方，柔软的丝绸勾勒出男人的轮廓，硬朗而强健，就连睡着了的时候都仿佛藏有万钧之力，蓄势待发。但这具身体并不完美，胸前、肩膀、背后，随处可见旧日的伤疤。她忍不住去触碰，指腹下的凹凸不平提醒着她这些伤曾经的狰狞。

忽然，她的指尖被一只大而温暖的手抓住了。阿妹抬眸，撞进一双深邃漆黑的眼中。

低哑的声音在耳畔响起，带着一丝倦懒的呼吸声：“还想来？”

这声音提醒了她刚才发生的事儿，她觉得从脚指尖开始，全身都烧了起来。于是她弓起背，想推开他，却按在了他胸前的一片瘀青上。那是他今天为了帮她挡住粉丝的冲撞时留下的。

她连忙松手，轻声开口，声音甜软得入耳即化：“是这儿吗？”

程寄看着她，信誓旦旦地说：“嗯。”

明明他有着那么冷硬的长相，演一个无情的杀手正合适，可那双眼睛竟意外地多情，被这双眼睛望着，很容易便会让人对他说的一切都信以为真。

她果然不再动了，乖顺如小兽。

他却得寸进尺起来。他抬起她的下巴，在她的唇上不轻不重地辗转：“阿妹，你心疼我？”

阿妹懊恼地瞪他一眼，重新挣扎起来，可是他立马就装出一副可怜巴巴的样子：“阿妹，我疼。”

会撒娇的男人真是太要命了。阿妹想从他缠得死紧的怀抱中挣开，却始终不敢真的用力推他，只能任他拿捏，牢牢地被禁锢在他的怀抱里。

过了一会儿，她探出头小心地问：“你脸上的伤怎么样了？”

他的下巴抵着她的头顶，嘴角无声地勾起一个笑：“上了药有点儿痒，疼的是这儿。”他指了指刚才被她按到的地方。

胸口有了一点点儿酥痒，他感觉有个小小的指头在轻轻地抚摸自己：“这里呢？”

程寄低头一看，她说的并不是那片瘀青，而是旁边一道近十厘米长的浅浅的伤疤。

“早就不疼了。”这回他倒是不骗她，“看着吓人，其实没什么大事。当时在拍打戏，导演让用真刀，对手是个新人，刀没拿稳，上来就削了我一道口子。看着有点儿长，但伤口很浅。”

怀里的人不说话，他觉得她应当是在默默心疼他，于是说得更起劲了：“伤得重的是这里。”他费力地够了够自己的背，那里有一大块扭曲的瘢痕，“拍火戏，一边打，还要一边躲掉下来的道具，一不小心离喷火枪太近，烧掉一层皮。”

“这个呢，是被队友用长枪扎的。他大爷的，也不看看我就站在旁边，扎得可真猛啊。

“还有这里，外表看不出来吧，其实里面的骨头碎得稀烂。医生说再碎一点儿，下半辈子我就不用拍戏了，直接去领残疾证……”

入行近十年，他什么伤没受过？各种骨折、骨碎、韧带断裂、烧伤、棍伤、刀剑砍伤，简直是外科实习医生的活体教材。但他从来不跟人说起，一是他自己不当回事儿，二是觉得没必要。不过今天如果能靠这个得到她的温言软语，最好是能再进一步要求一点儿特别照顾……这些伤受得也算物有所值。

“我的肋骨也断过。”怀里的人仰起脸，眨巴着好看的琥珀色眼睛，“还有小手指，本来说要切掉的，后来他们怕不好看，就只是折断了。你看，现在还是弯不了。”

她伸出左手的小手指，艰难地向他示意，果然无法弯曲。

程寄垂眼看了看她，却发现她的眼睛亮晶晶的，好像是拿出了珍藏的糖果，要和同伴比一比分量，看起来十分好笑，却又让人无法拒绝。

莫非……这小傻子以为这也是一种交换？用她的伤换他的伤。

娱乐圈素来讲求对等交换，她做得一点儿也没错。可是她越信守这样的规则，他的心里就越有种不知名的情绪在翻涌。她究竟把他当作什么人？

怀中的人久久等不来他的回答，琥珀色的目光黯淡下去。就在她要重新缩成一个小团的时候，他低头吻了吻她的额头。

“下一次如果他们再来找你，告诉我，好吗？”

这个吻和此前所有的吻都不同，不带有欲望的色彩，温暖干净，像多年前母亲温柔的安抚。她被吻得怔住了，不自觉地点了头。

他伸出食指刮了刮她小巧的鼻尖：“真乖。”

圆月坠落在窗边，她的眼里都盛满了月光，看得他心里什么都没剩，只余下一片柔软。他忽然就有了兴致，于是披了衣服下床，趿着鞋走到窗边，向着窗外道：“月亮！”

她猛地坐起来，完全没有了方才的随意自在，琥珀般剔透的眸色复杂难解。

程寄却没有回头看她，只是自顾自地说：“阿妹，快来看，今晚的月亮真圆。”说完，他转过头来，发现她还在愣怔着，于是解释道，“今天是中秋节，你忘啦？”

阿妹呆愣愣地坐了半晌，这才披了衣服下床，赤足踩在柔软的地毯上。

有人温柔地把她牵过去，在窗前拥住她。这个高度她刚好可以看见在他的脖子上用黑色的细绳挂着的一枚戒指，这似乎是女人的东西，与他冷硬的气质极不协调。

戒指上有奇怪的纹路，阿妹伸出手去，想摸摸戒指上到底刻了什么。

“不是什么值钱的东西，想要就给你。”他作势要摘，“不过我得拿它换一样东西。”

剔透如琥珀的眼眸看向他，流露出一点儿好奇。

程寄眸色深沉了几分，忽然话锋一转：“我的名字是父亲起的。他说，人的心是一只不肯停留的小鸟，无论在哪里落脚，都只是短暂地寄居。正所谓，人生如寄。”

混血姑娘仰头看着他，似懂非懂。

“你呢？”他铺垫了那么长，最终绕回了原初的问题，“我告诉了你我的名字，现在我想知道你的。阿妹，你到底是谁？”

他问过阿飞，在使用粤语的地区，阿妹只是一个称呼，不是真名。他想要的是她的真实姓名。

阿妹怔住了，眸中有些许动摇。他看在眼里，趁热打铁：“我也不会让你白说一场。给我你真正的名字，我就把这个戒指给你。”

一物换一物，依她的性子，也不能算吃亏。

阿妹却咬紧了唇，半晌，她道：“我的名字你已经知道了。”

程寄顿了顿，眼睛危险地半眯起来。

明明刚才还肌肤相依，羁绊至深，现在她却连名字都不肯如实相告，这让他有一点儿生气，却又无可奈何。

于是他只能更深地吻她，吻这个他尚不知姓名的姑娘。

第八章
平 手

做一个老千最要紧的是随时留一条后路，当人心变了，便向另一个方向流浪。

下 沉

九月的最后一天，《冷月无声》的路演队伍回到他们所在的城市，当天午夜十二点，全剧组的人脚都没沾地儿，就直接出现在全城最大的影院里，正式揭开电影在全国上映的幕布。

由于前期路演的口碑爆棚，院线早就对《冷月无声》寄予了厚望，电影上映第一天就给了将近百分之五十的排片量。二十四小时后，电影爆卖了三亿票房，这一势头让院线再次加排。得益于压倒性的排片量，《冷月无声》一时风光无限，成为国庆档最大的赢家。业内预估总票房将冲击五十亿，《冷月无声》会是本年度最卖座的电影。

尽管已经早有路透，但大部分观众还是在片头字幕过后才看到完整的故事徐徐展开。

在进行了一场早有预谋的刺杀后，女杀手蓝音救下了看似被无辜牵扯进来的路人沈如鱼。蓝音仰慕自己的老板千问多年，一直信奉他那套“绝情的人才能活得长久”的道理，却因为沈如鱼的善良而无法对她痛下杀手，最终卷入了当地巨商赵安之的阴谋，成为赵安之的眼中钉。蓝音心知千问定会丢卒保车，于是决心杀身成仁，可惜在最后关头，一切孽缘揭开，她错过了等待多年的坦白。

除了电影里酣畅淋漓的打斗场面，观众们对于四位主演在片中的感情纠葛抱有更大的热情。凌薇儿与左轶分别饰演沈如鱼和蓝音，两人最终都死在一个情字上。沈如鱼饮鸩止渴，蓝音缘木求鱼，一个得了假温柔，一个守着冷心肠。最后程寄扮演的千问在夜幕中说出的那一句“从今往后，江湖再无蓝音，也再无千问”更是让人肝肠寸断。“《冷月无声》太好哭了”的话题一度冲到了热搜榜第一位，居高不下。

按照宣发惯例，主演之间难免要传一下绯闻，带一下热度。制片方原计划撮合凌薇儿和林非，炒炒他们的“饮水 CP”，意思是他们在片中的爱情“如鱼饮水，冷暖自知”。没想到第一拨观影的观众却对左轶和程寄这对相爱相杀的怨偶更加情有独钟，自发地为他们打上了“绝情 CP”的 tag（标签），井喷一般地创作着同人作品，热度接二连三地创下新高。

但无论网上炒得如何如火如荼，现实世界中大抵还是波澜不惊。比如程寄，除了配合制片方跑了几个采访和通告，大部分时间还是在工作室里练习，为下一部片子做准备。

入夜，魔鬼程寄终于放过了训练得疲惫不堪的众人，让他们去洗澡吃饭。嘿嘿哈哈了一整天的厂房安静了下来，被铁门隔开的房间里隐隐传来此起彼伏的鼾声。

程寄回到自己位于二楼的隔间中，随手将外套挂在杂乱的衣架上，然后往床上一倒，闭上了眼睛，不一会儿气息就沉了下来。

片刻后，衣架后探出来半个人影，那人影猫儿一般暗中观察了半晌，确认房中再没别人后，这才走出来。

床上的人看起来很累，似乎不应被擅自打扰，因此她只是远远地站着，不敢靠近。可是她又舍不得立时便走，房间里都是他的气息，令人贪恋，于是她在原地犹豫不决。

磨蹭了半天，她刚抬脚要走，床上闭着眼的人忽然说话了："你要在那里站到什么时候？"

被叫住的人的心里莫名地有一点儿心虚，于是期期艾艾地开口："你、你要睡了吧，我这就走了。"

"想来就来，想走就走。"程寄睁开眼，却没有坐起来，只是撑起手肘，半躺在床上斜斜地看着她，目光深沉。

她今天素着一张脸，未做半分修饰，只戴了一顶鸭舌帽，头发被藏在帽子里。穿的衣服也不起眼，看上去就和工作室里的糙汉子们没什么两样，所以她偷混进来也没有人发现异常。

"你当我这里是什么地方？"

阿妹顿时就不敢动了。

他是不是生气了？

她悄悄地瞟了他一眼，正好被他抓到，于是越发觉得心慌，又慌张地把目光收回来。

今日本不该来的，她原本有一场晚宴要出席，可她跟小文撒了谎，装作胃病还没有好的样子，推掉了晚宴，回公寓后就换了衣服偷溜出来。是她太草率了，又一意孤行，既没考虑到被人发现的后果，也没有考虑他是否讨厌这样突然的造访。

其实她来也并非有什么特别重要的事情。她只是想看看他。

可她凭什么这样任性？就因为共度了一晚，她怎么就敢得意忘形，幻想他也会同样想要见她？心底的难堪一点点儿涌上来，把心涨得满满都是酸涩。阿妹咬了咬唇，手自觉地放在门把手上，打开了房门。

然而门刚刚开了一半，就被人重重地关上了。

“你难道不是来看我的？”男人低沉的声音贴在耳际，每个字都透着暗涌的热气。

她艰难地在他手臂的空隙中转过身来，刚好对上一双墨黑的眼睛。她不自觉地点了点头。

程寄的唇角勾起：“那就好好看看我。”

他轻抬手指，端起她的下巴。那双好看的蜜色眼睛里如此清晰地映出他的身影。

她早就觉得程寄的长相极具矛盾性。他凝眉时正气十足，好似执剑走江湖的大侠，可是当他歪唇一笑时又有几分邪气。那声音也是如此，低而不浊、慢而不散。他像一个行踪不定的浪人在正邪间自在地游走。

可偏偏这一刻他的脸上没什么表情，看不出情绪，反而让人觉得安定。藏在蓬松的发间的那眉、那眼有一种剑锋出鞘的凌厉感，正和那晚她趁他睡着时看到的一样……

她垂下眼，忽然就不敢再看了，耳根后面热了起来。

有人低声笑起来，呼吸热热地喷在她的颈上：“想起什么了？”

她的脸红了。

“不敢说啊？那就是在想坏事了。”他的声音有了玩味之意，落在耳朵里时，仿佛一把恶魔的钥匙，打开了不应打开的魔盒。

这几日她不敢回想的影像忽然就在脑中喷涌出来。那些深嵌于彼此间的纠缠，月夜下的耳语，时而温柔时而暴戾的掠夺，还有几乎失控的欢愉。

身体的感官忽然就敏锐起来，呼吸给空气带来的每一分扰动，心脏在胸膛里的每一次震颤，这些都被放大至极点，身体的每一处都好像不再属于自己，都在蠢蠢欲动，等待一个绽放的时机。

而这时机向来都是由他决定的。

“要我说，你一个女孩子不要总想这些乌七八糟的事情。”程寄忽然弯下腰去，一把将她扛起来，“坏事就交给我来做吧。”

世界再次颠倒，她坠落于柔软的梦中。她落下的一瞬间，他欺身而上，将她压向更深、更深的梦境。

一片漆黑中，阿妹撑起半个身子，在床头柜上摸到一个闹钟。她刚要拿起来看，一只大手就覆上她的手，一个温热的身体如影随形地贴了上来，暖暖地熨着她的后背。

她身后传来喑哑的声音：“又要走？”

阿妹不动了，乖乖地任由他抱着，姿势却十分僵硬。

“上次也是这样，早上起来就不见人影了，原来是半夜跑了。”他的声音比方才清晰，明白无误地说出了埋怨，“和我在一起不开心？”

阿妹一时不知该如何回应，顿了又顿，她才轻轻地说：“哥哥教过我，做老千最重要的不是赢，是逃跑。”

逃跑，赌场的生存要义之一。输了钱要跑，因为她根本就赔不起；赢了钱更要跑，因为她怕被人发现出千，将赢的钱又拿回去。

经历过这么多年不见血的赌局厮杀，她一早就知道了这个道理——没有什么东西能真正属于自己，钱不能，人也不能。

人的得失之可怕，比钱的输赢更甚。为一个人停留在原地，就像在一场豪赌中全押，一旦有人出千，便满盘皆输。告诉她这个道理，又身体力行地让她在这上头吃了大亏的，正是她的哥哥。如果不是因为相信哥哥会保守住阿 sir 所在的医院的秘密，结果哥哥转头就为了减轻赌债将她和阿 sir 的消息拱手献给他们，她何至于走到今天这样艰难的地步？这条金科玉律得来得太过痛彻心扉，她如何能不信？

阿妹转过身来，好看的眼睛剔透如琥珀，像浸润了糖果般甜蜜：“和你在一起很开心，可是开心的日子总有一天会结束。”

既然如此，她不如早早跑路，运气好的话，还能赢得一点儿回味的时间，假装发生过的一切都是真金不换、山海不移。在她的心里，他永远那么温暖，那么令她怦然心动。

她怕他嫌自己不懂知恩图报，忙说：“你放心，我在城里的时候，只要你想见我，只要行程允许，我尽量来。上次摔坏的手机已经修好了，你可以继续……”

程寄的眸色深沉下去，黯不见底。

“你要走？”

阿妹闻言思虑良久：“我在这里不会待得太久了，他们已经找到了我，找到阿 sir 也只是时间问题。我会想办法尽快为阿 sir 安排手术，手术后，我会带阿 sir 离开。”

“Bella 会准？”那个吃人不吐骨头的娱乐圈女魔头怎会甘心把到手的肥鸭子轻易放飞？

“Bella 不会知道，等她知道了也来不及了。我已经拿到了护照，只要阿 sir 的手术一做完，我就带他出境。不管去哪儿都行，哪怕流浪，我也要让阿 sir 活着回澳门。”阿妹坚定地说。

“这么说，你根本就没把我考虑进去。”程寄的声线变得低沉起来，阿妹知道，这通常是一种危险的信号，“看来我也得押上一注，才能在你的流浪人生里有一席之地了。”

他重新掌控了她的身体，再次唤起那些令她神魂颠倒的记忆，卷着她向着更深的深海缓缓沉入。

同一时间，城市另一头的某 CBD 顶层。

文筱筱与 Bella 分别坐在长长的会议桌的两头，正如第一次面试时一样。

文筱筱正在低头看着 Bella 递给她的手机，屏幕上播放着一个监控摄像头拍摄的视频，场景是某间豪华酒店。视频的右下角走出来一男一女两个人，男的戴着鸭舌帽，看不到眼睛，女的则始终埋着头，直到男子开门时她才抬头看了他一眼。

就那一眼的瞬间，尽管像素不佳，她也仅仅露出了一个侧脸，却仍让人足以看清她脸部的轮廓。

是左轶。

左轶和戴鸭舌帽的男人牵着手共同进了酒店的房间。视频戛然而止。

文筱筱震惊地抬起头来，语气有些不可置信："这是……在路演的时候拍到的吗？"

Bella 起身收回手机，就势靠坐在文筱筱身前的桌子上，她居高临下地看着自己的职员，给人一种强大的压迫感："上次我问你左轶有没有异常情况，你告诉我没有。"

文筱筱被 Bella 的表情吓蒙了，她从没见过 Bella 这样可怕的表情，于是回答得哆哆嗦嗦："是、是没有啊……"

Bella 毫不客气地打断她："那个男人是谁？"

文筱筱犹豫了一下，Bella 立刻拍桌："说！"

文筱筱吓得直往后缩："程、程哥。"

Bella 的脸色稍稍缓和："程寄？那个武指？他们怎么好上的？"

"都、都是剧组的同事，又、又是武指老师，程哥有时候会帮左轶姐的忙。"文筱筱磕磕巴巴地说。

“帮忙？帮忙帮到一张床上去了？”

文筱筱涨红了脸：“这不可能，左轶姐已经和嘉木哥……”

“结婚了？”Bella 接过她的话，斜瞟了她一眼。

“我当初看中你，是因为觉得你单纯，没那么看重利益，会全心全意对左轶好。但我没想到，你不是单纯，”Bella 翻了个白眼，“你是蠢。”

文筱筱自知理亏，不敢再吱声。Bella 叹了口气，挥挥手：“从明天起，你不用给左轶做助理了。”

文筱筱讶异地抬头：“Bella 姐？我、我……”

Bella 居高临下地看着她，用冰冷的语气为她短暂的助理生涯做了总结：“娱乐圈不适合你。”

文筱筱丧着一张脸出去了，留下一室沉默。

Bella 独坐良久，然后拨通了一个电话。电话那头传来一个颇有磁性的男子的声音：“看过了？”

Bella 从来不会乖乖作答，她最擅长用另一个问题来回答别人的问题：“视频哪儿来的？”

但对手也是打太极的个中好手：“这怎么能告诉你？”

“为什么是程寄？”

“这你得问左轶。”

几番交锋后，电话两头陷入短暂的沉默，半晌无人开口。

左轶现在面临的是比之前与澳洲男模的绯闻更严重的情况。之前的照片他们还能解释是 PS（修图）出来的，但这段视频如果放出来，就是彻彻底底的实锤，一锤子把她钉在出轨的耻辱柱上，一辈子不能翻身。

握有这个视频的人没有选择直接对外公开，显然是另有图谋。最终，Bella 决定单刀直入：“徐子仁，开个价吧。”

电话那头的人呵呵笑起来，在电话中听起来有一丝阴险。

“其实你不用这么见外，我不是你的敌人。”徐子仁开口，语气意味深长，“我既跟左轶无冤无仇，也没必要惹上你们极光娱乐这座大山。”

Bella 略一思忖，明白了他的话：“这么说，你的目标是……”

电话那头的人仿佛是从牙缝中挤出两个字：“程寄。”

“左轶家大业大，一点儿风吹草动都可能引发狂风暴雨，可他程寄是光脚的不怕穿鞋的，巴不得这事儿闹大，闹得越大他越出名，到时候再跟你要笔分手费，名利双收。”

徐子仁分析得头头是道，挑拨离间。尽管他的话颇为夸大，但也给了 Bella 一点儿提醒。

徐子仁不知道“左轶”的真实身份，但 Bella 知道。阿妹的性格谨小慎微，阿 sir 又在 Bella 手里，没道理会为了一个不相干的人打乱自己的计划。唯一合理的解释就是程寄刻意引诱，让初出茅庐的阿妹卸下了防备，长此以往，难免不会生出多余的事端。

徐子仁有一点没说错，程寄的确是个隐患。

略一思忖，Bella 有了主意。

“既然你主动打电话过来，想必已经有了程寄的把柄。”Bella 好整以暇地换了个舒服的坐姿，眼中露出一丝寒气，“说吧，接下来我们要如何合作？”

泛 凉

城西医院某诊疗室内来了位戴着墨镜、穿着黑衣的短发女子。她自称是 Bella，要见李子山病人的主治医师。

黄医生从住院部匆匆赶来，不敢耽误半刻。不过当他走进诊疗室时，却意外地发现房中还有一位陌生男子，鸭舌帽盖住了他的半张脸，看不太清长相。

戴着墨镜的女子开口，声音与他此前听到的一样利落：“黄医生，李子山最近的情况如何？”

黄医生知道 Bella 的身份，也深知李子山为她所看重，所以对于病情的解释不敢有丝毫含混：“病人自入院起就接受了诱导昏迷的操作，虽说当时缓解了他的脑部创伤，为他的康复争取了时间，但按照您的要求，我们一直没有进行后续的治疗。说实话，现在时间也有些久了，出于对病人健康的考虑，我们建议停药唤醒病人，这样就可以安排下一步的治疗手术，让病人早日完全康复。”

戴墨镜的女子低头不语，似乎是在思考。

旁边那个戴鸭舌帽的男人倒是先开口了：“医生，容我们商量一下。”

房间内只留下两人。

“阿妹，你怎么想？”

阿妹摘下墨镜，露出未加矫饰的蜜色的双眸：“Bella 骗了我，我一直以为阿 sir 不能清醒是因为受伤严重，没想到是她在刻意拖延，好把我攥在手心里。”

程寄轻轻拍了拍她的肩膀，以示安慰：“现在发现也不晚，立刻安排手术，你的阿 sir 很快就能醒来。”

阿妹点点头。她抬头看着他，眼神充满感激：“谢谢你，不然今天我也没法来医院知道真相。”

自上次赌场的那伙人找到左轶的公寓之后，阿妹身边就多了很多保镖，前几天 Bella 不知发什么神经，还给她换了一个叫艾米的新助理。跟那个软软糯糯的菜鸟助理小文不一样，艾米带过好几个艺人，是个麻利又厉害的主儿，就连阿妹也没法轻易蒙混过关。

是程寄想到了这个办法。阿妹赶赴剧组的路上，在离城西医院很近的地方装作又胃出血了，艾米自然第一时间就把她送来了。她们一到医院，就有穿着白大褂的人抬着担架把阿妹接走，送进了一间“手术室”，然后关上门做起了“手术”。

但艾米不会想到，从她们下车的那一刻起，她们接触到的所有“白大褂”都是程寄工作室的特技演员假扮的，那间“手术室”也不是真的手术室，他们自然也不是在做手术。门关上的那一刻，阿妹就从程寄预先搭了梯子的窗户逃了出去，转道来了住院部。

在走廊上焦虑地转来转去的艾米做梦都想不到，“手术中”的手术室内并无一人。

“不客气。”程寄扬起一侧嘴角，墨色的深眸意味深长地望过来，“不过好不容易逃出来一回，就这么回去，感觉太浪费了。”

阿妹愣愣地看着他，不知他又在打什么坏主意。

半小时后，“手术室”的门被打开一条缝儿，然后从里面探出一个头。因为戴了口罩，那个人说话的声音有些含混，听上去有些漫不经心，不似一般医生那般职业化。

戴口罩的人说：“我们正在抢救，情况乐观，但手术还有三小时，在这儿等着。”说完，他啪的一声就把门关上了。

艾米连连点头。她通知了所有同事，然后坐在走廊的长凳上慢慢等起来。

与此同时，在城西医院外人来人往的大街上两个人毫不引人注意地走来。

其中一个戴了短假发和墨镜，她不时看看天，又看看身边的人，要非常努力才能把从心底泛起的欣喜按在波澜不惊的表情之下。

今日正是立冬。

好像是一夜之间天就凉了。城市的天空肉眼可见地变得澄澈高远，路边的树掉光了叶子，枝丫笔直地向上延伸，仿佛嵌在了湛蓝色的油画背景里。走在马路上，就好像置身于电影中，画面美好得令人不可置信。

即便已经做了足够的伪装，阿妹却仍然担心引起别人的关注。毕竟这是她第一次光明正大地和他走在大街上。

程寄把阿妹的一切情绪都看在眼里，他勾起一个笑，懒懒散散地牵着她四处晃荡。

不过阿妹总是不如程寄自在："刚刚过去的女生在看你。"

"嘿，吃醋啦？"程寄笑得开心极了，"担心她们看上我？"

"我不是这个意思……"阿妹的脸微红。

尽管不像左轶那样出名，但程寄在屏幕上也活跃了近十年，在路人中多少混了个脸熟，如果他以自己的本来面貌带着阿妹出来逛，有很大概率会被认出来。于是在阿妹的巧手之下，平日里那个乱发遮眼、不修边幅的程寄今日把刘海都梳了起来，在脑后随意地扎起，露出剑眉星目，即便没有额外修饰，也与众人印象中那个"万年坏男配"的形象大相径庭，以至于在街上晃悠了这么久，竟没有一人认出他来。

不过这样也有一个坏处。程寄原本藏在凌乱的发间的眉眼如剑锋出鞘，煞是引人注目。他们一路过来，已有不少迎面而来的女生看得直了眼，擦肩而过后还频频回头。

阿妹想，如果旁边站着这么一个招蜂引蝶的花花公子，她自己再低调也没用啊。

但程寄看起来一点儿也不烦恼，反而很高兴："你可得把我看紧了，不然我就跟别的女人跑了。"

正说笑着，两人经过街角的一个报亭，两个正在闲谈的小伙子突然冲他喊："程哥。"然后两人又转向阿妹："嫂子。"

阿妹一下子瑟缩起来，直往程寄身后躲。

程寄随手拍了那俩愣小子一下:“少油嘴滑舌,站好你们的岗。”

见阿妹还是十分局促，程寄笑着向她介绍：“这是工作室的阿福和阿杰。”然后又弯下腰来在她耳边轻轻说，“你在剧组都见过。”

这次出来，阿妹瞒过了新助理艾米，自然也没有保镖跟着。但赌场那伙人下落不明，时刻都有可能从哪个阴暗的角落蹿出来。为了保险起见，程寄安排了工作室的弟兄们全程跟着，不放过任何可疑的情况，自己则时刻观察着身边的情况。

阿妹从程寄身后探出头来，仔细看了看，终于羞涩地点点头，打了招呼。

阿福性格外向，见阿妹的神色有所缓和，他立马打蛇随棍上：“嫂子，你别怕，我们是见到你太激动了。嫂子你都不知道，你没来以前程哥每天没事做，换着花样折腾我们，这不你来了，我们就能喘口气儿了嘛。”他嘿嘿一笑，透着点儿小机灵，“嫂子，你可得经常来找我们程哥，让我们多歇会儿。”

阿妹极不好意思，耳后都红了，于是又藏到了程寄身后。

程寄作势要打阿福，被他躲开了：“程哥，在嫂子面前注意形象啊！”

直到程寄拉着阿妹走开很远，阿福还在那儿喊着“嫂子加油”，阿妹哭笑不得。但随后她发现，让她哭笑不得的人多了去了。这条商业街上不少于十处边边角角的地方都守着工作室里的弟兄，如同警匪电影里盯梢的便衣，他们各自装作有事的样子，实则都在盯着程寄和阿妹的动向。每当程寄和阿妹走近，他们便都好奇又热情地凑过来，看看传闻中的嫂子究竟是何模样。

为了保险起见，程寄没有把阿妹是左轶替身的事情告诉大头之外的人，只说她是未出道的艺人，身份还需要保密。工作室里的弟兄都是些愣头儿青，他们没半点儿犹豫就相信了程寄的鬼话，只有大头知道，这个“嫂子”的来历可不简单。

Bella 换掉了助理后，大头想跟文筱筱问问情况，却发现再也联系不上她了。程寄对此不以为意，大头却隐隐觉得哪里不对劲。

他总觉得，程寄这回又招惹上不得了的人了。

说是来逛街，其实程寄对购物没什么兴趣，而阿妹则是过于有兴趣，不管见到什么都要拿起来看看，东摸摸西碰碰，但很快又会放下。

程寄知道阿妹身无分文，以为她担心他也出不起钱：“我再穷，买个小玩意儿的钱还是有的。”

但阿妹只是摇头。她眨巴着琥珀般的蜜色眼睛，满心满眼都是心满意足，好像满街的繁华看看就已很好，她并不要求得到。

于是两人在沿着商业街左一遍右一遍地逛了大半天之后，两手空空且饥肠辘辘地站在了美食街的入口。

程寄向来不挑食，能吃饱就行，于是他指着一家正在揽客的火锅店问阿妹：“要不吃这个？”

阿妹欣然点头。她好像对他的任何提议都能开心地接受。

于是程寄去排号，等拿了号转过身后，他却发现阿妹已不在原地。程寄心里一空，连跑几步，却忽然在火锅店旁边一家不起眼的小店门口发现了阿妹呆呆的身影。

他停下脚步，也不急着叫她，只是在她的身后等着。

这是一家卖澳式猪排包的小店，或许是因为在这里水土不服，生意颇为冷清。店门口就站了阿妹这一个顾客，看样子也不打算买。但尽管如此，老板还是把猪排炸得风生水起，油炸声混着香气向四周飘散，十分诱人。

“老板，来两个猪排包。”有人在身后出声。老板高兴地应了一声，然后将刚炸好的猪排放进用炭炉烤制的面包里，再用半开的纸袋装好递出，一时间肉和面包的香味四溢，惹得人口舌生津。

阿妹诧异地回头：“不是说要吃火锅吗？”

“改主意了。”程寄从老板手里接过热乎乎的猪排包，给阿妹手里塞了一个，“尝尝，不好吃我们还是去吃火锅。”

阿妹小心翼翼地把猪排包捧起来，放到鼻尖闻了闻，像个在路边捡食吃的猫儿一般咬了一小口。

程寄好奇地问：“好吃吗？”

她点点头，眼睛里简直要流出蜜来。

程寄也咬了一口，刚嚼了一下，就明白这家店为什么没生意了。猪肉又老又柴，面包干而无味，如果不是过多的香料起到了提味的作用，还不如旁边一块钱一个的包子。

程寄刚想抱怨，转眼却见阿妹还在一小口一小口地吃着，好像在珍惜地享受人间美味。程寄在内心哀叹，看来火锅是吃不上了。

吃完，阿妹主动牵了程寄的手：“我们接下来要去哪里？”绵软的声音里不掩雀跃。

程寄看着阿妹挽上来的手，挑挑眉：“随你。”

他之前上天入地地为她做了那么多事儿，都换不来她的一次主动，没想到一个猪排包就把她收买了。

还有两个小时的时间，阿妹提议去看电影。程寄自然满口答应，电影院嘛，黑灯瞎火的，可以做些光天化日之下做不了的事儿。但他们走到影院一看，时间合适的只有一部片子，正是阿妹和程寄自己演的《冷月无声》。

工作日的下午，影院的人不太多，他们落座后，发现左近都没有人，只有大头抱着爆米花和可乐遮遮掩掩地坐在后面离程寄两排远的地方。程寄漫不经心地向后面看看，警告似的瞪了他一眼，大头这才把目光收回来。

这画面真是太滑稽了。演员坐在观众席上看着自己在银幕上卖力地打打杀杀，说着文绉绉的台词，更别提还有那些亲热戏了。

程寄脸皮厚，所以无所谓。但是阿妹没看几分钟就缩成了一个团儿，像一只被迫爬上陆地的螃蟹一样，尴尬得直冒泡儿。

“我还以为我那时在威亚上发挥得还算不错，没想到动作这么僵硬。”这好像还是阿妹第一次正式看到影片的开头，首映式那回她身体极不舒服，心思压根就不在电影上。

程寄凑过来，体贴地安慰她：“你底子本来就差，那天又只练了六次，动作当然如狗刨一样，比不上我们专业人士。”

阿妹被噎得说不出话，半晌，她才哼哼唧唧地小声说：“我底子那么差，你后来怎么还非要教我？”

程寄凑在她耳边笑嘻嘻地说：“不开小灶教你，我哪有机会单独见你啊？”

阿妹的耳后慢慢地涨起了潮红，说话也磕磕巴巴：“你、你……你怎么那时就……”

“对呀，我那时就看上你了。”程寄帮她把话说完，在漆黑的影厅里笑得很张扬，“阿妹是什么时候看上我的？”

漂亮的蜜色眼睛眨了眨，她又不说话了。

“我来帮你回忆回忆。是我送你回家那次，在酒会上把你背下来那次，还是教你哭戏那次？啊，我知道了——”他故弄玄虚地拖长了声调，让之后说出的每一个字都有意味深长的回音，“是我在你家门口，吻、你、那、次？”

电影正演到男女主角年少时相遇的情景，画面加了泛黄的柔光，正如那夜走廊上昏黄的灯光那般暧昧又迷人。阿妹只觉得轰的一声，脑中仿佛有一片烟花炸开。

程寄慢慢靠近，声音低沉得不可思议：“要不要我帮你回忆一下……”

电影院里虽然人不多，但也不是没有。程寄明晃晃的动作似乎已经引起了后几排观众的注意，阿妹终于受不了了，急忙主动招供。

“是、是第一次见你那次！”

程寄挑挑眉，有点儿意外：“电影节那天？”

阿妹点头，目光游移着。

“你……你和他们不一样，是个好人。”

她至今都记得他们在休息室里那个意外的相遇。在她狼狈而慌张的时刻，是他帮她把掉落的宝石嵌回礼裙上，他嘴上虽然吊儿郎当没个正形，手下却干干净净，不动她分毫。颁奖礼上，在她被王志林揩油的窘迫时刻，也是他不动声色地化解了她的困局，全然不顾自己可能会得罪业界大佬。

她已经太习惯男人们的道貌岸然了，他们表面上衣冠楚楚，在没有别人看到的时刻却纷纷露出獠牙，涎水直流。反倒是程寄，看上去吊儿郎当，做起事来却十分正派。

她那时候就想，这个男人怎么和哥哥口中的男人都不一样呢？

程寄扑哧一声笑出来：“我？好人？”他转念想了想，觉得更可乐了，“你怎么会用‘好人’这么老的词儿？”他故意去捏她的脸，“快让我看看，你是不是披着画皮的老妖精……”

阿妹想躲开他的骚扰，又不敢动作太大，两人在座位上窸窸窣窣地闹作一团，看得后排的大头心里很酸。

平时那个怼起他们来毫不嘴软的程寄到了阿妹这儿，竟这般油嘴滑舌，还好意思觍着脸说人家是披着画皮的老妖精？

我看你才是老妖精吧，大头在心里痛骂。

但刚才还用余光瞪他的程寄现在已经完全把大头抛在脑后了。

原来，她的喜欢来得比他想象的更早。这让他对阿妹有了一点儿更多的眷恋。

闹了一会儿，阿妹一把抓住他的手说：“算了算了，不招惹你了，我腰疼。”

程寄一下摆正了神色：“怎么会腰疼？”

阿妹顿了顿，小声说：“今天来例假了。”

程寄了然，把手放到她的后腰上：“这样会不会好一点儿？”

阿妹摇摇头，于是程寄撩起她的衣服，把手贴在她的后腰窝上，暖暖地捂着。阿妹顿时几不可闻地发出了一声舒服的喟叹。程寄不再闹她，正襟危坐地看起电影来，手却仍旧放在她的腰上。

电影的最后是以肝肠寸断的悲剧结尾，程寄的嘴角却始终挂着一个笑。

她今天明明身体不舒服，却还是要来赴这个约。明明是那样喜欢逃跑的人，却也有主动向他跑来的一天。

好，真好。

他又看了看身边这个从头伪装到脚、始终不肯露出真颜的姑娘，她也侧过脸来看着他。

他不知怎么的就脱口而出：“阿妹，别逃了，和我在一起吧。”

尽管年少时误入歧途，但阿妹对自己的未来并非全无规划。

十八岁以前，她的理想是毕业后去表姐的美甲店打工，以后去进修化妆和美发，有了一点儿积蓄之后，就和妈妈一起开一家店，给新娘子化妆。

十八岁以后，她的理想变成了逃跑，最好是逃到一个没有人找得到的小岛上，带着阿 sir 安安稳稳地度过余生。

再过一个月，就到了她与医生定下的给阿 sir 做手术的时间了。

按照她的计划，手术后她就要带着阿 sir 跑得远远的，继续过从前那种颠沛流离的生活。

长到这么大，她从来没有想过，像她这样糟糕而混乱的人生还会有人想要掺和进来。

“阿妹，别逃了，和我在一起吧。”

那个上天入地、无所不能的男人，那个嘴里永远没个正形的浪荡公子在说出这句话时，神情也会有一点儿不确定。

程寄是不希望她离开吗？他这种对什么事情都不太上心的人，也会舍不得她吗？

一想到他，阿妹就觉得从脚心开始泛起暖意来。

即便他们分开才不过一个小时，但她已经对下一次见面迫不及待。

好想要见到他，好想时时刻刻见到他——

城市另一头的片场，躺在躺椅上等待开机的程寄收到一条信息，当看到那个号码时，他忽然一下坐直了身体。从来都是他给这个号码发消息，收到这个号码的消息还是第一回。

“下月七号有没有空？我想请你帮忙。”

冻 结

十二月七日，大雪。

程寄一早就哼着不成调的小曲儿把破吉普开了出来。出发前他给大头打了个电话，但大头没接。拜程寄所赐，大头今天正在替他做一部戏的动作指导，想必眼下忙得很，程寄倒是也不在意，他的心思全在另一处呢。

今日是阿妹与他约定的日子。从来不愿欠人情的阿妹竟然破天荒地请他帮忙，这让他万分惊喜，小傻子总算开窍了。

按照阿妹的计划，她今天会借故在活动中途离开，然后去医院带走阿 sir，但阿 sir 在术后需要坐轮椅，身体不能随意移动，所以她拜托程寄开车来接，然后送他们去机场。她的行程安排精确到分钟，任何一点儿差错都会引起艾米的注意，这次一旦错过，下一次就不知道什么时候才有机会了。程寄知道，阿妹把计划向他坦白，还愿意让他来接送，已经是她能交付的最大的信任了。

阿妹说离境后会联系他，总算不是彻底消失。

城里一如既往地堵车，幸亏他提早了一个小时出发，快到医院的时候，离与阿妹约定的时间还有十分钟。

电话突然响了，是大头打来的。程寄接起来，电话那头却不是大头的声音。

“喂、喂？程哥吗？大头出事了！”

“什么？！”一个刺耳的刹车声后，程寄猛地将车停在了红灯前。

“砸下来……受伤……血……”

电话那头是一片嘈杂声，好像有人在大声地安排什么事情，还有人在争吵。程寄来不及听完，就在下一个路口猛地掉头，向片场飞驰而去。

华灯初上，城市渐渐披上了光怪陆离的外衣。吉普的后视镜里，医院变得越来越小，楼顶的那个红十字很快就变成一个小小的红点，从视线中淡出。

雪落下的时候，站在医院侧门处的一个戴着帽子的身影发出了小小的惊叹声。雪落在她冰凉的手背上，还保留着晶莹剔透的六边形状。她将雪花放在身边一个坐在轮椅上的人的眼前，声音里透露着开心："阿 sir，看！"

轮椅上坐着一个中年男子，他闭着眼睛，看起来有些病态，似乎全然听不到女孩在说话，只是一径昏睡着。

阿妹蹲下来，靠在阿 sir 身边，惊奇地看着雪在手背上融化成一颗小小的水珠："我是第一次看到雪呢。"没有人回答，她便自己笑起来，漂亮的眼睛里仿佛流动着蜜糖，"阿 sir，快点儿醒来看雪啊。"

阿 sir 说过，他活了这么多年，就见过两场雪，一场在一九七一年，一场在一九七五年，那个时候，阿妹还没有出生。

阿 sir 说这话的时候，她正被铐在警署里。当时的她一脸叛逆，只当这个爱管闲事的警察是个话痨，他说什么她都听不进去。可奇怪的是，对其他小混混十分严厉的阿 sir 对这个在赌场被抓到的老千却出奇地温柔，他既不凶她，也不盘问她，只是一个劲儿地说下雪的天空有多么美。

他说，年轻人还是要多出去见见世面，老千做不了一辈子，被人抓住就断手断脚，要是看到了什么不该看的，说不定还要被戳成瞎子，到时候要怎么看雪呢？

阿妹后来想，她可能就是被阿 sir 的这句话说服的："离开赌场，你就可以想去哪儿去哪儿，不要说看雪，全世界的风景都给你看啊。"

喃，全世界。

离开澳门的时候，她确实想要带着阿 sir 游遍全世界，但是现在，她只想停下来留在一个人身边。

一想到他，她就觉得脚心都泛起了暖意。

他也在看这场雪吧？待会儿她一定要亲口告诉他这场初雪对她的意义。

只不过，离她和他约定的时间已经越来越近了，他还是没有出现。阿妹拨了个号码过去，电话那头响起了忙音。

去时堵到窒息的路，回来时却异常通畅，仿佛他一开始就不该走。

程寄打了半个小时电话，终于搞清楚大头目前的情况：片场的装置突然掉落，大头躲避不及，被砸中了腿，有出血的情况，现在已经被送去医院了。

程寄开足马力，片刻也不敢停，一路呼啸而去。

等他到了医院，已经有几个工作室的弟兄在等待了，他们一见到程寄就围了上来：“程哥，大头哥他……”

程寄顾不上听他们说话，直接拉住路过的护士：“抽血室在哪儿？我要给别人输血。”

不等护士开口，阿飞就插话进来：“程哥，这次……”

“你别说话！”程寄低喝，声色狠厉，然后又转向护士，“大头……我朋友是 Rh 阴性血，我也是，如果血库储备不足，抽我的。”

“程哥，医生说……”阿飞再次试图插话，但马上被程寄的眼神吓住。

程寄的眼神前所未有地可怕，混杂着急迫与愤怒：“我不管医生说什么，哪怕把我的血抽干了都可以，我不能让七年前的事情再发生一次！”

身后有人开口：“程哥，用不着……”

“我说用得着就用得着！你……”程寄转过身来，突然惊愕地顿住，“大头？”

大头拄着拐靠在病房门边，脸色不太好，但看起来倒也没有大事：“用不着输血。我就是擦伤。”他把裤腿撩起来，腿上确实红肿了一片，不过都是表层伤口。

程寄好半天才回过神来，想打他又不忍心，举起的拳头最终砸在了墙上：“你个混账小子，电话里怎么不说清楚？”

“今天这个班子里大多是新人，毛手毛脚的，一看板子掉下来，一个个就吓得跟龟孙子似的。我叫副导演给你打个电话报平安，谁知道倒把你给招来了。”大头嘻嘻笑开，“你今天不是有事吗？”

程寄深吸几口气。

他拿起手机一看，距离他与阿妹约定的时间已经过去了整整一个小时。

大头往门外望去：“哟，下雪啦。程哥回去的时候小心开车啊——”

话音未落，程寄已匆匆跑了出去。他把手机贴在耳边，似乎在拨打电话，可是直到上了车，发动车子后驶出停车场，他都没有开口。

电话无人接听。

风雪中的停车场上，阿妹最终还是等来了人，只是来的不是程寄，却是 Bella。

真奇怪，不是以左轶的面貌见 Bella，阿妹感到非常不习惯，仿佛浑身上下都被看穿了，无所遁形。

今夜的 Bella 难得温和：“外头太冷了，回去吧。”

但阿妹不说话，也不动。她紧紧地抓住阿 sir 的轮椅，警惕地盯着这位不速之客。她不清楚 Bella 如何发现了自己的逃跑计划，也不知道她发现之后又有什么打算，但她知道自己不像第一次与 Bella 见面时那样走投无路，这一次，她有退路。

只要程寄出现，她就可以继续她的逃亡之路。

半晌没有得到回应，Bella 脸上的笑容渐渐如雪一般冻住，变成一种凛冽的威慑：“你在等的人不会来了。”

阿妹瞪大了眼睛。Bella 怎么会知道她在等谁？

“不，他会来的，他答应我了。”阿妹开口，声音绵软却倔强。

Bella 冷笑起来：“你跟他约的几点？过去了这么久，他的电话你打通过吗？”她走近几步，高跟鞋在雪地里踩出一个个精巧的鞋印，“我早就提醒过你，娱乐圈里的人个个都是人精，谁都不要信。他怎么会不知道这次帮了你就是得罪了我，就是得罪了整个极光娱乐，他以后还怎么在这个圈子里混？”

短发帅气的女人在拥有蜜色眼睛的女孩身前停下，满是爱怜地摸摸她冻得通红的脸：“他对你说过什么？说你和别人都不一样？说你从头到脚，连雀斑都可爱？哈，程寄不过是觉得你单纯，又能帮他上位。你怎么能这么傻，不信我，却信他随口扯的谎？”

“我来是为了告诉你事情的真相。你知道他今晚为什么没出现吗？因为他的兄弟受了点儿擦伤，他就急急地往那边赶去了，把你忘在了一边。兄弟如手足，女人如衣服，这就是他的行事准则。”Bella的眼神很温柔，但她说出的一字一句都钻心刺骨，“真相就是，你对程寄来说一点儿也不重要，而我却把你看得比谁都要紧。”

有一个瞬间，在Bella的眼睛里，阿妹看到了自己，又仿佛看到了另一个人。Bella的话像是透过她对那个人说的。

可这些都不重要了，她已经没有了退路，只能束手就擒。

空了半夜的雪地上，忽然从暗处走出了七八个人，个个身形高大。阿妹认得他们，他们是那些被艾米安排在公寓外的保镖。他们平时似凶神恶煞的门神一般，此时却如同一张合围的网。

Bella替阿妹推起了轮椅：“回去吧，再不回去，你的阿sir就要冻坏了。他不是刚做完手术吗？”

她说得温柔，保镖的举动却十分粗鲁，他们一把架住阿妹，连拖带拽地把她塞进了在一旁等待已久的保姆车。而轮椅上的李子山则被搬上了另一辆车，开往与阿妹截然不同的方向。

两辆车开走后，Bella望向飘雪的夜空，露出胜券在握的微笑。

驰骋娱乐圈多年的无冕之王，她的眼神如人生经历的第一场雪一般，冷得令人心痛。

分裂

人类生活的世界被很多种意料之外所掌控。

比如一个大忙人，平日里你很难见到，可当你刻意想要躲开时，却会发现随处都能撞见他。电视里的广告、公交站台的背景板，甚至是手机软件的开屏页，到处都是她。

大头不禁奇怪，作为一个高冷的电影演员，左轶最近是不是太活跃了一点儿？

“好了，别挡着电视了，我都看到了。”

大头讷讷地从电视机前头挪开，露出屏幕上那个可以假乱真的冒牌美人。

“程哥，我还不是看你每次看见她都不高兴吗？我可是一片好心，你别怪我多事啊。”大头巴巴儿地凑到程寄跟前，只差摇尾巴了。他生怕程寄一个不小心又把所有人都提溜起来去训练，自己这伤还没好全，可不想在这个节骨眼儿活受罪。

程寄白了他一眼，没好气地道：“你几时看到我不高兴了？”

大头一噎，埋下头嘟嘟囔囔地说：“我受伤那晚以后，你就一直不高兴。问你吧，你又不说，可你以为你不说我就不知道了吗？你一看到左轶就臭脸，谁都知道你被大明星给甩了，兄弟们给你面子，都不拆穿，只有我怕你触景伤情，还处处帮你挡着，你这个没良心的白眼狼，不领情就算了，还在兄弟们面前落我面子……”

程寄听直了眼，打断他：“等等，谁说我被甩了？”

大头一指外头听墙角的那些家伙：“他们都这么说。”

程寄一回头，趴在窗户上的脑袋一阵猛点头。

程寄叹了口气："我不是被甩……"顿了顿，他又吐出一句，"我确实是被甩了。"

那个雪夜，他从城东的医院赶到城西的医院，阿妹已经不在那里了。从那之后，他就再也联系不上阿妹了。他们用来通信的秘密手机永远都在关机，无论如何也打不通。每个晚上他都推掉工作，在工作室里苦等，可她再也没有出现过。

大头他们说得没错，这不是被甩了是什么？

显然，因为他的失约，阿妹没能带着阿 sir 离开。她继续出现在屏幕上，商业活动一个接着一个，隔三岔五就要因为各种鸡毛蒜皮的事情上热搜。真正的左轶本来就不常笑，可是最近的阿妹比左轶笑得还要少。

她的信任来得那般不易，他却没能信守承诺，如天底下千千万万随口许诺转头即忘的男人一样。

他活该被甩，不是吗？

娱乐圈近几年有个新趋势，上综艺节目。

不管是崭露头角的新人，还是正当红的流量艺人；无论是早就对综艺节目驾轻就熟的新生代偶像，还是半辈子都觉得综艺节目就是要猴戏的老派艺人，最近都开始往综艺节目里猛扎，个个都成了"综艺咖"。

就连拍了十年电影、从未在深度访谈之外的任何节目上出现过的左轶，最近她的团队都放出了她参加游戏类综艺节目《逃出生天》的预告。这是 Bella 在反复考虑了很久之后，终于给了放行证。

经过雪夜逃亡那一场闹剧后，Bella 知道很难保证以后不再出现同样的事情，最好的办法是在阿妹身上挣到快钱，免得夜长梦多。

继《冷月无声》热映之后，极光娱乐趁热打铁，又推出了一部电视剧《贺新郎》，主演名单的首位上赫然写着左轶的名字。这次上节目，她就是带着主演们做宣传去了。

这一期节目得到了空前的关注，节目尚在录制的时候就有路透照被传到了网上。冬夜的大街上，左轶和极光娱乐近年力捧的小生邱承泽正在瑟瑟寒风中奔跑，后面跟着另一部近期要开播的电视剧《你好，这是你的时光慢递》的男女主演，正是温心怡和林非。

只有极少数人注意到了角落里戴着鸭舌帽的男人。哎，这期程寄也去了吗？

其实，程寄本来不应该去的。

他在《你好，这是你的时光慢递》里演的又是一个反派角色，但因为《冷月无声》的热映，他也沾了光。

《冷月无声》下映时，总票房收入高达五十五亿，无论是制片方、发行方还是院线，都赚了个盆满钵满。电影的四位主演无一例外地成了访谈、网络节目的常客。“左轶效应”再次被证实，代言和商业活动奔着她滚滚而来，连带着另外三位主演的曝光度也有不小的提升。

节目组为了蹭热度，把不是主演的程寄也请了过来。不过节目组给的通告费很低，大头本想要帮程寄推掉，却被无意中听到的程寄拦住了。

程寄从大头手中抢过电话，问过嘉宾名单后立刻就答应了。

挂了电话，大头非常费解。被甩了还巴巴儿地贴上去，这很不像程哥啊。

《逃出生天》是一个玩实景解密类游戏的综艺节目，拍摄场地就在城市的中心广场上，附近的马路凌晨一点后便封锁起来，广场上已经设好机关，群演也被安排好了，等一开机，分成两组的艺人就要各从一个入口开始寻找逃出广场的方法。比起所有机关全部设定好的密室逃脱，这种户外逃脱游戏在设定上多了一重不确定性，两组艺人的路线和行动没有具体的安排，他们什么时候会相遇，相遇后又会触发什么样的反应，都是不确定的。这也正是这个节目的看点所在。

“首先让我们来欢迎 A 队——‘时光慢递’队！”

在主持人热情的开场下，温心怡、林非、程寄，还有一位饰演配角的搞笑艺人从小径中走出来，对着广场上设置的摄像机笑着打招呼。

为了赶上寒假的热门档期，节目组将第一期录制安排在一月初。此时正是凛冬时节，又是夜晚，气温在零摄氏度以下。对艺人来说，最大的难关不是节目组设置的难题，而是寒冷。男嘉宾倒还好，个个穿得结结实实，那些要风度的女嘉宾可遭了罪。不过向来有冰美人之称的温心怡倒是与这气温很相宜，她在寒风中冻红了鼻尖的样子别有一番楚楚可怜的美感。

“接下来是 B 队，哇哦，这组队伍中可有一位第一次参加综艺节目的超级巨星！让我们欢迎——‘贺新郎’队！”

与 A 队相向的另一条小径上走来三个着古装戏服、长相帅气的小生，领头的正是最近人气蹿升的邱承泽。三人均是英气俊朗，想必节目上线时必定会吸引迷妹无数。

不过，最令人惊艳的还要数最后出场的女子。

她穿着剧里的红衣白氅，在叶影间若隐若现，螓首蛾眉、气质清丽。她拨开树枝时的一垂首、一挑眉仿佛都是水墨画卷里的感觉，带有一种天生的冷淡。

A 队这边的人不自觉地伸长了脖子来看。毕竟像左轶这种级别的艺人，就连他们平时也是不容易见到的。队列里，站在最末端的男子自左轶出现的那一刻起就仿佛时间被冻住了，连眼睛都忘了眨。

一个月不见，她似乎更清瘦了，纤腰不盈一握，下巴越发尖了。

她走到两队的正中间，对着摄像机淡淡地一笑，声音轻柔而节制：“大家好，我是左轶。”

四周立刻爆发出热烈的掌声，尤其是她旁边的邱承泽，他刻意地搂了搂她的肩，以示亲昵。主持人也十分有眼力见儿，马上问道：“邱承泽和左轶的新剧《贺新郎》马上就要上线了。我想请问下邱承泽，如果让你用四个字形容你的 CP，你会用什么词呢？”

邱承泽眨眨眼，故弄玄虚地说：“这部剧里呢，我和左轶姐演的是男女主角久别重逢后重新相爱的故事，过程很甜，结局呢，还没有播完。所以我的回答是，未完待续。”

旁边的人纷纷发出暧昧的笑声，主持人抓住机会，向另一支队伍最末端的人问道：“今天好巧不巧，除了左轶的‘新欢’，我们还请到了她的‘旧爱’。我想问问也和左轶组过 CP 的程寄老师，在《冷月无声》里和左轶演对手戏的感觉有什么不一样？”

所有的目光都汇聚到了小小的角落里。在所有人的注视下，角落里的人极为自然地走过来，站到左轶的旁边。

程寄的脸上却没有被周围人看好戏的局促，他的唇角勾起一个笑：“我这边自然是，再续前缘。”都是台本上的话，但他说得漫不经心，似乎对于这个前缘并不在意。

不过，程寄的回答隐隐地与邱承泽针锋相对，后期再贴些花字，做些效果，立刻就有了火药味，而主持人也不失时机地以“左轶的旧爱新欢 PK（对决）”为噱头，大肆开起玩笑来。大家一时之间聊得唾沫横飞、十分尽兴。

唯一没有参与聊天的可能只有这个玩笑的主人公了。她的脸上仍旧带着礼貌的微笑，因此没有人发现她的姿态有些僵硬。

一只手探入了她薄薄的大衣，暖暖地捂在她的后腰上。这只手的主人也在跟着其他人一起哈哈大笑，因此在镜头里并没有特别显眼。只有阿妹知道，这只手在短暂的安分之后，很快就不老实起来，开始在她的后腰上轻轻揉捏。

她很想躲开，可是面前摆了一排摄像机，她实在不敢轻举妄动。更何况，今天正好是她的生理期，在这冰天雪地里站了许久，她早就腰酸到不行了。而他揉捏的力度恰到好处，缓解了她的不适。

他明明看上去是对她毫不关心的样子，她不明白，他这又是在做什么呢？

“现在就请左轶来喊出我们的口号！”主持人突然将话头引回到女主角的身上。

腰后的那只手突然就抽走了。阿妹回过神来，笑了，然后用尽量不尴尬的语气说：“逃出生天，看谁好运！”

主持人欢快地接过她的话头：“接下来就让我们正式开始游戏。A 队和 B 队将从两个不同的入口进入迷宫中，哪一队先找到迷宫的出口，就算哪一队赢。现在我宣布，游戏——开始！”

刚才那个把手放在她后腰上的男人此时什么都没说。他站回了自己的队伍里，一脸的云淡风轻。

主持人的话音刚落，B 队的三个小生就牵着队里唯一的女艺人往其中的一个入口直奔而去，而另一支队伍的四个人则似乎还没商量好路线，尤其是最末尾的程寄。他还在四处张望，看上去拖拖拉拉的。

温心怡左右看了看，然后捂住夹在衣领上的麦克风，小声对程寄说：“程哥，别瞎看了，这儿到处都有摄像头。”

和极少参加综艺节目的程寄不同，温心怡早就是各大节目的常客了，对节目的录制方式也了如指掌。参加这个节目的一共有八位艺人，除了每位艺人都有一位跟拍摄像师，节目组在每个关卡还设置了多机位的摄像机，在每条道路上也设置了摄像机，整个广场上镜头的数量有数百个，随时可以抓拍艺人们的一举一动，有什么搞笑的镜头一定不会错过，艺人有什么奇怪的表现说不定也会被剪进去，成为网友们的素材。

程寄闻言，漫不经心地笑笑，也学着她捂住麦克风：“让你见笑了。我就是想知道……”他向 B 队离开的方向望了一眼，“在这个节目录完之前，我们还有机会和他们遇上吗？”

“当然有了。刚才导演都说了，你一定又在发呆，没听见。”温心怡隔空点了点，“这个迷宫里有三个主关卡，不管走哪条路都一定会经过，节目组也会安排我们在那里遇见，这样节目才好看嘛。”

程寄了然地点点头，然后跟在温心怡身后，向着他们要走的路线小步跑去。

为了节目效果，节目组在关卡设计上下足了功夫。一路上，两队都遇到了不少挑战，既有比脑力的，也有拼体力的。每个关卡上群演的装扮也是脑洞大开，千奇百怪的着装看得人忍俊不禁。

不过阿妹这一路上玩得并不轻松，主要是因为带了两个猪队友。继第一个提问环节冻住了一人后，邱承泽的另一位小师弟在下一个拼体力的关卡也被冻住了。游戏过半，只有邱承泽还在跟着她一道往前走。

三个新晋小生各有各的英俊帅气，却无一例外地有点儿呆萌，被镜头放大后自有一种反差萌。其实在待机室里接触时，阿妹就知道他们三个绝非看上去这么草包，无非是要立人设而已，只是苦了要维持聪明人设的她，不但得从头跑到尾，还得收拾各种残局。

到了倒数第二关，又是一个拼体力的环节，先是负重爬坡，再通过攀缘拿到一个装着线索的信封。按照节目组安排，在攀缘的过程中，邱承泽会为了她掉下去，留下本队唯一一根独苗勇闯最后的关卡。

不过节目组高估了阿妹的体力，攀缘环节刚刚开始，英雄救美的戏码还没来得及上演，阿妹就手一滑，摔到了泡沫池里。随行导演原本想要重拍这一段，但泡沫池里伸出来一只手，摇了摇。工作人员跑过去一看，原来阿妹掉下来时把脚扭了。随行导演倒抽一口凉气，重拍就别想了，左轶团队的人不找节目组要医药费就不错了。

于是摄像机没有停，记录了邱承泽通过关卡，而阿妹留下来进入小黑屋的一幕。

小黑屋里头漆黑一片，但装着红外线摄像头，艺人在黑暗里的磕磕碰碰都会被摄像机拍得一清二楚。阿妹坐下来，不像其他被关小黑屋的艺人一样，她不跟摄像头互动，而是闭上眼，任由意识变得模糊。

自从阿妹逃跑未遂后，Bella 加强了对她的控制，新助理艾米也不如以前的小文好糊弄，阿妹再也没有见到过阿 sir。而最近这一个月，她把日程排得满满当当，每天睡眠时间不超过四个小时，每日只是赶场工作。她原本还有点儿庆幸今天的通告是综艺节目，可以像现在这样稍微休息一会儿，只是没想到来的嘉宾里还有程寄。

一看到他，她就又想起那个雪夜来。

阿 sir 被 Bella 带走时，他躺在轮椅上任人宰割的样子仍历历在目。她没能像她应承的那样带阿 sir 离开，再一次让阿 sir 失望了。

她又一次想起哥哥说过的话来。

“世上的人个个自私自利，一旦发现你身上无利可图，就会毫不犹豫地离开。”

她想，哥哥说得对，程寄的确离开得毫不犹豫，连句解释也没有。

可是她又有些不明白。如果他真的决意离开，那方才替她揉腰又是为了什么？她身上还有值得他索取的东西吗？

黑暗中，一张谜一般的脸在脑海中浮现。

屋外头就是刚才阿妹掉下来时所在的游戏场地。不一会儿，外头又响起了说话声，吵闹了许久，小黑屋的门再次被打开。

阿妹回头，诧异地看着走进来的男人。房外透进来几分光线，足以让屋里的人看清那张从她的脑海中浮现的脸。

门在他身后被关上，世界一下就安静下来。他朝她一步步地走近。

她这辈子最好不要遇到这样一种人。

他生了一张无情的面容，那面容上便不该再生出那样一双多情的眼，那双眼很容易让人误以为他的承诺都是真的。

两人都没有说话。不到十平方米的小房间里，四个角都装着摄像机，广场外面停着的导演组的车上，有一整个团队的人正在盯着他们的一举一动。

在极微弱的光线下，程寄走到阿妹面前开口说话。但奇怪的是，他只动嘴巴，却不发出声音。

黑屋子里，阿妹一时怔住了，不知他在玩什么把戏。

导演车上负责收音的工作人员发觉了异常，反复拍了拍耳机，确认什么都听不到："信号又没了。"他转过身去，叫了一个实习生，"去，检查一下。快点啊，跟艺人说好了只在里面待三十分钟，久了人家要发脾气了。"

鸭舌帽下的眼睛突然眨了眨，帽子被取下，不露痕迹、轻巧地一扔，就盖住了一个角上的摄像头。

下一秒，一双手就碰到了阿妹的衣领和后腰，三两下便把她的麦克风拆了下来，关掉了电源。

阿妹终于知道他要做什么了。她转身想跑，却被他紧紧抱住了。

一片漆黑中，有个呼吸声沉重地落在她的耳畔。

"我找了你一个月，却无论如何都联系不上。为什么不来找我？"他从身后死死地抱紧她，语调不再是往日的漫不经心。

阿妹挣扎了几下，发觉是徒劳，于是放弃："Bella 管得很严，手机也被没收了。"她的声音很轻、很软，听不出什么情绪。

程寄没有松开她："是因为上次逃跑被她发现了吗？"

阿妹在他怀里点点头。

他仿佛发出了一声叹息："那天是我失约了，对不起。"

没有人回答他，他怀里那个小小的、软软的身体仿佛是一个没有灵魂的玩偶，乖顺地任由他抱着，不顶撞，也不亲近。

"阿妹，听我说，对不起。"他又说了一遍，懒散惯了的声音第一次变得沉重，让她有些不习惯。但她仍旧没有反应。

他的气息忽地一变，仿佛有寒流从他的怀抱中流过，他一把将阿妹转过来。无尽的黑暗中，他紧紧盯着她眼中微弱的光。

"你怎么一点儿反应都没有？我做错了事，害你准备已久的计划落空，让你再次与阿 sir 分开，现在你连人身自由都没有了。你不骂我，也不报复我，就这么让我轻轻松松地从你的世界里消失？"

他冷笑一声，仿佛刚才的沉痛不过是一种伪装，真正的面目就藏在寒凉至极的语调之下："阿妹，从前你不敢招惹我，是因为怕自己没有东西可以给我。可现在，是我失信于你，把柄在你手上，你怎么还是这个夙样？"

这番话终于激得阿妹抬起了头。

他总是知道她的痛处在哪里，三言两语就戳得她生疼。可是她也从来不是他的对手，被掩盖住真实色彩的眼睛里，光芒亮了一瞬，又很快熄灭。

"本来就是与你无关的事情，你没有出现……也理所应当。"

这些日子她已经想得很清楚了，程寄失约，实在是再正常不过了，他与她原本就是两个世界的人。他适合在这个五光十色的圈子里混，也应该留在这里，总有一天，他会露出他身上的光芒；而她永远都只能藏在暗处，做一个骗子、老千、冒牌货。

蠢的是她自己。她忘了阿 sir 的教诲，忘了在哥哥身上吃的亏，忘了做一个老千最要紧的是随时留一条后路，当人心变了，便向另一个方向流浪。

“与、我、无、关？”

他说的每一个字都是从后槽牙里磨出来的。

他忽然压下来，将她抵在墙上，重重地吻下去。仿佛是一种恶狠狠的惩罚，又仿佛是悲切的渴求。她被他这突如其来的举动唬住了，任他求取。可他却并非见好就收的良善之辈。他在她的唇齿间厮磨许久，然后忽然亮出尖牙，狠狠咬了她一口。

阿妹疼得捂住了唇，然后抬眼愣愣地看着他，不知他何意。

“怎么不咬回来？”程寄伸出手轻轻地擦去她唇边的湿意，是与方才截然不同的温柔。

他凑得极近，将她脆弱的呼吸尽数吞咽。

“别人在你这里放了债就一定要还，别人欠了你的，你却分文不取？世上怎么会有这么好的买卖？你这样精明的老千怎么尽做些赔本生意？”

他的话一句接一句，又刻薄又伤人，把她堵得无话可说。蜜糖一般好看的眼睛望着他，满眼都是委屈。

他的眼神忽然一变：“你心心念念的都是阿 sir。一个与你素昧平生、不过是多说了几句话的警官，你拼死拼活也要带在身边，可是我从来都不在你考虑的范围之内。阿妹，你什么时候才能不从我这里逃走？”

她的眼睛倏地睁大了。她仿佛听到了什么匪夷所思的胡言乱语。

“是我欠了你的，就让我把下辈子都赔给你。”

门口忽然响起咚咚的敲门声。

“程哥，左轶姐，你们的麦克风不收音，我进来检查一下啊。”

话音刚落，门被打开，室外的灯光照进来，他们一瞬间有些睁不开眼。

“没收音啊，不会让我们重录吧？”摄像机下的男子正在往头上戴一顶鸭舌帽，表情玩世不恭。

再看一旁的女艺人，她的神情十分僵硬。她匆匆向门口走去，即便撞到了实习生也不停步。

“不会有下……了。”

实习生困惑地抓抓耳朵。她走得太匆忙，说得又太含糊，他没听清楚她说的到底是“下次”，还是“下辈子”。

《逃出生天》终于录制结束，凌晨六点，空荡的马路上开来一长串保姆车，将各自的艺人领回家。

艾米却迟迟没有等来她的艺人，因为阿妹去洗手间的时间比平时长了许多。

与此同时，录制现场的私密卫生间里，阿妹被一伙五大三粗的男子堵住了。

然而这伙人看起来却不是来干坏事的，他们个个神色憨直，还带着点儿不可置信，只不过对阿妹的称呼倒是很统一：“嫂子！”

一个因为装着义肢一瘸一拐的男子走上前来：“嫂子，对不住，我擅自把你的事情和工作室的弟兄们说了。但我们今天来不是要为难嫂子，是想就上次程哥失约的事情替他做个解释。”

说话的人是大头。显然程寄对他的突然行动一无所知，因为以程寄的性子……“如果被程哥知道我们这么扒他的过去，非把我们揍一顿不可。但程哥这个人就是这样，其实他的心地不坏，就是嘴倔，这些年也吃了不少亏，娱乐圈的凉风把他的心都吹冷了。直到嫂子你出现——”

跟了程寄这么些年，大头自认为很懂程寄的脾气。

他不是那种在工作室里搞一言堂的大家长，动不动就要用拳头强调自己的地位，也不太在乎个人的名气，有演出机会，不管是不是他亲自上阵，只要是工作室里的人能接就可以。他在饮食、穿着、生活上都很随意，也很少与人结怨。

程寄是从传统武行尚未式微的时候进的这行，混了这么多年，他看过了多少大风大浪，已经很少有事情能够让他如此挂怀。

早年间的传统武行像旧时的戏班子，来学艺的都是些穷苦人家的孩子，入了门之后就要讲师门规矩，但程寄最讨厌规矩。

他刚入行的时候，被他们叫作师傅的前武指拍戏时就不乐意带他。因为他对为数不多的片酬也要斤斤计较，绝对不会向其他徒弟那样默许师傅的缺斤短两，也不会每月拿出一部分钱来孝敬师傅。所以尽管程寄资质不错，拍戏时也很卖力，却总是得不到什么机会，大多数时候也就负责吊吊威亚打打杂。如果不是有些危险镜头只有他能不出差错地完成，师傅早就把他踢出去了。

后来师傅退隐，把衣钵传给了儿子。他的儿子任人唯贤，行事风格和老子完全不同，所以程寄很快就崭露头角，成了工作室里的顶梁柱。但由于后来武打片渐渐式微，他的儿子也不愿意再做武行这档苦营生了，于是就把工作室解散，自己下海去做生意了。

那是大家最动荡的一段日子。同门师兄弟们只能自己接散活儿，但没了工作室的依托，酬劳被一压再压，再加上还有其他武术团队竞争，别说酬劳，有时连活儿都接不到。时间一长，大家开始犯愁，指着有谁能站出来，重新把团队聚拢起来。当时提议得最大声的是大师兄徐子仁，他那时总是找师弟们谈心，说自己谈了女朋友，马上就要结婚，过两年就要养孩子，实在是有心无力，话里话外都是希望能有人和他一起出这笔投资。

徐子仁不是不想出头，但他要考虑投入和收益。但没等到他考虑清楚，已经另外有人站了出来，就是那个平日里看起来对工作室最不上心的程寄。

从师傅那里硬薅下来的钱他几乎没怎么动过，程寄全都投在了新团队上。他给团队注册了公司，叫“程·武术指导工作室”，又重新把师门弟兄们叫了回来，还招了些新人。大头原本要回乡下老家相亲结婚的，也被他叫了回来。

和师傅不一样，程寄不讲人情规矩，对待工作却异常严格。从前可以糊弄过去的镜头，在他这儿没有十遍八遍根本过不去。他自己会想新点子、新动作，也要求团队里的人一起想，没有人能安心做一个只动手不动脑的莽夫。他和师傅更大的差别体现在钱上，程寄从前对酬劳斤斤计较，到现在也是如此，他总是要和剧组争取最高的片酬。

两年后，程寄的工作室在业界崭露头角，因为团队的业务能力过硬而站稳了脚跟。团队里的弟兄们虽说知名度不高，却也成了各大导演认得出来的熟脸。程寄个人却没得到什么好评，业界的人提起他时，总说他“贪财”又“难搞”。

“其实程哥贪财也不是为了自己，是为了我们。”大头叹了口气，“做武行危险，多少人年纪轻轻就带着一身伤病退隐了，严重的可能会残疾。像我，”他拍了拍自己的腿，“这条腿就是废在了片场上。”

如果只是小伤小病就算了，拍打戏动不动就是伤筋动骨，医药费也是一笔不小的支出。但这笔钱工作室里的弟兄们从来没掏过，都是程寄自己掏腰包垫了。

“可这么多钱从哪儿来呢？还不就得在谈片酬的时候多争取一点儿？”

程寄发钱也不吝啬，谁拍得多，拍得累，拿的钱也多。程寄平时嘴上老损人，但其实对待弟兄们十分厚道。拍打戏是挣辛苦钱，虽说剧组发片酬是按人头给，但程寄见哪个兄弟多一份辛苦，就会从自己的片酬里匀一点儿出来给他。单凭这一条，工作室里就没人不服他。

除了徐子仁。

徐子仁觉得自己也是倒霉。师傅在的时候，有油水的活儿都先派给了亲儿子，好不容易等到师傅不在了，班子回来了，做主的却不是他这个入行十年的大师兄，而是一个从前连特约演员都没干过的程寄。当然，程寄出了钱叫回了大家，该认他，他心眼儿活，功夫硬，也该认他。可是，发到他徐子仁手里的钱比从前少，他这可就忍不了了。

徐子仁曾经和程寄大吵过一架，还动上了手，就是由一部戏的片酬引起的，当时一个入行才两个月的新人比徐子仁多拿了一千块。

但这场架，徐子仁没打赢，也没吵赢。

“要钱？有本事就在片场挣。”程寄冷冷地抛下这句话，扬长而去。

后来，徐子仁果然在片场和程寄杠上了。在拍摄一段躲避高空坠物的戏时，徐子仁为了挣外快，硬是让人改用他带来的安全装置。

“没想到安全装置突然失效，东西砸下来时，他为了闪避，把我撞开了。结果水泥管就砸在了我腿上。”说起这件旧事，大头也不再有平时笑嘻嘻的神情，“为了这个，程哥和师兄又吵了一架，把师兄扫地出门了。”

所谓徐子仁欠他一条腿的事儿，就是这么来的。

“徐子仁的事儿让我和程哥都长了记性，凡是跟钱沾边的事情都很麻烦，都有危险。程哥这么多年来都秉持着这个信条，可唯独嫂子你是个例外。”大头挠挠头，对于自己的直白有点儿不好意思，“你对我们这些习武的人来说，可是个大麻烦。但程哥不在乎，他只在乎你。”

“你让程哥去接你那天，他去了，只是半道上为了我又打道回府了。是我这边有人误传了消息，让程哥以为我又受了伤。他生怕我跟上次一样大出血，我的血型又罕见，可程哥和我的血型一样，所以他当下就去了医院，打算给我输血。

“我后来才发现，在片场临时要求换新手团队的是邱承泽，而邱承泽和那个新来的团队都是极光娱乐的人。背后的原因，我想你能猜出来。

“程哥是受了别人误导。他心里有你。”

大头说完，停下来偷偷瞟了一眼阿妹的反应。

但奇怪的是，阿妹什么反应都没有，她只是怔怔地听着，仿佛在听一段别人的故事。

大头给其他人使了个眼色："我们都是些糙汉子，不会说话，可是大伙儿都知道，程哥看得最要紧的是嫂子，对吧？"

旁边的糙汉子们纷纷附和："对啊，对啊。"

大头见阿妹还是没有反应，又探探她的口风："嫂子不生程哥的气了吧？下次咱们还能见着嫂子吧？"

半晌，阿妹冷冷地一笑，脸上是与左轶一样的淡漠的神情。

"可我马上就要去巴西拍戏了，我想，我与他没有下一次了。"

她的声音细软，如棉花糖一般，语气却决绝得如一块顽石。

阿妹从洗手间出来时，艾米早已等得不耐烦了，连与节目组的客套都省了，直催着司机赶快走。

阿妹坐上车，马路边的其他人纷纷向她挥手，而她却没有像平日里那样以一种巨星的姿态摇手告别。

她的左手并拢，抬起，露出手心，右手的食指、中指、无名指并拢，手背向前轻轻一推。

"左轶姐是什么意思？"车下的人纷纷问。大家都不知道这是何意。

只有戴着鸭舌帽的男人低了头，唇角勾起一个邪邪的笑。这个笑与他方才的佯怒和嘲讽都不相同，而是像乐章最后的休止符，有着意味深长的余音。

阿妹曾经告诉过他，那是赌场上"平手"的手势，表示两清。

两清？

这个小骗子大概没有搞清楚一件事，欠债要还，天经地义。

说好了要赔她下半辈子，他哪能那么轻易就把债主放跑呢？

第九章
大逃亡

这世上，每个人都是一艘小船，一辈子都在茫茫人海里孤独地漂流。

她以为她会一直这样流浪到生命的尽头，却没想到他乘风破浪，到无人的海域冒死寻她来了。

巴 西

北半球的凛冽隆冬，正是南半球的火热夏日。

飞机舱门打开的一瞬间，热浪直扑过来，人们仿佛是与一位火辣的女郎来了个热情的贴面吻。大眼睛、深色皮肤的空乘小姐活泼地向每一位下机的乘客介绍：“欢迎来到上帝之城。”

这里的人说神明花了六天时间创造出了世界，第七天却用一整天的时间创造了这座城市。

里约热内卢。

晴朗的蓝天下，阳光肆意倾洒，热带海滨宜人的气息波涛一般层层地袭来，总算将北半球冬夜的寒凉吹散了些许。乘车去往酒店的路上，人们沿着瓜纳巴拉海湾壮美的海岸线，一路都可以看到耸立在科科瓦多山顶的救世基督像，在硕大的身影的比照下，人世间所有的烦恼都渺小得不值一提。

阿妹把头探出车窗外，深吸了一口湿热的空气，然后尽情地将胸中的烦闷吐出。

艾米坐在她的旁边，正用 iPad（平板电脑）不停地翻看接下来的行程，因为表格内容过于烦琐而显得有些心浮气躁。

这次的行程安排得十分紧凑，阿妹早先签的一部电影原计划三月在巴西开拍，但现在不过二月，又临时增加了一个旅行综艺节目的通告，大明星变得一天比一天繁忙。

原因很简单，上周《逃出生天》第一集热播，左铁的热度再创新高。在游戏的最后一关里，她和邱承泽联手从迷宫里冲出，以一步之差险胜拥有动作演员的 A 队，硬碰硬的热血场面在综艺节目中难得一见，瞬间就点燃了热搜榜。“左铁好有魅力”“左铁、邱承泽实力 CP”“打赢动作指导的女人”……加上营销公司在背后推波助澜，《逃出生天》播出第一集后就爆火了，也再一次验证了“左铁”这个金字招牌的含金量。

Bella 在尝到综艺节目带来的甜头之后，立刻着手安排了下一个。这次是一个旅行类的综艺节目，节目组把取景地选在巴西的里约热内卢，这几天正好是一年一度的狂欢节，是快速了解巴西风土人情的好时机。

阿妹对这样的安排别无选择。Bella 对她的控制越来越严格，只差没有在她身上装二十四小时监控器了。不过在阿妹的心底，她是愿意来的。即便这次随行的也有一大帮人，但能短暂地脱离那个令人窒息的环境也是好的。更何况，这里的炎热气温能够让她暂时忘记冬夜的寒冷，也能忘记一个人。

哥哥说得没错，做老千最重要的不是赢，是逃跑。

她想，她再一次成功地逃走了。

随车的翻译正在兢兢业业地翻译出租车司机的随口闲聊。

“这片位于海滩和群山之间的漂亮房子是里约有名的富人区。如果你们想要近距离地了解，住在这片海滨上的高档酒店里是个不错的选择，这里的视野非常好。”

关于上流社会的豪宅、私人管家、厨师和保镖，司机说得唾沫横飞、头头是道，可是很快他就话锋一转：“但在这里也要小心，往山上走一点儿，与富人区一街之隔的地方就是贫民窟。”

和畅谈有钱人的奢华生活一样，司机对于贫民窟的脏乱也渲染得头头是道。在这个南美最大的贫民窟里生活着二十几万人，这里的房子像工厂里堆放的盒子一样密集而随意地堆叠在山坡上，由于这些房子只是简单的棚屋，所以遇到暴雨时极容易发生倒塌，但显然，房子的主人几乎没有钱重新盖一座更坚固的。

司机好心提醒：“在里约旅游，最好避开这里，你们看上去这么有钱，肯定会被大宰一顿。”

艾米连连点头，觉得司机说得很对。不过下车的时候，她正要按上车时说好的金额付车费，一路笑嘻嘻的司机却突然变了脸色：“不不不，不是这个数，我说的是这个数！”

他用手比了一个数，足足是之前说好的五倍。

阿妹与艾米对望一眼。

看来司机说得没错，她们看起来这么有钱，一定会被大宰一顿。

到了酒店，她们还没来得及倒时差，第一张写有旅行目的地的任务卡片就随着镜头一起出现了。

“科帕卡巴纳？”

阿妹用中文费劲地念出这个地名，镜头后的艾米和她一样茫然。不过当她们坐车来到科帕卡巴纳的时候，马上就明白为什么节目组把第一站安排在这里了。

谁能想到，在巴西第二大城市的黄金地带竟然有这样一片绝美而辽阔的海滩？

在依山傍水的科帕卡巴纳向远处望，瓜纳巴拉海湾的风景一览无余。月牙一般延绵数千米的海岸线上，雪白清澈的浪花此起彼伏地拍打着。松软洁净的沙滩上，丰乳肥臀的巴西美人随处可见。还有赤裸着上身慢跑的健硕的男人，穿着清凉而诱惑的桑巴舞者，弹着吉他放声歌唱的歌者，以及数不清的游人。

在海水的映衬下，天空如此澄澈，以至于有人会不顾被太阳灼伤，一再向远方眺望，直到穷尽目力，望见海天的尽头。身后是热闹喧嚣的楼宇街市，眼前则是阳光、沙滩、海水、美人。

这里完美地契合了游客对于上帝之城的想象。如果上帝想要度假，应当也会来科帕卡巴纳海滩。

节目组的工作人员打开遮阳伞和躺椅，端来鸡尾酒，艾米替阿妹接过去：“莫吉托还是玛格丽特？”

阿妹没有回应，她正有些紧张地望向身后那一排椰子树。艾米又叫了她一声，她才回过神来：“保镖在哪儿？”

艾米用下巴点了点摄像机外围的几个彪形大汉：“在那儿。”

阿妹回头看了他们一眼，神色并未缓和。

艾米不关心她的情绪，随手塞了一杯酒过去：“马上开拍了，高兴一点儿。”

阿妹温顺地接过酒杯，然后冲着镜头笑起来。

艾米退出镜头外，心满意足地看着阿妹在镜头前抚弄被海风撩起的长发，深深地感到自己调教艺人有方。她并不知道阿妹来巴西前与Bella达成了新的协议，而阿妹之所以这么听话，全都是因为Bella将阿sir送去了新的地方，并且拒绝透露给阿妹，除非阿妹对自己言听计从。

但阿妹目前最担心的还不是阿sir，好歹Bella不会伤害他。可是从进入这片海滩起，她就觉得有人在跟踪她。

除了赌场的那些人，她想不出来还有谁会如此紧追不舍。

自从Bella给她换了住所，又把阿sir严防死守地看起来之后，他们有好一阵子没出现，应该也是找不到她的行踪。但这一次她出行巴西，团队在媒体上已经大肆宣传了，赌场的人很容易就能知道消息，尾随过来。更重要的是，她如今身处异国他乡，这里的安保力量没有国内强大，治安环境十分复杂，对初来乍到的艺人和节目组来说是探险，而对于擅长黑帮那一套的他们来说则是如鱼得水。

镜头还在不断地捕捉阿妹惬意的表情，没有人能从经过矫饰的脸庞上看出她动荡不安的内心。

拍摄完科帕卡巴纳海滩的美景之后，下一站是圣康拉多，里约热内卢有名的富人区。这里是当地旅游部门极力邀请节目组进行拍摄的地方，他们想要展现巴西时尚、富足的一面。节目组在获得拍摄许可的同时得到了当地旅游部门的大力支持，自然也要来还这个人情。

在这个拥有巴西顶尖的时尚购物中心和高尔夫球场的街区上，高级公寓楼、夜店、餐厅随处可见，穿着时尚的当地人在街上闲散地踱步，慕名而来的游客不断举起相机，在恰到好处的阳光下寻找完美的角度，在绚烂的阳光下拍摄出别样的异国风情。

阿妹也不能免俗。她独自一人在路边信步，看似漫不经心地端详着每一个装修精美的橱窗。镜头里的大明星慵懒而迷人，展示着她正在享受一段另一个半球的人们难以复制的浪漫旅行。

然而，一个小小的身影打断了正常的拍摄。

“Do you speak English（你会说英语吗）？”

阿妹低下头，看到一个脸黑乎乎的小孩。他看起来只有十来岁大，和这里的大多数人一样，他拥有墨色的眼睛，深色的皮肤，因为过于瘦小而显得有些可怜。他用带有一点儿口音的英语又问了一遍：“Do you speak English？”

阿妹点点头。

小孩又说：“Give me your money（把你的钱给我）。”

阿妹有些迟疑，并没有做任何动作。

远处的摄像机没有停。尽管这个小孩是一个乞丐，但这是节目的主人公与当地人的第一次相遇，对于这样的意外素材，节目组喜闻乐见。如果后续能够拍到小孩的笑脸就更好了。

然而接下来的剧情却让节目组大跌眼镜。

见阿妹没有给钱，小孩突然用葡萄牙语大喊了一句什么。刚才还行人稀少的街上，不知从哪个犄角旮旯里冲出来七八个身影，都是和刚才这个黑脸小孩差不多大小的少年，至多不过十三四岁。他们围在阿妹的身边，紧紧地抓着她，闹哄哄地大喊：“Give me your money！ Money！”

尽管只是一些身高不及她的肩膀的小屁孩，但一下子被这么多人围攻，就算是久经江湖的阿妹也陡然发了蒙，怔在原地任他们拖扯。

艾米见情况不对，马上就示意保镖冲上去。不管节目组的素材如何，艺人的安全毕竟是首要的。

这群少年并非穷凶极恶的人，待见到十来个壮汉跑过来时，他们呼啦一下就四散开去，跑得没影了。

唯有最开始拦住阿妹的小孩反应慢了些，被保镖逮住，像拎小鸡崽儿一样拎了起来。他在空中一边狼狈地踢腿，一边还在大喊：“Give me your money！”然后又用葡萄牙语叽里呱啦地说了一大串。

在离得远远的地方，艾米问翻译：“那小孩说什么？”

“他说他拿不到钱会挨打，他的妹妹也会挨打。”翻译翻了个白眼，“千万别信，这种小骗子可多了，专找游客下手。你要是心软，直接给钱当然好，要是不给，他就会像刚才那样叫一帮小孩来抢。没哪个大人会打小孩对不对？”

艾米点点头，正想叫保镖把小孩赶走，却见阿妹从包里拿出来为数不多的几张巴西雷亚尔，放在了少年黑乎乎的手上。

艾米朝阿妹大喊：“给他干吗？他就是个骗子！”

阿妹却好像没有听见，她叫保镖把人放下来。在阿妹旁边的小孩和保镖都是葡萄牙人，没有人听懂她自言自语的那句中国话：“我也是个骗子。”

少年紧紧地抓着钱，都没有回头看一眼，一溜烟地跑了。

由于遭遇了小小的意外，拍摄一度中止。为了防止再次被碰瓷，节目组又花了不少时间清场，等到圣康拉多的部分拍完，日头已经快要落下，原计划要拍摄的基督山只能推到明日。但节目组又不愿意浪费所剩无几的时间，问过当地向导后，决定抄近路去两兄弟山拍夜景。

尽管不如基督山和面包山出名，但两兄弟山仍是依帕内玛海滩边最值得一看的去处。在这两座山峰上，不仅可以看到被誉为“里约之心”的心形湖，还能俯瞰拉丁美洲最大的贫民窟罗西尼亚。

去往两兄弟山的路要从罗西尼亚经过。当向导把众人带到这个与圣康拉多富人区不过一街之隔的贫民窟时，阿妹猛然想起出租车司机让她们避开的地方就是这里。

在两兄弟山的山脚往山上望去，只能看到密密麻麻、层层叠叠的矮房，那些房子仿佛硕大无朋的爬山虎一般从山壁上杂乱而顽强地生长出来。房屋的形状毫无规划，肆意地向四周侵扰，彼此交错起来，将原本就不宽的阶梯与小径掩盖得更加难以寻觅。如果不是有向导带路，阿妹这些外来人很难在房屋与房屋之间发现狭窄的巷道，更遑论寻到上山的路了。

虽说是贫民窟，但这里也并非出租车司机说的那般脏乱。这些一看就是粗制滥造的房屋上竟然被用心地涂上了彩色颜料，有时连阶梯和路面上也有。贫穷和混乱变得如此绚烂，那些摇摇欲坠的房屋也不再单调，如艺术品一般光彩熠熠。乍一看去，倒颇有几分网红打卡地的潜质。

“白天和夜晚的罗西尼亚就好像是住在一间屋子里的两个完全不同的人，只要不在夜晚来访，这里还是你们熟悉的上帝之城。”向导说。

这里的人也并非全是出租车司机口中的鸡鸣狗盗之辈。他们不过也就是平凡的居民，在此处日出而作，日落而息，与这片土地之外的人并无分别。节目组甚至还遇到了几个踢足球的孩子，他们在残破而狭窄的巷道上你追我赶，眼睛里闪着狂热的光。向导说得没错，这里也是属于足球之国的疆域。

他们偶尔会遇到几个用警惕的目光盯着他们的人，这时候向导便会提醒节目组把摄像机收起来，也不要去看那些表情阴鸷的人。

阿妹庆幸这个向导细心且负责。然而垂眼赶路的节目组的所有人都没有发现，那些在墙角紧盯着他们的人中有一张东方面孔。

即便一年未见，但阿妹绝不会认错他的长相——

哥哥。

他们转过了一片又一片棚屋区，爬了一条又一条小径，总算来到两兄弟山上。

依帕内玛海滩尚未入睡，沙滩上挤满了蚂蚁般大小的人，海风送来浪花的咸腥，他们隐隐听得到海边传来的欢笑声与音乐声。阿妹在镜头前侧过身来，身后是山下的灯火通明。

“巴西有一句谚语：白天丧失的一切，上帝会在夜里补回来。”她望向山谷中层层叠叠的矮房，罗西尼亚——这个白日里绚烂无比的街区，此时沉入了无尽的黑暗中，“上帝之城的夜晚会是怎样的呢？我们下集继续。”

导演喊了停，阿妹收起笑容，招手唤来艾米：“我们等下怎么回去？”

“导演说今晚不回去了，就在山上露宿，顺便还能拍拍星空。”艾米一边滑着手机，一边心不在焉地回复，“摄像那边还得布置两小时，你可以先去帐篷里休息一会儿。”

帐篷扎在一块平地上，阿妹钻到其中一个帐篷里，听着四周细碎的人声，搬运东西的声音，还有艾米打电话时的抱怨，呼吸放缓，进入浅眠。

她真的很累。出国前刚刚结束一个行程就被拽上了飞机，飞了二十来个小时，一落地连倒时差的时间都没有，又匆匆忙忙开始拍摄。她不无恶意地猜想，或许真正的左轶就是因为忍受不了这样高强度的工作才逃跑的，这哪是人过的日子啊……

里约热内卢的夜晚有些热，帐篷里又有些憋闷，阿妹迷迷糊糊睡了一会儿，始终睡不踏实。也不知道过了多久，她听到了夏夜的虫鸣，猛地惊醒。

不对劲。

不知从什么时候开始，周遭的声音忽然都没了，人声、机械声、消息提醒声全都从耳朵里消失了。安静的夏夜里，方才拍摄时没有注意到的虫鸣声变得清晰起来，一声一声钻入耳朵，震得她指尖发麻。

阿妹小心翼翼地将帐篷的拉链拉下来一点儿，从缝隙中向外窥视。乍一看去，营地上空无一人，就连设备也少了不少，显然是他们临时去别的地方取景了。可就算这样也不对劲，节目组离开情有可原，可是艾米怎么会丢下她不管呢？

正疑惑间，阿妹不经意地向下一看，发现了倒在帐篷边上的艾米，不远处，那几个当地的保镖横七竖八地躺着。

一个沙哑的男声从艾米旁边传来：“你确定她没有跟别人一起下山？”

另一个稍显年轻的男声在帐篷的另一侧响起：“是啊，我跟过去看了，她没有。这个助理还在这里，她肯定没走。”

“帐篷都看了吗？”

“这一个还没有。”

“快点儿检查！”沙哑的男声听起来十分暴躁，“如果这次再让她跑丢，陈生不会让你和我活着回澳门！”

脚步声越来越近了。阿妹猛地缩到了帐篷的角落里，但很快又意识到这并没有什么用，因为帐篷里的空间实在有限，哪怕她伪装成一条毛毯都逃不过他们的眼睛。

刺——

帐篷的圆形拉链被拉开了。

一个年轻男子探头进来，觉得一侧有异样，刚想转头看，拉链却被人从里面捏住，并飞快地被重新锁起来。拉链头还用绳子系紧了，他的头被死死地卡在帐篷的缝隙中间。

“啊！”他的手没办法伸进来，解不开里面的绳结，“快来帮我！”

一把刀噗地扎破帐篷，划出一个大洞，被困住的人拔萝卜一般地被解救出来。但与此同时，还有一床硕大的毛毯飞扑出来。毛毯罩在了二人头上，等到他们把毛毯甩开，眼前掠过了一道残影，那影子在平地上一闪而过，钻进了树林。

“快追！”

顺着那道影子，两个男人也往林中跑去，其中一个一路跑一路打电话，大声通报给同伙。

“呼……呼……”刚才还如雷贯耳的虫鸣声此刻通通都听不到了，她只听得到自己越发急促的呼吸声，还有如擂鼓一般的心跳声。

在树林中胡乱地跑了好一阵子，山坡下显现出了丁点儿灯光，她这才隐约听到了人声。那些人说的是葡萄牙语，应该是当地人。

阿妹连忙跑过去。她很快就在林间找到了通往山坡下的路，并且顺着路往下走，白日里见过的层叠的棚屋由于灯火阑珊，绚烂的色彩已不复现。

阿妹走到那户亮着灯的人家门前，刚要现出身来，又猛地藏回了黑暗中。

那光亮不是来自挂在窗台上安慰旅人的明灯，而是来自一个形似手电筒的长管。而这个长管安装在一个更长的、浑身泛着冷光的器械上。

是步枪。

步枪上装着一盏战术灯。仿佛深海里点亮一点儿光亮的鮟鱇鱼一般，在那可爱的光点之后，张着黑黢黢的血盆大口。

持枪的人是一个身材短粗健壮的男子，与白日里见过的当地人都不同，他的脸上有一道长长的刀疤，显得凶狠可怕。在他的周围围着二十来个同样面目凶狠的男子，仔细看去，他们手里也都拿着长长短短的枪械和武器。

这阵仗，像是他们正在准备一场火拼。

阿妹努力屏住呼吸，慢慢向后退去。她的身后是一间没有电灯的棚屋，旁边有一条小道，她贴在墙上一寸寸地挪，尽量不发出任何声响，当退到小道上后，她用尽全力转身就跑。

“白天丧失的一切，上帝会在夜里补回来”，节目组的人或许不知道这句谚语的真正含义，但是她知道。

那些受制于法律和道德的约束，无法在光天化日下获得自由的人，在夜幕的遮掩下却可以肆意妄为。

这是属于夜行人类的生存法则。

她也曾是他们中的一员，所以她知道，在这种情况下，逃跑才是活下去的唯一方式。

跑过几条狭窄的小道后，阿妹调整了呼吸，选择了一条看上去稍微不那么逼仄的路，且放慢了脚步。她不清楚那帮持枪的本地人有没有发现她，也不清楚他们有没有追来，但此时尽可能地表现得不那么紧张，在被所有人发现之前走到山下的市区或许是最可靠的做法了。

夜晚的罗西尼亚有一种与白日截然不同的诡异的美。这里并不只有全无光亮的黑暗，月光和星光会落在这些层层叠叠的棚屋上，那些白日里因阳光而绚烂的温暖色彩，此时在人的眼中则纷纷变成了蓝紫的冷光。纵横交错的巷道却变得容易被寻找了，没有了斑斓色彩的干扰，那些迷径在夜晚全部显示为深不见底的细长暗部，通往下一片未知街区。每一条道路都仿佛是一根树枝，有非常多分岔，仿佛是一座无尽的迷宫。

向导曾经说过，这里面的街区各有所属，如果谁不小心误入了不应该闯入的街区，有命进去，却不一定能有命出来。

阿妹尽可能地隐藏自己的行踪，脚步声几近于无。

在这些街区里，灯光都不再是温暖的暖黄色，而是热烈的红色，或是凛冽的蓝色，有时两种都有，它们交错成一种矛盾的光线，在路面上显出诡异的色彩。有时墙角星星点点的光线过于缥缈和怪异，以至于她不自觉地要凝神去分辨，但走近了就会发现，那光点竟然来自一双在窗户后窥视的人眼。

阿妹倒抽一口凉气，猛地后退几步，却感觉脖子一凉。身后的暗处竟然还站着一人，他的呼吸喷到了她的脖子上。

在这个滚烫的夜晚，并不是所有街区都在沉睡。

沉静的巷道里偶尔会出现一两个人，有时是手持武器的男人，有时是衣着暴露的女人。这些人是罗西尼亚夜晚的守护者，当阿妹出现时，他们无一例外地用警惕的目光盯着她匆匆走过的身影，直到她消失在视线之中。

但数量更多的是藏在窗户后窥探的眼睛，不知有多少。在这片面积不到两平方千米的山壁上，除了官方数据显示的七万人，还有大量未登记在册的灰色人口，数量甚至可达数十万。

阿妹跌跌撞撞地走过一条又一条狭窄的巷道，有时会与来路不明的陌生人迎头撞上，他们擦肩而过的时候，她甚至能听到那人的呼吸声。

她想，她一定要快点儿出去，但越是心急，就越容易走错。不知过了多久，她还没有从这迷宫一般的罗西尼亚找到出路，可是她感觉到身后注视着她的眼睛越来越多了。

当她走到某个十字路口时，尽管很细微，但她还是听到身后有脚步声。她立刻停住，那脚步声也停下，随后便出现一声打火机点火的摩擦声，还有吸气和呼气的声音，然后空气中飘来了烟草味。

危险的信号瞬间传遍全身。每一个细胞都在警告她，跟在身后的人有一种猎人般的悠闲。阿妹刚要往左边走，左边同样也有了动静，显然那里埋伏着人。右边，黑暗的半空中凭空燃起了火光，是一个烟头。

阿妹急匆匆地往前走去，不敢再回头看。身后有人喊起来："Parar！[①]"

阿妹开始跑起来。前方的路是下坡路，地上有些湿滑，她好几次差点儿摔倒，但不敢有任何停留，也不再辨别方向，只一个劲儿地往前跑。

突然，旁边的巷口伸出来一双手，将她紧紧抱住。

她奋力挣扎，身后的人力气却奇大，她根本挣不开分毫。这时候，她再也顾不得谨小慎微，张嘴就咬在那只手上。

"嘶！"只听一声压抑的痛呼，那只被咬出牙印的手捂住了她的嘴。

---

① 葡萄牙语，意为：停下！

一个低沉而熟悉的声音在耳边轻轻响起。

“对待救命恩人就是这种态度？”原本是死不正经的话，却因为说话的人语调的懒散而显得有些漫不经心，“幸亏我人好，不介意再帮你一次。”

所有的不安、慌张、惊恐、焦躁一瞬间烟消云散。她不敢置信地回过头。

月光猛地洒下来，照在身旁的人的脸上，仿佛这是一个触手可及的梦境。

程 寄

在熟悉程寄的人眼里，程寄这家伙从来就不按常理出牌。

他默默无闻了十来年，突然凭借一部现象级电影爆红，又趁着热度演了电视剧，上了综艺节目，正是炙手可热的时候，按理来说，程寄应该趁热打铁，找机会多露露脸，接一接商务合作，挣点儿难得的轻松钱。

但某天程寄却把工作室的人都叫过来，宣布他要给自己放个假。

此言一出，举座哗然。工作狂程寄说要放假，就好比老虎改吃素，柴油机改烧水，太阳说明天不从东边升起也不从西边升起，直接撂挑子不干了。

“放假……去哪儿呢？”大头问。

程寄眨眨眼：“巴西。”

工作室里的弟兄们再次嘀嘀咕咕地议论起来。前几天某旅行节目刚刚放出预告，说请了左轶前往巴西里约热内卢进行一段三天两夜的旅行。程哥这不是放假，是追媳妇儿去了。

“程哥什么时候去？”

“明天。”

大头扶额：“谈好的活动不参加了？”

“不参加了。”

“访谈节目呢？”

“不录了。”

“那下周开拍的电影呢？！”大头崩溃了。

程寄顿了顿，然后摸了摸下巴上冒出来的胡楂：“要不你上？”

大头看着微信里那一条条报价，再看看程寄现在那个漫不经心的表情，心中不知呕了多少血。

懒懒散散了小半辈子的程寄，一旦认真起来，简直吓人。

他动用了所有的关系，辗转打听到了 Bella 最近的行程，仿佛私家侦探一般，从那密集得吓人的行程表里推断出一个最适合藏人的地址。然后他独自一人冒着被保镖围攻的风险偷偷潜入那里，确认了房间里住着的就是阿妹心心念念的李子山。再然后，他几乎掏空了自己为数不多的积蓄，斥巨资买了一张飞往里约热内卢的机票。

他说这都是他欠她的。

大头不明白，人家都说没有下次了，你还有啥可还的呢？

最近一年，程寄越来越频繁地想起父亲来。

他的父亲是一个老实得近乎怯懦的男人，无论和谁都不会红脸，甚至还会被人欺负。可就是这样一个人，对于人情世故却看得非比寻常地通透。

“人的心是一只不肯停留的小鸟，无论落脚在哪里，都只是短暂地寄居。”

他用如此简单的话语向年幼的程寄解释母亲的不辞而别：“它要

飞走，就让它去，如果哪天它想起你了，会回来看你的。”

就因为父亲的这番话，程寄等了又等，等到父亲老了、死了，母亲也没有回来。

成年后的程寄从自己的名字里领会到了另一个意义。人生如此短暂，仿佛是神寄放在世间的一个玩物，说要拿回去就拿回去，冷酷得不给凡人一点点儿留念。

既然如此，就在这屈指可数的时间里去贪求、去攫取，去得到一切他想要争取的东西。于是，在娱乐圈的这些年，他挣钱、挣名气，也挣尊严，却唯独没有想过要得到一个人。

人生如寄。

父亲的话一遍遍地在他的脑中回响，一遍遍地提醒着他父亲所有枯等的岁月，以及他看着这样的父亲时一同耗空的希冀。

人生本就是不断地相遇，又不断地离开。不懂得停留的人心，何必要强求？

他靠着这样的信仰在声色犬马的娱乐圈里孤单地活着。直到阿妹出现。

喃，阿妹。一想到她，他就忍不住要笑起来。

那个胆小又害羞的混血姑娘明明有着那么锱铢必较、不肯受制于人的性格，却甘愿为了一个只有几面之缘的人漂洋过海，且背负起他的人生。她明明那么胆小怕事，凡事都要留条后路，却在受了伤的时候决绝得不屑于回头。

她也不过是个泥菩萨，自身都难保，却还总想着要当别人的救世主。可不可笑？

她也不过是个没人疼的孩子，遭了算计，受了委屈，却连声呜咽都发不出来。可不可怜？

他还记得第一次遇见她的时候，在颁奖台上的话筒后，她被人揩油也不敢躲，他还以为她又是一个不经世事的黄毛丫头，误闯了这酒池肉林的花花世界，慌张得不知如何是好。谁知转眼她就在开机仪式上上演了一幕连他这样的专业武打演员都为之惊叹的大逃亡，动作流畅得仿佛身经百战。

她不是不知道如何自保，恰恰相反，当危险来临时，她太知道该做什么事儿，又该如何做了。为了躲避追踪，她会故意拖他下水，引发混乱，又会在毫无筹码时干脆地拒绝他的援手，只为不欠一个麻烦的人情。

在这个世风日下的年代，她仍旧恪守着欠债必还的古老信条，可是与之相反的是，别人对她的亏欠，她又丝毫不予追究。

荒不荒唐？

因为阿妹，程寄第一次对两件事有了好奇心。

第一件，若有人有心利用她的老实，故意让她欠下一辈子也难以偿还的债务，她要如何脱身？

第二件，如果这笔债是人心呢？

阿妹会如何回答这两个问题？他很想知道。

他真的很想知道。

月光热烈地倾洒下来，照亮了罗西尼亚的不眠之夜。

“对待救命恩人就是这种态度？”程寄贴在阿妹的耳边，以一种近乎暧昧的姿势说道，“幸亏我人好，不介意再帮你一次。”

他满意地看到阿妹脸上的表情从慌张和惊恐变为了不可置信，又变成了一种难以言喻的熟悉的神色。

那是她想哭又哭不出来的时候的神色。

程寄觉得心里忽然一软：“好吧好吧，我们的事儿回头再说，现在先躲开他们。”说罢，他一把拉住她的手，向巷道的深处跑去。

巷道两侧的灯光偶尔在他身上投下红蓝交错的光线，那背影看上去像一个虚拟的全息图像，全然不似现实。阿妹跌跌撞撞地跟着他，深一脚浅一脚地在这盘根错节的巷道里穿行，仿佛梦游一般。

他怎么来的？他为什么会来？他来是要做什么呢？

太多的疑问盘旋在脑中，刚才还在为找不到方向而焦躁的心忽然一下就变得轻飘飘的，每一脚都好像踩在棉花里。

程寄却好像完全没有发现身后的人陷入了怔忪中。他只是全力地跑着，好像只要一直跑下去，黑夜就会被他甩在身后。

但罗西尼亚的夜没有那么容易摆脱。

片刻后，道路的尽头闪现出一个人影，那人的手里隐约浮现出武器的轮廓："Ol á , Oriental ! [①]"

程寄连忙将阿妹按在墙上，然后和她一起贴着墙根疾走，拐上了另一条路。

几分钟后，一个身影在不远处的棚屋屋顶上出现，那个人用沙哑的声音向四面喊话："阿妹，出来！"

程寄停下来，转过头疑惑地问她："追你的到底是谁？"

阿妹不无尴尬地回答："两伙人。他们，还有被我撞见要去火拼的当地人。"

程寄扶额："你可真能惹麻烦。"话虽这样说，可他还是再次牵起阿妹的手，向着黑夜深处奔去。

不愧是拿过好几次动作设计奖的人，他的运动能力也是一等一的强。阿妹原本觉得自己也算能跑能跳，但跟在程寄后面却跑得连连喘气，再看他，面不改色心不跳，看上去一副轻松的样子。

跑了一会儿，阿妹觉得不对劲，拉住了他。

"等等，这里我好像来过……"

---

① 葡萄牙语，意为：你好，东方人！

程寄转头，尚未来得及细问，突然一把将阿妹按在墙上，用全身护住。几乎与此同时，一颗子弹贴着他的后脑勺儿飞过去，紧接着，远处爆发出砰的一声枪响。

阿妹在他怀里瑟瑟地把后半句话说完："这里是当地人的老巢。我们又转回来了。"

程寄没有移动，仍将她护在怀里，只稍稍探出头去观察四周的情况。他似乎听到了脚步声。

怀里的人顿了顿，又说："他们只发现了我，现在和我分开，你还可以逃走。"

程寄回过头来定定地看着她。

她看起来仍然惊魂未定，但说话倒是很有条理："既然我们绕了回来，说明在刚才的十字路口走错了方向。沿着与我们来时相反的方向走，你就能找到出去的路。"

她推了一把程寄，却没有推动，急了。

"这不是拍戏，他们拿的都是真枪，一旦被他们抓到，不会有NG和下一条！"她的声音仍和从前一样甜软无害，语气却是他从未听过的急切，"两伙人的目标都是我，只要不和我在一起，你就不会被盯上，所以你快走……"

她的话没有说完，因为嘴被堵住了。

这是一个和她的语气一样急切的吻，但因为情势紧急而匆匆分开，他吻得很深、很炽烈。

吻完，程寄用额头抵住怔住的阿妹的额头，眼中盛满月光。

"你该不会以为我出现在这里只是来旅游，刚好碰到你的吧？"他的唇角斜斜地勾起，有一种志在必得的意味，"我来就是要告诉你，不要再赶我走了。"

负 伤

罗西尼亚贫民窟层层叠叠的房屋中，某一扇破旧的房门突然被撞开，房内闯进来一男一女两个人，因为屋内没有电灯，所以看不清来人的样貌。

房里住了一个老妇人和两个小孩，此时已经席地而睡。听到声响后，老妇人坐了起来，却没有露出紧张的样子。或许是因为家徒四壁、一贫如洗，她并不担心被打劫，又或许是因为这样的情况在这里如家常便饭一般，人们早已习惯。

闯入者中，男人正在窗前透过破烂的窗帘向外观察，女人则蹲下来用甜软无害的声音说："很抱歉，我们只是路过，马上就走。"

她说的不是葡萄牙语，老人费了点儿劲才听懂。

女人拿出几张巴西雷亚尔放在老人的手边："请您告诉我，从这里出去，走哪边可以下山？"

老人将钱攥在手里，向上指了指。

女人转头对着同伴说话，用的是老人听不懂的东方语言。

"她说屋顶上有路。"

男人从窗前回过身来，拉起她，快步穿过后门。

透进月光的房里，在刚才一直在睡觉的小孩中，一个少年一骨碌坐了起来，跟老人说："这就是我今天遇到的那个东方女人。"

老人将手里的巴西雷亚尔抚平，放在胸口前收好，然后用手指在胸前画了一个十字。

"那她今晚有麻烦了。"

从后门出来，小楼的内里比涂抹了色彩的外墙更为破旧。有一截木质的楼梯通往楼上，但每一块木板都有不同程度的残缺，踩上去嘎吱作响，好像稍微用点儿力就会一脚踩出一个破洞来。

二楼也是挤满了和楼下一般黑洞洞的房间，每一间房子的面积都很小，仅有一个砧板大小的窗户用来通风，铁质窗框早已锈迹斑斑，徒手就能毫不费力地拆下来。

程寄牵着阿妹穿过二楼。他们尽量放轻脚步，终于来到了楼顶。

如果不是刚才差点儿被人抓住，他也不会选择破门而入这么冒险的举动，但阿妹说得没错，这里的人对待危险有一种超乎寻常的漠然。

他不由得看了一眼与他一同奔逃的阿妹，她正在小心地观察着四周的房间的窗户，显然是担心门后藏有暗哨。

与刚才为了他的安危而焦急不同，在逃跑的时候，她的脸上有着与她的年龄不符的冷静和沉着。有几次，是她的提醒让他避免了与持枪者迎面撞上；也是因为她的提醒，在被来人追到只有几步之差的时候，他铤而走险，闯入民居，破开了一条生路。

直到这一刻，程寄才真正懂得阿妹说的那番话是什么意思。

“做老千最重要的不是赢，是逃跑。”

她深谙这里的生存之道，因为这是她走了半生的路。她与他确实是两个世界的人。

阿妹拉着程寄来到楼顶的边缘，往下看了看，又退了半步。

“那个老人家说这里有路，怕不是诓我们的。”她抱歉地看了一眼程寄，正在为自己的选择感到后悔，“或许我们可以躲在这里……”

话音未落，楼下有人发出一声暴喝。

“Olá，Oriental！”

程寄飞快地将阿妹按在地上，然后跑到楼顶边缘向下看了看，确认了追踪者的位置。

“老人家说得没错，这里确实有路。”他从楼顶上捡了一块破砖，朝下方远远地扔过去，楼下的人听到了动静，立刻跑了过去。这时，程寄一把拉起阿妹，朝空中一跃而下。

“这就是路！”

硕大的月亮挂在高空中，将里约热内卢的夜晚照得仿若白日一般。

月下，罗西尼亚贫民窟鳞次栉比的房屋上，两个身影飞速地跳跃、穿梭着，仿佛是电影里飞檐走壁的侠客。可不同的是，他们的身上没有威亚，附近也没有镜头在捕捉，这场惊心动魄的逃亡并不是电影。

就连从事武行多年的程寄也未曾想过，有一天，他的这些拳脚功夫、跑跳技能会在现实中派上用场。

程寄带着阿妹从一个房顶跃下，又跳到另一个房顶上，贫民窟依山而建，沿着这些屋顶不断地向下跳跃，就会越来越接近山下的安全地带。

但这条路并非全无风险。之前他们一直隐匿于各个黑暗的角落，就算被发现也很快能摆脱追兵，但现在，他们暴露在月光之下，所有的人只要仰头就能发现他们的方位。

追击的人越来越多了，咒骂声也越来越多。今夜的罗西尼亚注定要度过一个动荡的夜晚。

在从一个两层的楼房上跃下后，程寄猛然发现前方不远处有一条约两米长的街道横亘在楼宇之间，拦挡了下山的路。

与此同时，他们身后的楼顶上也出现了追兵。一个沙哑的声音被夜风凌厉地送到他们面前。

“阿妹，不要躲了，跟我们走吧！”一个男人的身影在月光下显现，他的脸上挂着一个狰狞的笑容，“你哥哥我等你等得好苦啊！”

在他身后，一个熟悉的身影走出来。

“阿妹，和哥哥回去，我们继续一起赢钱。”阿辉站在月下，向她伸出手，又说，“乖。”

他想用试了千百次，每次都屡试不爽的眼神、声调、话语去唤回阿妹。

多少次，阿妹在他的怀里念着妈妈睡着，多少次，阿妹在他被打的时候挣扎着要跑向他。每一次，他都是用相同的话让温顺懂事的妹妹不再难过，乖乖听话。那句话仿佛咒语一般。

“乖啊。”他又说。他想再一次施展这个咒语的魔力。

可是这一次，他乖巧又听话的妹妹却不像从前那样立刻乖乖地跟他回去。

她说：“不。”

阿妹的全身都绷紧了，牵着程寄的手抓得死紧，仿佛她在用全身的力气抗拒某种无形的力量。

是，她想念哥哥，也想念和哥哥一起度过的日子，即便那些日子里充斥着欺诈和暴戾。可是，从哥哥出卖了关于阿 sir 的消息的那一天起，从阿 sir 被抓去毒打，而她迷失在那个雾气缭绕的清晨的那一日起，她就知道，她和哥哥终究是回不去了。

所以她说“不”，温柔而又决绝。

阿辉还想劝说，却被身边的打手粗暴地打断：“阿妹，不跟我们走，小心我打断你的腿！”

阿妹闻言，不禁瑟缩了。真是屋漏偏逢连夜雨，前有赌场打手拦堵，后有凶神恶煞的当地人追击，进退都是死局。

程寄安慰地拍拍阿妹的手，示意她无须慌张，然后朝那男子喊话：“喂，你们开赌场的怎么这么㞞包，只敢放话，不敢动真格的？什么回去不回去的，有本事你抓到我们再说！”

阿妹一把拽住他：“你挑衅他做什么？万一他……”

程寄朝她眨眨眼：“我就是要这个万一。”

说罢，他带着她再次跃下房顶。

果不其然，那个打手被激怒了。他咒骂一声后，屋顶上冒出更多人来，他们朝程寄和阿妹奋力追去。

程寄和阿妹跑了没多远，就到了那条隔开两个街区的街道前。程寄先自己跳下，又接住了跳下来的阿妹。

“男人的事儿，你就别掺和了。”他拉开一间棚屋的门，把阿妹推进去，然后用一截断木把门从外面扣住，“就在这里看一场好戏吧。”

阿妹用力推门，却推不开：“你要去哪儿，去做什么？”

程寄勾起嘴角邪邪地一笑。月光洒在他的肩头，好像镀了一圈光环。

“去做你的男主角。”

比寻常巷陌更宽的街道并非毫无原因地被修建在这里。原来这里是一条清晰的分界线，既方便划分势力范围，也方便上演一场火拼大战。

程寄在这条街上没有等太久，赌场的打手很快就追了上来，十来个人瞬间围拢了过来，将程寄困在中间。

“阿妹呢？”为首的人用生硬的普通话问。

程寄邪气地一笑：“打赢我，你就能找到她。”

话音刚落，离他最近的打手已经欺身而上，直扑他的面门。程寄退了半步，挡住来人的拳头，然后用一记漂亮的右勾拳将那人掀翻在地。

程寄轻松地甩了甩手，挑了挑眉：“就这点儿本事？”

剩下的人不再拖时间，也不再小看他，一齐扑了上来。程寄一边辗转腾挪，一边左踢右挡，抽空还招呼两拳。做武行多年的经验让他对于这样的局面驾轻就熟，更何况这些打手并未受过专业训练，速度和力量也远逊于他，不过片刻，胜负就已见分晓。

但真实的打斗远没有电影里那般干净。见赤手空拳在程寄面前讨不了好处，为首的大汉掏出一把枪来，直指程寄。

“那个外国阿妹在哪里找了你这么一个姘头，还挺有两下子。不过，你这个傻瓜可要想好了，要命就不要女人，要女人就没命，自己选。”

程寄周围的打手都退开几步，将他完全暴露在枪口下。程寄却并未露出害怕的样子。

“什么意思，欺负我听不懂粤语啊？！”说着，他飞快地从后腰掏出一把枪，也指着对方。

下一刻，十把枪一齐指向了他。

谁都没想到，这个看上去吊儿郎当的家伙不但拳脚功夫了得，竟然也有枪！他们一开始没有用枪，就是不想把动静闹得太大，引来当地人的注意就麻烦了。可现在，局面变得异常尴尬，他们开枪也不是，不开枪也不是。明明是以多对少，却硬是搞成了势均力敌。这人与阿妹雇的那些屄包保镖完全不是一个水平，他到底是什么来路？

就在打手们犹豫的时候，这边的程寄却好像来劲了。

“哟，怎么不开枪啊？是不敢啊，还是不会啊？”他的嘴角勾起一个笑，嘚瑟得令人讨厌，“不会哥教你啊。”

说着，他抬手指向天空，扣动了扳机。

砰！

这声枪响异常地大，回音在山谷间回响起来。附近的棚屋陆续亮起了灯，还有了细碎的人声。原本在屋顶上跟丢了程寄的当地人听到这声枪响也循声赶来了，很快就出现在这条街道的尽头。

打手们没想到是这么个剧情，手里举起的枪还未放下，就被赶来的当地人撞见了。

程寄不慌不忙地往上拢了拢头发，他的东方人的面孔在月光下清晰地露出来，然后他转过身去，面向那些目光警惕的当地人。不知他是故意的还是疏忽了，他持枪的手落到一半，正正指着那些眉毛浓密、皮肤颜色很深的当地人。

砰！砰！砰！

程寄的这个动作遭到了当地人的疯狂反击，数声枪响后，他的胸前爆出血浆，这具刚才还坚不可摧的身躯在剧烈地一震后颓然倒地。

当地人把这些东方人当作是一伙的，枪声持续不断地响起，整个街道上弥漫着硝烟的味道。打手们自知势单力薄，只得四处逃窜，有的人被子弹射中，惨叫不已。但当地人没有见好就收，恶狗一般地追咬了过去。在自己的地盘受到如此挑衅，又不清楚对方的来路，他们自然不肯善罢甘休。

一片混乱中，没有人注意到，在这条街道旁边，一扇被断木扣住的门不断地在发出闷响，似乎有人正在门后大力地冲撞。

门边的窗户直直地对着一个倒地不起的身影，他的身下汩汩地淌出一摊血，鲜红得刺眼。

一个凄厉的喊声划破了这不过寂静了片刻的长夜。

“程寄！”

正如那些会因一场暴雨而被冲垮的房屋一样，贫民窟里很少有坚固的东西，随手捡来的一截断木也是。

在不断地冲撞之后，阿妹终于将程寄挡在门口的断木撞断，趔趄着从房里冲了出来。

疾走了两步，她又忽然放慢脚步，仿佛怕惊扰到脚边那个人一样，慢动作一般缓缓地蹲下身来，轻触他的脸。

“程寄，程寄？”她小声地唤他的名字。

这个她从未宣之于口却在心里唤过千百遍的名字，没想到第一次说出来时，却那么令人肝肠寸断。

“程寄，你醒醒。”

“程寄，我再也不赶你走了。”

“程寄，我也不要你还我什么人情。”

“程寄，你说要做我的男主角，男主角哪能这么快就死呢……”

她俯身伏在他身上，全然不顾沾染了一身血污：“我不跟你两清了，我不逃了，和你在一起……”

话未说完，她戛然而止。阿妹伏在程寄的胸口上，怔住了。

她听到了心跳声。

“哎，怎么不说了？我还想听完呢。”一个玩世不恭的声音从她的头顶上方传来，带着某种阴谋得逞的笑意。

阿妹猛地坐起来，泪水冲走了美瞳片，露出眸中糖果一般甜蜜的本色来：“你、你……”

程寄也坐起来，拿起她被血迹弄脏的手，满不在乎地放在自己身上擦了擦：“下一次，你可以先检查看看有没有呼吸。”

阿妹彻底怔住了，半晌才回过神来。

“你的血……”

“血包，止咳糖浆做的。”程寄伸出一根手指，在血浆爆出的地方揩了揩，然后放到阿妹嘴边，“你尝尝，是甜的。”

“那你的枪……”

“道具枪。”他拎起那把枪，示意阿妹掂一掂，“轻得很，除了打得响，屁用没有。”

“那你刚才……”

“借刀杀人，调虎离山。”程寄凑近，与她鼻尖贴着鼻尖，“跟你学的。”

阿妹不说话了，只是如坠入梦中一般地看着他。

刚刚经历一场大起大落，她的心底五味杂陈，不知该露出什么表情才好。猛地松了一口气的同时，她的心头又涌上来一种熟悉的感觉，那种每每面对他时都恨得牙痒痒的感觉。她心里有无数句想要骂他的话，这个卑鄙的家伙，这个阴险的家伙，这个胆大包天又神机妙算的家伙……

可是没等她骂出一句，又被程寄打断了。

这一次，他的神色不再是方才的戏谑，黑而深邃的眼睛里尽是温柔。

他抬手抚上她的脸，轻轻擦去了眼角处她方才未曾察觉的湿意。

“阿妹，你哭了。”

他凑近，深深地望进她琥珀般剔透的眼睛。

“你是为我哭的吗？”

衷肠

女孩子的哭是一种很神奇的杀伤性武器，阵仗的大小与威力并不成正比。

有的人哭起来山崩地裂，旁观者远远看去觉得可怕，纷纷避之不及，唯恐溅伤自己，只有在近处的人才知道，它只是一种无伤大雅的示威，像小孩子才用的玩具水枪，滋到人身上，除了让人有些恼怒，倒也不会有任何伤害。有的人哭起来无声无息，看上去好像没什么大不了的事情，可是看到她哭的人却如临大敌，深刻地觉得让她伤心的人是犯了十恶不赦的大罪，恨不得掏出自己的心去替她难过。

她哭的声音小到几乎听不见。只是泪珠一颗接一颗地滚下，却让人觉得她心里藏了一片莫大的海洋，那些无处吐露的心事日复一日、年复一年地积攒，终于决堤。

她已经很多年没有哭过了，久到她以为自己已经不记得该怎么哭，也不觉得有什么事情值得哭了。更何况，哭是没有用的，所以她从来都不哭，只拼尽全力去逃跑。

哭泣是没有办法的人的办法，泪水是说不出话的人的应答。她一直都知道的。

可是，程寄不一样。

这个在她的世界里凭空出现的男人无赖又坚定。他看穿了她的伪装，扰乱了她的步调，又打破了她长久以来堆砌在自己周围的壁垒。是从什么时候开始，他的存在感变得如此强？只要是他在的地方，她就能轻易地从人群中找到他；只要他开了口，不管多聒噪吵闹，她立刻就能从中分辨出他的声音。

这个乍看上去毫不起眼的男子，却有着让她难以自拔的吸引力。

程、寄。

她单单是在心里轻轻念出这个名字，都会心跳不止。

她无法真正将他拒之于千里之外，也无法将他看作生命中的又一个过客，让他就这样从她的世界里消失。在这样一场惊心动魄的逃亡里，她惊觉，原来她舍不得程寄。

一想到方才的凶险，粉妆玉琢的脸庞上又滚落下一串泪来。阿妹哭得悄无声息，她仿佛在奋力压抑着身体里难以言喻的恐惧和孤独感，可是越压抑，她的泪就越令人心疼。

程寄不自觉地伸出手，想抹去她脸上的泪。

随心所欲了小半辈子，他第一次觉得自己刚才过于任性了。阿妹每掉落一滴泪，他都觉得是在自己的心上开了一枪，那种灼热的痛苦前所未有，轰然而至。

他好像在心疼她。

但这个举动却得到了意料之外的回应。

阿妹以一种前所未有的蛮横姿态扑过来抱住了他，像是宣示某种主权，又像是只有对极亲近的人才有的撒娇。

程寄任由她紧紧抱着，甚至不顾她的双臂箍得他有些呼吸困难，变本加厉地加深了这个拥抱。

这只总是想逃的小鸟，这一回，他不会再让她飞走了。

远处隐隐地响起枪声，事态好像更加严重了。只怕那群打手被视作入侵者，轻易脱不开身了。

程寄扶着阿妹站起来，正想继续寻下山的路，忽然听到身后传来一个尚有稚气的声音，一个人用当地的葡萄牙语对他们说："你们不能下山。"

二人回头，在街角处一个破箱子的后面发现了一个黑黝黝的身影，那身影几乎与夜色融为一体。阿妹想起来，他正是白日里向她要钱的那个少年。

少年说，今天是两个帮派火拼的日子，那些从山上追过来的当地人的集合点被阿妹撞见了，又以为阿妹和那群东方人是山下的帮派找来的帮手，所以他们大为恼怒，绝不会善罢甘休。现在山下正打得火热，那群东方人已经十不存一，现在下山只怕会被打成筛子，只有等到天亮后再下山才安全。

听完阿妹的转译，程寄挑了挑眉："那咱们该去哪儿？"

少年老成地向他们招了招手："跟我来。"

阿妹略有些警惕："为什么帮我们？"

少年一笑，露出一口白牙："因为你白天多付了一点儿钱。"

同样的罗西尼亚在不同人的脚下会走出不一样的道路。

引路的少年叫马里奥，他和奶奶住在一起，还有一个妹妹玛利亚，他们在罗西尼亚已经住了好几年了，对这里的情况十分了解。马里奥带着程寄和阿妹重新往山上走，同样是走过那些阡陌纵横的小巷，但他会在意想不到的地方拐弯，或者爬上一个木箱，或者跃下一条沟渠。刚才阿妹和程寄左突右撞，如陷于迷宫一般在这里面绕来绕去，费时良久，但在马里奥的指引下，不过片刻，他们就走回了刚才程寄和阿妹破门而入的那间小屋前。

果然是上帝之城，阿妹和程寄对望一眼。这样的际遇冥冥之中仿佛有神在指引。

他们重新走进这间黑漆漆的小屋时，方才已经睡下的老妇人又坐了起来，颤巍巍地点亮一根蜡烛。借着烛光，两位不速之客这才看清楚，这间位于贫民窟的破旧小楼并不像他们以为的那样家徒四壁，尽管家具简陋，却也一应俱全。

老妇人从木板拼成的柜子里拿出一条毯子，上面还有几处缝补过的痕迹。

阿妹接过来，正要道谢，却被远处的枪声打断了。

枪声不绝于耳，睡在地上的小女孩玛利亚却根本没有听见，一径睡得香甜，似乎早已习惯这样动荡的夜晚了。

家里来了客人，马里奥显然感到很新鲜，兴致勃勃地拉着阿妹聊天。

他说这片街区受到山上的帮派的控制，平日里他与年龄相仿的朋友们去游客区“乞讨”，大部分时候是连偷带抢，每天要按时把钱上交，不然就会挨打。见阿妹面露不忍，他又拍着胸脯说自己早就习惯了，知道挨打时用什么姿势不疼。

在一旁听不懂的程寄在看到马里奥示范挨打的动作时，突然对阿妹说：“你告诉他，我可以教他怎么不挨打。”

阿妹如实转译，马里奥兴奋起来，一个劲儿地说“bom（好）”。

程寄站起身来，他的身材在这狭小的房间里显得异常高大。尽管前进、后退、侧身都有些不便，但他还是灵活地示范了几个拳击中的闪躲动作。没有人教过马里奥这些，他觉得有意思极了，缠着程寄不停地练。闹了好一会儿，他终于还是抵挡不住倦意，倒在程寄怀里睡着了。

程寄轻轻地把他放在老妇人的身边，后者也已经进入了梦乡。

枪声渐稀，罗西尼亚的夜终于彻底安静下来。程寄把阿妹裹在自己怀里，又用毯子将二人包裹起来。

阿妹目不转睛地看着他，好像第一天认识他一样："我都不知道你对孩子这么有耐心。"

程寄勾起一侧的唇角，露出那个招牌坏笑："我身上的优秀品质可多了去了，怎么样，有没有兴趣深入了解一下？"

他在说"深入"两个字的时候刻意放缓了语速，语气暧昧。阿妹接不住他的撩拨，红了耳根，闭上眼，又不说话了。

小屋的窗户离他们极近，月光洒落在窗前，照亮两张紧挨在一起的脸。

"你刚才说，再也不赶我走了？"程寄侧过脸来，看着怀里正在装睡的人，"也不要我还什么人情？"

见阿妹不肯应声，他低笑一声，作势欲吻上去："还说，你不逃了，要和我在一起，对吗？"

阿妹终于睁开眼，用手挡住他的唇。但他又怎么会被这么轻易阻拦？他开始无耻地亲吻她柔软的手心。

阿妹被骚扰得没办法，只好点头承认："是，我说过。"

"你还叫了我的名字，之前从来没有叫过我。"程寄满意地停下来，却没有想要轻易放过她，"阿妹，你心里有我了，对吗？"

闻言，阿妹抬起眼看向他，琥珀色的眼睛里有一种奇异的光芒在流转。

这一次，她没有再闪避："对。"

程寄心里乐得不行，他觉得自己总算没有白来一趟南半球，于是劈头盖脸地就吻了下去，这个吻绵长而热烈。

过了良久，他松开她，任呼吸在咫尺间交融。月光落在她沾染了湿意的唇峰上，有一点儿微亮，惹人心动。

一只柔软的小手抚上他的脸。

"既然你展示了你的'优秀品质'，那我也告诉你一件我的事儿。"

她弯起眼眸，声音细软，如眼前的月亮一般柔和。

"我姓江，名叫月亮。"

江月亮，中国澳门人，生于一九九九年，随妈妈姓。大多数人只叫她阿妹，但妈妈叫她"小月亮"。

江月亮没有爸爸，只有妈妈，还有一个以出千和诈骗为生的哥哥，名叫阿辉。阿辉的爸爸是土生土长的澳门人，早年和妈妈结了婚，在阿辉出生后不久就出车祸死了。妈妈后来又找了个葡萄牙人，也就是江月亮的生父。她从没见过这个爸爸，妈妈说他也出了车祸，但江月亮听邻居们说，他只是不要她们了。

那时候在这边找个女人过日子的外国人很多，同居却不结婚，工作有了变动后就抛下这边的女人回国的也多。小月亮想，她的生父应当也是一样。

她对生父并没有多大怨气。妈妈说到他时眼睛总是亮闪闪的，总夸小月亮遗传了他琥珀一般的蜜色眼睛。但终归妈妈夸她的时候少，别人嘲笑她的时候多些，每当被别人丢石头，骂"番鬼妹"时，她还是会有些丧气。

"我不喜欢我的眼睛，也不喜欢我的眉毛，看起来总是像个外人。"说这话时的江月亮难得地露出一点儿孩子般别扭的表情。

她没有说出口的是，她最不喜欢的是每次妈妈看着她时就好像在看着那个人的样子。

妈妈给她起名叫月亮，其实也是因为想念他吧？

“妈妈从来都不怕一个人走夜路，因为我一走，月亮也会跟着我走。这样，不管我走到哪儿都不会觉得孤单了。”妈妈指着天上那轮泛着柔光的圆月，“你就是我的小月亮。”

她那时还小，不懂得什么叫孤单：“妈妈为什么要一个人走夜路？”

她一这样说，妈妈就又用那样的目光看着她，仿佛在看着另一个人：“因为世上的路，走着走着就会变成一个人啊。”

后来，她在赌场里出生入死，经历了哥哥的背叛，看尽了其他老千的下场，终于明白妈妈说的是对的。

这世上，每个人都是一艘小船，一辈子都在茫茫人海里孤独地漂流。不管去到哪里，最后都会变成一个人。

她以为她会一直这样孤单地流浪到生命的尽头，却没想到，在她一塌糊涂的人生里，会有一个人乘风破浪，到无人的海域冒死寻她来了。

“程寄，你为什么要来？”

这个问题已困扰她多时。

她没钱，没地位，没有未来，永远东躲西藏地活着。她的存在就是一个麻烦，她的四周永远埋伏着风暴和暗礁，她一不小心就会触底沉没，被拖入血腥的深海中。

像他这样自由自在的灵魂，为什么要停靠在她这样一艘不知何时就会沉没的小船边呢？

“不是都说老千个个都很聪明，怎么我的这一个这么笨？”贫民窟破旧而狭小的楼房里，即便披着一条破毛毯也毫不窘迫的男人从身后拥紧了她，“因为我渴望你。”

他对她的一切都感到好奇。

一开始，他只是好奇那个藏在左轶的皮囊下的冒牌货究竟是什么来路。后来，知道了她的身份，也知道了她的目的，他却仍然好奇，她这样不顾一切地去救一个萍水相逢的人到底是为了什么？

但在他搞清楚这一切以前，他发现自己更好奇的是被一个人这样不顾一切地放在心上会是什么感觉。

她身上有太多的谜团，每一个都那样令人着迷。等到他回过神来的时候才发现，那些林林总总的好奇累积起来，变成了某种深切的渴望。

明明一早是她奋不顾身在先，现在不顾一切的那一个却变成了他。

程寄低头咬了咬她的鼻尖，她不禁微微瑟缩，他却笑了。

"而且，你喜欢我，我早就知道了。"

难怪她曾说"我的名字你已经知道了"。原来早在他们第一次坦诚相见的那一天，他无意间就说出了她的名字。

"月亮。"

她只不过是承认得晚了一点儿。

"从今以后，你会是我的小月亮。"总是吊儿郎当、一副玩世不恭的模样的男人，此刻脸上却有一种与他的面容毫不相称的温柔，"我也会是你的。"

"你再也不会一个人走夜路了。"

寡言的混血姑娘眨巴着眼睛不说话，心里却觉得这个男人好看极了。

在马里奥的家中躲避一晚后，逃了半夜的两人在飘满了欢快音乐的清晨醒来。马里奥送程寄和江月亮下了山，并且告诉他们在哪条路上可以遇到狂欢节的彩车。马里奥说等玛利亚醒来了，也会带她一起来，毕竟就连帮派们在这三天也是放假的。

而江月亮和程寄左右没办法联系到节目组，不如去彩车巡街的地方碰碰运气，说不定还能遇上来取景的摄影组。

但在走上街头的一瞬间，什么节目、什么行程，全都被江月亮抛在了脑后。

“这儿实在是太好玩了！”

许多周游世界的人说，如果地球上只有一个地方可以被称作男人的天堂，那不会是泰国，也不会是荷兰，而是巴西。如果这个地方只能是一座城市的话，那一定是里约热内卢。

原因很简单，巴西美人实在太过美艳了。如果遇上狂欢节，穿着火辣、蜜色皮肤的美人聚集在街头，在劲爆的音乐声中跳着热情野性的桑巴，此番光景一定会让所有男人流连忘返。

里约热内卢是男人的天堂，也是“狂欢节之都”。每年的二月，巴西各大城市都会举行盛大的狂欢节，三日三夜不停歇，其中，里约热内卢狂欢节的规模最大、人数最多，彩车演出最为壮观。此时，不只是当地人倾巢出动，数以百万计的外国游客也会从世界各地飞来这里，加入这一场浩大、华丽的盛宴当中。

可以说，如果来了巴西却不来里约热内卢，又或者来了里约热内卢，却不参加狂欢节，那就是白来了。

这段话，江月亮原本是从旅行节目的台本里看到的，当时觉得有些夸大其词，但当她亲眼见到狂欢节的盛况时，却发现台本写得还是太过保守了。

五颜六色的彩车正从街上经过。不同主题的彩车有不同的造型，有的是希腊神话里的天神，有的是硕大无朋的狮身人面像，还有的金光灿灿，仿佛是从《天方夜谭》的故事里走出来的。每一辆彩车上都载有盛装出席的舞者和歌手，他们或打扮成天使，或打扮成精灵，又或者打扮成国王和骑士，所着服饰无不华丽炫目，令人目不暇接。

在欢快高昂的音乐声中，表演者们尽情地唱歌和跳舞，表演着激昂的戏剧，或者进行着巴西柔术的比试。不同的节目异彩纷呈，令人眼花缭乱。

围观的人更是数不胜数。他们随着彩车上舞者的动作尽情摇摆，有的甚至比彩车上的桑巴舞者跳得更好、更快、更热情。看到精彩的节目或是惊艳的舞者时，人群中便爆发出热烈的掌声，人们掷出鲜花与彩带，将气氛再推向高潮。接连不断的游行彩车与围观的人群形成一支浩浩荡荡的队伍，万人空巷、一片繁盛。

在这样一个全民狂欢的时刻，这片土地上的人再也不用被贫富、国籍，以及种族划分，众神的子民皆汇聚在此，尽情地享受纯粹的快乐。

江月亮牵着程寄在人群中穿梭，有时回头看他一眼，满心满眼都是欢喜。

程寄任由她拖着他往前走，容忍了她难得一见的冲动和随性。她有时快步冲到隔离带前，凑近了去看彩车上穿着奇怪装束的歌手，有时又突然停下脚步，只因为要等一个一步跳作十步的桑巴舞者先行通过。有时嫌他走得太慢了，或跟得不紧，她还要埋怨地看他两眼。程寄颇为享受被她嫌弃的感觉，毕竟她从前从未对他这样随意过。

当穿着比基尼的火辣女郎在他们面前跳起桑巴时，她拉着程寄一起加入这热情奔放、节奏飞快的舞步之中。

她不是一个专业的舞者，可是在这一刻，她的大胆、快乐、热情丝毫不逊色于那些身材火辣的拉丁女郎。到最后，程寄被她撩得忍不住把她拖回自己的怀里，深深地吻下去。

四周爆发出热烈的掌声和笑声，那些与他们素昧平生的陌生人热情地向这对男女献上了最深切的祝福。

江月亮紧紧地贴在程寄的身上，在热闹喧嚣的人群中大声地唤着他的名字：“程寄！”

程寄从未见她这样笑过，孩子一般单纯快乐。他怜惜地想起，这个有着太复杂的过往、背负了太沉重的负担的女孩，原本是正该快活的年纪啊。

他以为她又要嫌他走得慢了，不承想，她捧起他的脸，大声说："谢谢你。"

她开心地笑着，眼睛中仿佛要淌出蜜来。

她又说了一次："谢谢你。"

谢谢你，来到我的世界。

这一次，轮到程寄的耳后泛红了。

一小时后，里约热内卢喧闹的街头。

旅行节目组的助理飞奔过来，告诉艾米："摄影组找到左轶了，保镖正在赶过去。"

艾米稍稍放下心来，周围的人也都松了一口气。左轶失踪了一整晚，整个节目组如遭雷劈，Bella 差点儿直接坐飞机过来找人。她扬言，若找不到左轶，从导演到保洁，整个节目组从业界消失。如果这次左轶真的发生什么意外，别说他们会失业，只怕进局子都有可能。

可是事情也实在蹊跷。昨晚节目组在两兄弟山取景，这样临时决定的行程本应该没有任何旁人知道，但艾米和当时跟组的几个保镖全部被来路不明的人打晕了。取景的工作人员回来时，看到现场一片狼藉，而左轶又不在，就以为出了劫杀案，直接吓晕了两个。

后来节目组报了警，警察却意有所指地告诉他们，晚上的罗西尼亚不归警察管，言下之意是帮派所为。就连翻译都说，在罗西尼亚这样的地方，夜晚的规则与白天完全不同，警察想管也管不了。无奈之下，全组人员只能战战兢兢地等到白天再去寻求帮助。幸好在街头取景的摄影组在人群中发现了左轶的身影，立刻通知了这边的人，让所有人都放了心。

唯一没有完全放心的可能只有艾米。因为她的手机传来一条推送，是刚刚占领各大社交平台话题榜的新闻——“左轶出轨”。

她点进去，配图里有一张监控摄像头拍摄的影像截图，画面很简单：酒店、一男、一女。

男的戴着鸭舌帽，看不出来是谁，而那个女子露出了侧脸，可以确定是左轶无疑。

哐当一声，艾米摔了手机。

我的妈呀，这消息可不比左轶失踪好多少。

第十章
世上最孤单的小船

人有时因为太渴望而误以为得到了爱情，有时又因为太害怕而以为不是爱情。

梦 回

在左轶去澳洲后的很长一段时间里，南嘉木总是梦到与她初识时的场景。

戏剧学院老旧的阶梯教室内，她推开门，一步一步向他走来。明明是再普通不过的过道，她却走出了在奥斯卡红毯上的气势。她望向众人的淡漠的眼神是那般不可一世。

那个二十岁的她，美得很有杀伤力的她，骄傲得过分的她，与他相见两生厌又相忘两难的她。

她一遍遍地敲开他的梦，从高高的阶梯上走到他的面前，她的身影那么近，眼神却那么远。

而他反复地醒来又睡着，自虐一般地一次次回到那个梦境里，一次次地回望着她，企图寻找某个答案。

“为什么是我？”

梦里，左铁的身影反反复复、重重叠叠，如过曝的胶片一般。她没有言语，只是看着他，好像他本就该知道答案。

他百思不得其解，千百遍地重复着这个梦，但她从未给过答案。

但南嘉木对这个梦并不厌烦，因为这是在左铁不在的日子里他唯一可以见到她的方式。可是自从她回来之后，他就不再做梦了。他开始失眠了。

毫无疑问，左铁变了，以一种出乎他意料的方式。

她似乎更有人情味了，会包容助理的错误，也会尊重同僚的安排。所有人都觉得左铁变得更好了，更温柔，也更亲切了。

可南嘉木有另一种感觉。他感觉不到她的温柔和亲切，只觉得她正在与他渐行渐远。好像有一堵无形的墙横亘在他们之间，他读不懂她的眼神，正如她读不懂他的一样。

如果时间回到三年前，或许他不会用那样心平气和的方式同她提出分手，他会把离婚协议书甩在她的脸上，或者朝她大吼“走了就不要回来”，这样她就会再一次厚着脸皮贴上来，抱紧他不撒手。

他想，或许是他演得太真，她出戏了。

监控拍到的那段影像里，她看向别的男人的眼神里有南嘉木从未见过的柔软。

又或许，在她回来后的这一年里，他错过了什么。

每一个孤身入眠的深夜，南嘉木都绞尽脑汁地想，会是什么呢？

北半球东八区的凌晨两点，当南嘉木出现在空荡荡的写字楼里时，他邀请的人还没有到。

白天熙熙攘攘的格子间和会议室，到了晚上就变得冷冷清清，在惨白的灯光下散发出一种生人勿近的气质。毕竟这里是 Bella 的地盘，而她的喜好又和左轶是那么相像。

透过落地窗可以一览十字路口的全貌。即便是在夜里，写字楼的玻璃墙上也在不断地播放着广告，供夜行的人类和倒霉的加班族观赏。悬挂在对面大楼上的电子显示屏正在重播白天的娱乐新闻，摇晃的镜头下，戴着墨镜的女艺人从机场匆匆出来，在围堵的媒体记者和接机粉丝中间奋力地杀出一条路，屏幕下方打出一条字幕："左轶被爆出轨绯闻后首度现身，表情心虚。"

南嘉木面无表情地把目光移开，背靠窗户站着，如一尊石像般静止了。

十分钟后，办公室外面响起高跟鞋匆匆叩击地面的声音。一个戴着墨镜的女子在门口出现，和刚才屏幕上的绯闻主角一模一样。

"怎么是你……Bella 呢？"

还是那个低柔而节制的声音，还是那个清淡的妆容。即便是深夜突然被叫出来，她的一切仍旧那么无懈可击。

"她不会来了，叫你来的是我。"南嘉木远远地晃了晃手中的手机，"要怪就怪她自己不当心，堂堂一个 CEO（首席执行官），手机密码竟然是你的生日。"

她立刻停下了脚步，似乎在犹豫是否该掉头离去："我以为是来讨论明天的新闻发布会……"

但南嘉木没有给她后悔的时间，他快步走过去，哐当一声关上门，落了锁。

他走到她跟前："大晚上的戴什么墨镜？这里又没有狗仔。"他伸出手替她取下墨镜，然后直直地看着她的眼睛，时间长到她心里有些发毛。

作为同样身处于风暴中心的人，与阿妹不安的神色相比，南嘉木显得过于镇定了，他的脸上甚至还挂着淡淡的笑，那是一种事不关己的笑容。

“嘉木，叫我来什么事儿？”似乎是明白了自己的处境，被摘掉了墨镜的女明星仿佛卸掉了铠甲，变得温和下来。轻柔的语气适合安抚人心，也适合套口风。

但南嘉木的反应出乎她的意料：“不要这样叫我。”

他不像之前那样生气，不激动，不失控：“明天我们就要针对这次的绯闻开新闻发布会了。我叫你来是给你最后一次机会，告诉我所有我应该知道的事儿。”

“我不明白你说的话。”在夜晚温柔的灯光下，她精致的脸庞显得楚楚可怜，“如果你是说这次的绯闻，相信我，这只是一个意外，我可以解释。”

但南嘉木似乎有意破坏这样的气氛，他抬手将灯全部打开，办公室里的光线一下子变得非常明亮，在这黑夜里显得过于刺眼。

失去了墨镜的保护，猝不及防的女明星一下子被照得有些发蒙，想躲到光线不那么刺眼的角落里去，但她并没有成功。

“又不是吸血鬼，怕什么光啊？”南嘉木拉住了她，扭过她的脸，“还是说，你怕我看清楚你的脸？”

被捏住下巴的美人温柔地一笑：“嘉木，你又开玩笑……”

“我没有开玩笑。”刚才南嘉木脸上尚有的笑意此时完全消失了，“还有，我说过了，不要这样叫我。”

他顿了顿：“她从不这样叫我。”

江月亮设想过很多种被拆穿的情况，就像她在进入赌场前一定会做好被抓包的准备一样。

如果是在赌场，她被抓到时无非两种情况：她赢了，或者她正要赢。在与荷官的周旋中，她早就练就了掩饰心虚的本领。通常情况下，她会装得好像只是运气爆发，脸上依次闪过惊讶、不敢置信、狂喜等等表情，直到她把筹码换成了一摞摞的钞票时，才会忘记自己的假面快要脱落，泄露一丝内心的不安。

没有人会在她输牌的时候发现她是个老千，她的紧张会被掩盖在所有玩家之中，反而更显真实。

所以她想，如果有一天别人发现了她不是左轶，一定是因为她救回了阿 sir，在她因为满足而忘记控制自己的表情时露出了马脚。比如忘了保持优雅的笑容，或者忘了使用清寒的声线，又或者是哪个姿势、哪个举动与正牌大明星的习惯不吻合……

无论如何，她从未想过会在自己的目的尚未达成之前就露出了马脚。

“她从不这样叫我。”

南嘉木这样说，让她对自己做老千的能力产生了质疑。

一个还没出千的老千怎么会被抓到呢？

在室内过于明亮的光线下，窗外的黑夜反而显得不真实，车水马龙仿若幻象。

南嘉木没有关掉任何一盏灯，任由这些令人不适的光线明晃晃地照着。落地窗变成了一面镜子，镜子里的两个人近在咫尺，神情却似相隔天涯的陌路人。

“你……是什么意思？”江月亮小心翼翼地发问。

“事到如今，没必要再装了。”南嘉木坐下来，终于露出了疲态，不是那种身体上的劳累，而是精神上经过了漫长的拉扯后，已经不想再纠缠的疲累，“我知道你不是左轶。”

整个办公室陷入沉默。他几乎可以听到对面的女孩脑中齿轮飞速转动的声音。

她自诩已经做得足够完美。经过一年的训练，无论是妆容、装扮，还是声音、表情，甚至是性格、口头禅、说话的逻辑，完完全全是左轶的翻版。她没有出错，她怎么可能出错？

“我承认，一开始我也没有发现。你装得真像。”南嘉木说出这句话时的语气近乎赞美。

在“左轶”回来的这一年里，他们见面的次数屈指可数。每一次都恰逢她盛装出场，妆容厚重到几乎看不出原本清浅的本色，每一次的见面地点也都灯光昏暗，更加考验眼力。更妙的是，每一次重逢，他或心怀不满，或怒气冲冲，根本没有心思去分辨这副皮囊下的血肉还是不是曾经与他纠缠多年的那个怨偶。

“Bella 她确实大胆。”

竟然想得到狸猫换太子这种招数，她也够厉害，竟然真找到了这么个真假难辨的冒牌货。永远活在镜头里的大明星，连他这个枕边人都没有发现是假的，那些隔着屏幕的观众又怎么会发现？

“你……是怎么发现的？”

一个从未听见过的细细软软的声音响起，南嘉木不由得把目光转回来。没想到她连声音都是伪装的。

“那个视频里，你站在了那个男人的左边。”南嘉木开口，神色难辨，“左轶从来不站在我的左边。”

左轶早年拍戏时脖子被利刃划伤，右边脖颈留下一道浅浅的伤疤。平时她总用粉底遮盖，在镜头上看不出来，但她还是不愿意被人发现，每次和南嘉木在一起时，她从来不把有伤疤的这一边脖子朝向他。

如果视频里那个人真的是左轶，如果左轶又真的喜欢那个戴鸭舌帽的男人，一定不会站在他的左边。

就像当年她连不愿站在他左边这件事都不肯承认一样。

陷入回忆中的男人变得有一点儿不同，有些少年气的脸庞上浮现出某种与年纪不相吻合的沧桑。他似乎是一个被冻结了年龄的灵魂，看似年轻，却走过了漫长的一生。

江月亮明白自己为什么会暴露了。

所有人都告诉她，左轶和南嘉木的关系不好，他俩的婚姻是契约婚姻,不常在一起,彼此也并不熟悉……但他们都错了,包括Bella在内。

南嘉木其实很了解左轶，甚至比左轶自己以为的更加了解。左轶毕竟是他的妻子，是他在这世上独一无二的伴侣。

“听着，我不关心你是谁，也不关心在酒店里被拍到的那个男人与你是什么关系。我今天叫你来，只想知道一件事。”

从回忆中醒来的男人抬起头，眼中的沧桑退去，只余下少年般的坚定。

“左轶在哪里？”

左轶又上热搜了。

向来在娱乐圈呼风唤雨的Bella这一次也折戟沉沙了。还未签约的作品、代言自不用说，已经签约的客户也纷纷来电，话里话外的意思都是如果这件事情不能迅速翻篇，那就解约。

Bella动用了一切资源，依然无法将舆论压下去。已婚女星出轨踩中了所有人的雷点。一连好几天，网上一片腥风血雨。无数人对左轶粉转黑，更多人则是冷嘲热讽地看笑话。

摆在Bella面前的是一个两难的局面。如果否认左轶出轨，势必就要解释这段视频的来源，搞不好就会牵扯出“左轶”身份有假的事情；但若承认出轨，那么左轶的名声就会遗臭万年，别说区区几个代言，说不定变成“劣迹艺人”后她连出镜都是奢望。

所以她不能让“左轶”正面回应，只能用一些旁门左道的方法进行周旋。比如找几个营销号一帧一帧地拉片，质疑视频的真实性，又比如找来每次左轶出绯闻时都要拉出来遛遛的“吉祥物”——南嘉木。

上一次左轶和男模的照片传出，也是南嘉木与“左轶”的恩爱登场让流言不攻自破。Bella现在唯一指望的就是互联网的记忆只有七秒钟，等过阵子新的绯闻出现，这一场危机会悄然消失。

由于后续的巴西行程取消了，日程的空档被重新填入了大量行程。但左轶现在的风评不佳，原来有意向的制片方都在观望，所以目前能排上日程的大多是一些短期通告或活动，既是挣些小钱，也是试水。其中之一就是左轶作为嘉宾出席同公司演员的新片发布会。

当主持人说出“欢迎影片推广人左轶”时，“左轶”可以感受到场内所有的镜头突然一下就聚集了过来。

巨幅海报的一角缓缓走来一对璧人，他们的一举一动都牵引着场内所有人的目光。

江月亮挽着南嘉木的手，噙着优雅的笑，最后在舞台上站定。在打完招呼后，她用练习过千百次的温柔的表情看向南嘉木，希望得到对方的回应。

但这一次，南嘉木没有配合她的表演。江月亮心里一沉。

昨夜，南嘉木把她叫过去，想要问到左轶的下落，但她没能给出令他满意的答复。临走前，他丢下一句“既然你们不仁，就别怪我不义”，她的直觉告诉她今天的发布会会出事。她本想提醒 Bella，可是 Bella 正因为她和程寄的事情大为恼火，对江月亮压根就不理睬。于是今天她只能老老实实地牵着这个不定时炸弹上台，也不知道待会儿他要引爆的究竟是哪个倒霉鬼。

大概是看出了两人之间的龃龉，主持人没有像和此前上台的嘉宾那样跟他们互动，而是想直接引导左轶和南嘉木去座位上就座，生怕他们在台上逗留的时间久了，台下的媒体搞突袭提问，那就更加夜长梦多了。

但万万没想到，首先发动突袭的是友军。

南嘉木截住了主持人的话头，从江月亮手中拿过话筒，向台下的媒体道：“媒体朋友们好久不见，今天左轶来是为这部电影做宣传的，不过我来是有个消息想向大家宣布。”

江月亮的手被他捏得死紧，她无法优雅地阻止他这番突如其来的发言，只能僵硬地看着他不紧不慢地抛下一个重磅炸弹。

“相信最近的新闻大家都有看到，其实大家多虑了，因为，”他挑衅地看了一眼身边的人，又望向台下刚刚赶来的 Bella，“我和左轶，要离婚了。”

发布会的后台响起一声震耳欲聋的关门声。

“南嘉木，你疯啦？！”Bella 把手上的东西哗地摔在地上，那不管不顾的样子，好像疯了的是她。

云淡风轻的反而是南嘉木。他优哉游哉地找了把椅子坐下，看着 Bella 机关枪一样地发射脏话，他的脸上还挂着一丝淡淡的笑。等到 Bella 都骂完了，他才不紧不慢地来了一句:“你也好久不见了。”

南嘉木竟然还有闲情逸致给自己倒了杯茶：“昨天我就跟这个小阿妹说了，我已经等了两年，不想再等下去了。”

“你叫她什么？”Bella 又惊又怒，疑惑地看向身后，“小阿妹？”

从进门起就大气也不敢出的江月亮这才有机会把昨晚的事儿跟 Bella 汇报了。

这边 Bella 因为江月亮的身份暴露而陷入沉思，另一边的南嘉木则好整以暇。他呷着茶，看 Bella 这次要怎么给他捅的娄子收场。

片刻后，Bella 终于冷静下来：“这件事不能怪左轶，全是我的主意。找来阿妹扮演左轶的人是我，决定让阿妹拖着不和你离婚的也是我，有什么冲我来。”

南嘉木放下茶杯，淡淡地哂笑：“我针对你有什么用啊？我要找的是左轶。”他指指江月亮，“昨天我问她左轶在哪儿，她死活不肯告诉我，所以我今天才出此下策。都闹到这份儿上了，左轶也没必要再躲了吧？”

Bella 定定地看着南嘉木：“你根本就不知道你面对的是什么。”

“不就是和天野那三亿对赌吗？”南嘉木哈哈一笑，“怎么，你觉得我傻到不知道你们在玩什么把戏？左轶自己不想干了，你又不能把股份拱手让人,所以就想了换人这么个招？Bella啊,你可真够精的。”

“发布会现在暂停了，待会儿你出去解释说你只是开了个玩笑。”Bella表现出了与南嘉木认识以来最好的态度，说出每一个字时都带着微笑，“你和左轶的婚姻牵涉到很多人的利益，所以你不能像刚才那样说要离就离。但只要你撑过我们和天野对赌的这三年，我答应你，你会得到你想要的一切。”

南嘉木显然没有把她的话当真，毕竟他被骗过太多次了：“你说不离就不离？我又不是和你签的协议。”

Bella看了他一眼：“离婚协议在我手上，左轶已经签字了。”

南嘉木忽然怔住，似乎不相信自己的耳朵：“签、签字了？左轶她……”

Bella深吸一口气：“对赌结束，我就把离婚协议给你。”

南嘉木忽然脸色一变：“可我不是天野，我不要你那三个亿。我只要左轶，你把她交出来。”

他的眼神变得恶狠狠的，每一个字都仿佛是从牙缝中挤出来的：“左轶在哪儿？！”

“我很抱歉。”Bella望着他，眼神中空无一物，“她死了。”

有时候Bella常想，如果不是因为签了那份沉甸甸的对赌协议，左轶是否就不需要接那么多工作，是否就不会因为压力过大而想要去澳大利亚度假，是否也就不会出现在邦迪海岸上的那艘游轮上，更不会因为一个浪头而失去踪迹。

每一个没有被消息轰炸的深夜，她总是一个人坐在黑漆漆的房间里想着这些“是否”。每一个“是否”如锁链般彼此串联，最终连接到了一个开端——她的野心。

左轶不如她有野心。那个仿佛生来就会演戏的美人每天只想着如何在工作中偷懒，从繁忙的日程中偷出半日空闲去闲逛，去发呆。是她挖掘了左轶，被称作娱乐圈无冕之王的女人想要成功，想要赚钱，想要建造自己的商业版图。左轶是为了她才成为大明星的。

那时候 Bella 还不知道，原来当明星也是会死的。

左轶死在了澳大利亚附近的公海上。她生前那么绚烂夺目，死去时却悄无声息，仿佛是海的女儿化作了泡沫，消失在了所有人的视线里。

如果，是否……

Bella 的脑子里装满了这些无用的词语。当南嘉木的逼问袭来，她失去了往常的能言善辩，在愧疚和懊悔中丢盔弃甲，就这样将辛辛苦苦保守了一年的秘密和盘托出。

“她死了。”

南嘉木知道 Bella 是个聪明人，她说话向来喜欢打机锋，每句话里都藏着后话，每个字眼都值得深思。

左轶死了？

不不不，Bella 说的一定不是真的。她一定有言外之意，一定是在给左轶留后路。

“你骗我。”南嘉木的脸上甚至还带着笑，完全不似另外两人那般脸色灰败，“你就告诉我左轶在哪儿吧，我和她当面谈。”

他要的只是这个问题的答案，他不想知道别的。

Bella 用一种近乎怜悯的眼神看着他：“南嘉木，我没有骗你，你也知道我不会在这种事情上骗你。”

“左轶出海时被浪卷走了，我们找了三天三夜。”Bella 垂下眼，尽力掩饰眸中无法止住的泪，“她死了，千真万确。”

南嘉木看着她，只是看着她。有很长一段时间，他既不悲伤，也不惊讶，只是出了故障一般停住了。

Bella 擦掉眼泪，平复了心情：“很抱歉瞒了你这么久，但左轶死得太突然，牵涉到太多利益，如果消息公开，所有合约都将面临赔偿。到时候受打击的不是我一个人，而是整个公司上下数千人，还有无数给我们投资的股东。而现在，受到绯闻影响，公司同样会面临被动的局面，所以请你收回要离婚的话，暂时帮阿妹澄清这次的绯闻。”

或许这是第一次 Bella 这样诚实地将她的计划坦白：“我的条件仍然没有变，撑过对赌这三年，不管是离婚还是其他的，你想做什么都可以。”她犹豫了一下，还是说了出来，“这也是左轶生前的意思。”

南嘉木仍旧没什么反应，也不知道他到底听进去了没有。Bella 看了看表，发布会暂停了半小时，外面还不知道闹成什么样了。正当她要再劝劝南嘉木时，南嘉木突然站起来一把拉住江月亮的手，打开房门大步向发布会的舞台走去。

叽叽喳喳的媒体记者们立刻安静下来。

南嘉木在一片静默中突兀地开口：“刚才我的话没有说完，我和左轶要离婚了。”

他低头看了一眼江月亮，可是眼神却并不是在看她。

“对不起，是我先违背了我们在婚礼上的诺言。”

反 转

南嘉木在发布会上的发言引发了新一轮的舆论爆发和反转。

“就说了娱乐圈很乱，谁都别装无辜。”

“难怪左轶总是和别人传绯闻，南嘉木那句话的意思是他出轨在先吧？”

“可是南嘉木明显是在吃左轶的红利吧，他不就是因为跟左轶结婚才出名的吗？现在这样算不算过河拆桥、恩将仇报？”

相比之下，左轶与鸭舌帽男子的绯闻也就变得不那么令人难以接受了。南嘉木的风评急转直下，但左铁的支持率却逆风翻盘。那些曾经宣称粉转黑的人又纷纷转变了立场，坚定地站在了左铁这一边，唾骂着南嘉木。

然而在看不见的幕后世界里，变化发生的方式更为暗流汹涌。

某制片公司的会议室门前，一瘸一拐走来的大头被选角导演拦下："哎哎，你怎么来了？我不是发了消息不让你来了吗？"

大头掏出自己的手机，按亮屏幕："哟，哥，对不住，我开着车呢，没看到消息。怎么了这是，剧本围读会改时间了？"

"不是……"选角导演的神色看起来有些尴尬。

会议室门口探出一个身影："导演，怎么还不进来呢？"在看到门外的大头后，说话这人的语气变得更为愉悦，"你和程寄不用进来，导演换人了。"

"徐子仁！你……"大头和气的圆脸忽然绷紧，头上青筋暴起。

身后，一个身影晃晃悠悠地走来。他一只手搭上大头的肩膀，另一只手则摘下了头上的鸭舌帽，插进裤兜里。

"换人了？"程寄漫不经心地开腔，却莫名地让在场的人压力倍增，"何导，咱们这戏可早就谈妥了啊。"

被叫作何导的选角导演忙把程寄拉到一边："对不住啊，程哥。不是我们不想用您，可制片人说投资人非要换成徐子仁，还说以后的戏都不让我用您。"他看了看四周，"哥最近是不是得罪人了？"

程寄意味深长地笑笑，并不搭腔："子仁，这个月的钱还没打吧？"

会议室的门被完全打开，从里面快步走出来一个人，那人在程寄身前停下。

"姓程的，你厉害啊，勾搭上了左铁，一朵烂桃花还挡人财路。"徐子仁笑得有邪气，比程寄有过之而无不及，"你知道自己得罪谁了吗？你得罪了极光娱乐的那个 Bella。Bella 在投资圈放了话，只要哪个剧组敢用你，全网封杀。你以后还有什么资格跟我叫板，还有什么底气跟我要钱？”

徐子仁大笑一声，故意让何导也听见：“我这个月不会给你钱，以后也不会。你和你的瘸子师弟喝西北风去吧！”

大头气得脸色通红，差点儿就要扑上去干架。程寄拉住了他。

“子仁，你总觉得我在敲诈你，可是每个月你要付的钱是法院判决你该付的，是你打折了大头的腿该给的赔偿。每一毛钱都白纸黑字地写在法院判决书上，你赖不掉。”

徐子仁的脸一僵。

“你抢我的戏不要紧，可你如果这个月不按时打钱，咱们就法院见。”程寄重新把鸭舌帽戴回头上，略一思忖就明白了徐子仁突然这么嚣张的缘由。

“做了脏事记得擦手，别又被我发现什么把柄。”帽檐下的笑容寒光阵阵。他说出的每一个字都意味深长：“小心被人当枪使，还替人数钱呢。”

与被全网封杀的程寄相比，江月亮的状况可谓是起死回生。

南嘉木的发言替左轶挡了枪，无意间还为她树了个“糟糠下堂妻”的人设。网友对她的态度纷纷由唾骂转为同情，Bella 借机放出左轶此前拍摄的日常片段，把她打造成被丈夫嫌弃也不甘堕落、努力生活的形象，一下子引起了许多女性网友的共鸣。

品牌商更是纷纷回头，连乐家这样在签合约时明确约定左轶婚姻状况的品牌，现在对于左轶的离婚也并不反感。传闻现在单身经济崛起，乐家正在考虑把 slogan（口号）换成“一个人也是家”，左轶的情况恰好符合品牌转变的方向。

不过真正的左轶不会起死回生，仍没有与 Bella 解约的江月亮现在则因为危机解除而重新成为极光娱乐的金字招牌，被 Bella 死死抓在手里不肯放走。明明说好了从巴西回来Bella就允许她去看望阿sir，Bella却迟迟不肯松口。她的理由是："如果你又背着我偷偷去见程寄怎么办？"

Bella没收了程寄送给江月亮的那部手机，顺便没收了其他的电子设备，同时增派了四个保镖，二十四小时陪护她，当然也是监控。而助理艾米也应Bella的要求，把江月亮的行程安排得满满当当，根本不给她机会溜走。

江月亮知道自己的信用已经破产，但阿sir手术后的情况如何，她全无消息，实在是放心不下。就在与Bella拉扯了半个月，江月亮近乎绝望的时候，一个意想不到的转机出现了。

在一个杂志的拍摄现场，正在镜头前整理服装的江月亮发现了一张熟悉的青涩脸庞。

"小文！"

江月亮刚刚叫出声来，就在文筱筱急匆匆的示意下按捺住了。江月亮看了眼四周，除了正在自己身边帮忙整理衣服的文筱筱，其他人在各忙各的，就连艾米也在接电话，并未看向这一边："你还好吗？你辞职后就联系不到你了，你现在在杂志社工作了？"

"是。"文筱筱一边帮江月亮捏平衣角，一边低声说，"但也只是临时的。"

她警惕地望了望摄影师所在的方向，生怕自己磨蹭得太久引人注意："左轶姐，我长话短说，是程哥叫我来的。他联系不到你，所以托我来传话，他已经找到了阿sir，阿sir没事。明晚十二点，中心医院705病房，程哥和阿sir在那里等你。"

文筱筱飞快地说完，摄影师已经开始不耐烦了，她捡起地上散落的衣服，打算从灯光下走开。

但江月亮拉住了她，眼神疑惑："为什么要帮我？"

文筱筱有点儿害羞，但还是鼓起勇气告诉她："你保护过我，我也说过要保护你。我虽然不像你这样有本事，但我也要说到做到。”

江月亮一怔。

数不清的人告诉过她，娱乐圈是资本圈，所有事情都讲究资源置换。她也以为，这里的确和锱铢必较的赌场一样，一物换一物，一切都不过是一桩桩冰冷的交易。

幸好还有文筱筱这样的人存在，告诉她世上总还有一些人的心里揣着的不是冷冰冰的资源，而是人情，是温暖。

感谢的时机稍纵即逝，不等江月亮回过神来，文筱筱就悄悄溜走，隐没在了人群中。

摄影师拿起相机，不断地发出指令：“往左一点儿，再往左一点儿……”

江月亮在灯光下仰起脸，眼神中重新燃起了光。

第二天午夜，十一点五十五分，中心医院 705 病房。

病房的门口坐着个保安，像一尊门神。一个小小的身影从安全通道的门口闪出来，佝偻着摸到墙角，探头探脑地看着周围的情况。在见到保安后，她从口袋里掏出一个东西，刚打算要扔出去，就被人拉住了。

一个低沉而熟悉的声音在耳边响起：“别扔，有别的办法。”

江月亮先是一惊，继而转过身来直扑在那人怀里，把他撞回了安全门后。

门无声地合上，程寄慢慢松开怀里的人，一双蜜色的眼眸从怀里露出来，亮闪闪地望着他，如琉璃般剔透。

再也不需要对视第二眼，两双唇立刻就找到了彼此，纠缠、深入、反复。不似以往那般或热切或暴戾，久别重逢的吻更似一种安慰，是他们在这障碍重重的世界上终于再探知到彼此存在时温柔的慰藉。

良久，他们离开彼此的唇，视线却仍纠缠在一起。

“你怎么找到阿 sir 的？”细软如棉花糖的声音轻轻柔柔地响起，乖顺里终于有了一点点儿难得的好奇。

许久没有听到这个声音，程寄只觉得耳朵都要被甜倒了，说话也越发得意忘形：“你当我在这行白混了这么多年，在城里找个人还能难得住我？”

脸上忽然有了一片小小的柔软的触感，是她凑上来亲了一口。蜜色的眼睛又那么亮闪闪地望着他，程寄强忍住自己想亲回去的冲动，定定神，然后道：“五分钟后保安会换班，接班的那个喜欢打瞌睡，等他睡着了，我们再进去。”

江月亮点点头，然后将安全门悄悄地拉开一条缝儿，从门缝儿里偷偷向外看去。几分钟后，果然来了另外一个保安，他一坐下就开始打瞌睡。

但还没等江月亮打开门走出去，意料之外的事情发生了。

一伙五大三粗的男子从走廊的一头大步走过来，不等保安反应过来，走在最前面的那一个就上前飞快地敲晕了他。后面的人迅速跟上，闯入病房中。

病房里，一把刀在黑暗中闪着寒光，沉睡中的病人尚未意识到突如其来的杀气。

“阿 sir！”江月亮爆发出一个凄厉的喊声。她顾不得程寄的阻拦，跌跌撞撞地冲出去。

持刀的人听到这个喊声后顿住了。他回过头来，眼中的杀机尽退：“阿妹——”

江月亮扑到病床上，用身体护住阿 sir：“哥哥，不要杀他。”

旁边有人出声：“阿辉，快点儿动手，这个是你最后的机会。”

阿辉看向江月亮和被她护住的人，眼神复杂。

他费了多少工夫才重新找到这个警察，今晚如果再不给陈生和赌场一个交代，自己就没命回澳门了。可是，他也并不想要伤害阿妹，这个从小就把他当作憧憬的妹妹。

那也是他在这世上唯一的亲人。

持刀的手僵在空中，阿辉的声音无奈而沉重：“阿妹，快走。”

江月亮摇摇头，那双从小就跟他不一样的琥珀色眼眸直直地望着他，和小时候一样坚定。

阿辉不知如何是好，但那些打手早就不耐烦了。为首的一个使了个眼色，于是离病床最近的两个人扑上去一把将江月亮按住，任她如何挣扎也不松手。

“阿辉，动手！”

江月亮爆发出一声哭喊：“不——”

但阿辉还没来得及动手，病房的门就被撞开了，十几个体格不输打手的大汉冲了进来，将这不大的病房挤得满满当当，为首的正是程寄。

打手们尚未反应过来，程寄已经欺身而上。在他身后，工作室的弟兄们也各自盯上了目标，拳脚直接招呼了上去。

打手们虽然蛮横，有的还拿着武器，但工作室里都是些身经百战的习武之人，在他们面前，这些打手竟讨不到半点儿便宜。一时间双方打得不可开交。

程寄用一记左勾拳放倒了为首的那个打手，分过神来去看江月亮，却发现她的脖子上横着一把刀。

阿辉在江月亮身后，把她当作了人质：“停手，不然她就没命了！”

程寄拧住一人的胳膊不动了，眼神紧紧盯着阿辉手中的刀。

江月亮并没有露出害怕的神色，只是向程寄道：“救阿 sir 要紧！他不会伤害我的，他是我哥哥。”

但程寄并没有轻易相信这句话。阿辉挑衅地将刀逼得更紧，勒得江月亮的脖子上有了隐隐的血痕。程寄的眼色一沉，他猛地松开了被他制住的人。其他弟兄见程寄这样，也纷纷松手。

局面一下子反转了。那些刚才讨不到便宜的打手现在却耀武扬威，把刚才挨的揍纷纷还了回去。被打得最惨的是程寄，为首的打手一拳打在他的肚子上，程寄努力咽下一声闷哼，打手的下一拳又打到了他的脸上，程寄的嘴角顿时就出了血。

江月亮急得不顾脖子上的刀，差点儿被刀锋划伤，还是阿辉拉住了她。

程寄完全不还手，任打手们你一拳我一脚地招呼。他只是不时看看江月亮，确认她的安全。

等打手们发泄够了，阿辉拖着江月亮移动到床边。阿 sir 一直没醒，杀了他轻而易举。

但阿辉终究没能下杀手。窗外骤然响起了警笛声。

南嘉木赶到病房的时候，警察已经把所有打手都控制住了，除了一个人。

“阿辉跑了。”江月亮从地上把程寄扶起来。说不清她的语气是遗憾还是松了口气：“他总是有办法逃跑。”

程寄看了她一眼，颇有点儿无奈的意思：“毕竟是你哥，舍不得吧？”

江月亮摇摇头：“其实我知道，他早就不把我当妹妹了。”

程寄弹了弹她的脑门儿，又因为抬起手牵动了伤口，疼得一咧嘴：“你也知道！还说什么他不会伤害你。刚才要不是我忍住这口气，你现在小命就没了！”

江月亮撇撇嘴，想反驳，又不想惹程寄不高兴，只好按捺住。程寄还在碎嘴地念叨，她都照单全收。

在一旁看到这一幕的南嘉木只觉得愣怔。

这个女孩长得神似左轶，可是气质和神态又完全不同。刚才警察冲进来时，她简直豁出命一般地在一片混乱中扑到病人的身上，满脸都是决绝，可是她回到程寄身边时，刚才那些狠绝的神色全都被他一个指头抹去了，她好像变成了一个讨要糖果的孩子，眼神里都是天真烂漫。

南嘉木熟悉这样的眼神。他也曾在左轶的眼睛中看到过。

他闭了闭眼，不知是为了回忆，还是为了逃避。

有人从后面拍了拍他的肩膀："刚才警察问我怎么知道这里发生的事情。我该怎么回答？"

南嘉木睁开眼："就说是你在这儿安排的保安通知的吧。少给那个小阿妹招惹事儿。"他转过身来，神色难得正经，"Bella，放那个小阿妹走吧，她和我们不是一个世界的人。"

几个小时前，南嘉木接到一个陌生来电，接通后，一个他不怎么熟悉的低沉的男声响起。那人说的话事关重大，语气却有点儿漫不经心。

"今晚十二点，我和阿妹要去中心医院救一个人。既然我能查到这个人的信息，想必追杀他的人也能查到，所以如果有任何意外，我们需要得到 Bella 的支持。"

程寄将一切都摊牌了，三言两语就解释了江月亮与 Bella 之间的协议，以及 Bella 对江月亮过分的控制。由于江月亮说的话没有丁点儿分量，而程寄又被 Bella 封杀了，想要在这样危险的时候得到可靠的援手，报警当然是最恰当的方案。但程寄考虑到 Bella 不一定愿意公开江月亮和阿 sir 的真正身份，担心自己贸然报警会对江月亮造成不利影响，于是便迂回地寻求南嘉木的帮助。

南嘉木答应了。他不希望他自毁名誉为"左轶"换回的未来因为一次意外被毁掉。

这两个因真假左轶被牵扯到一起的男人虽然对彼此看不顺眼，但这一次，却不得不联手。

"对了，网上传的视频拍到的是我和阿妹，拍视频的人你应该认识，叫凌薇儿。"

好像是出于感谢，程寄在挂断电话前透露了这个信息。

南嘉木将程寄的发现转告给Bella，后者低头思忖了一会儿，有了结论："我明白了。凌薇儿最近因为拍戏的关系认识了徐子仁，她拍这个视频是想要你和左轶离婚，徐子仁泄露这个视频是想毁了程寄。"

她叹了口气："但他们两个都没有足够的理由把视频公开。在幕后推波助澜的一定另有其人。左轶的事儿只怕是要瞒不住了。"

她又望向和程寄站在一处说话的江月亮："或许你说得对，我们应该早做谋划，不能用的牌，该扔就扔。"

阿sir第二天醒来时，警察正在他的病床前等着做笔录。从手术中恢复过来的阿sir终于可以放心地把自己收集到的证据和U盘交出来了。在警察与澳门警方核实过后，阿sir被护送返回澳门，而由于江月亮是关键证人，所以也要随他一起返回。

这一次，Bella没有阻拦。她对外宣称左轶只是暂时休息一段时间，但对内则开始商量各种公布左轶死讯的方案，以期尽量减小产生的影响。

程寄的"封杀令"被撤回，但他没有立刻安排工作。江月亮在城里的最后这一段时间，他每天都陪在她和阿sir的身边，直到数日后，返程航班起飞的日子到了。

到了机场，程寄一直把阿妹送到安检口。两人久久地拥抱后，江月亮没有犹豫，决然地转身走进了安检通道。

程寄看着她进去，神色黯淡下来。尽管不舍，但这是她自己想要做的事儿，他不能、也不愿阻止。

他转身打算离开。突然，身后响起嗒嗒的跑步声，有人从后面再次把他抱住。

程寄惊讶地回过身来，感觉到有一只小手探入他的衣领，扯出他一直挂在脖子上的那枚戒指。她拿了戒指，没有言语，飞快地再次消失在他的视线中。

程寄怔了老半天，忽然，他的嘴角勾起一个笑来。

大头在一旁看得一头雾水："怎么要走了还带抢劫的啊？谁知道她以后还回不回来？"

程寄却没有半点儿不高兴的神色："如果她就这样走了，空空荡荡一个人，我还担心她会一去不回。但她拿了我的东西，就非还回来不可。"

这个怪脾气的混血姑娘是在用这样的方式告诉他，她会回来的。

他也相信，她会回来的。

城市的另一边，空无一人的剧场里，一个高挑纤丽的身影走过来。

"嘉木，左轶又不辞而别了。我想，是时候谈谈我们的事儿了。"

凌薇儿优雅地在南嘉木身前站定，用温存的眼神看着他："你在发布会上说你违背了与左轶的誓言，是为了我吗？"

南嘉木淡淡地一笑："的确是时候谈谈我们的事儿了。"他转身走到剧场的灯光室里，从桌上拿起一个信封。

"你偷拍了程寄和她的视频，卖给了天野的秦总，让天野有机会空手套得极光娱乐的三亿股份，"他拎着的信封没有封口，他一路走，信封里的东西就一路撒下来，可他好像半点儿都没有察觉，任信封里的东西撒落在整个剧场里，"还是该谈谈，当初左轶之所以要去澳洲，就是因为你伪造了与我的照片，逼得她远走天涯？"

说到最后一句话时，南嘉木的神色已不如方才那般冷淡。他用力地将信封摔在凌薇儿身前，最后几张相片从里面散落出来。

相片上，酷似南嘉木的男子正搂住凌薇儿，背景是凌乱的床单。

"你明知道这照片上的不是我，却还是把它寄给了左轶。为什么？"

凌薇儿看了一眼照片，忽然变了神色，泫然泪下："嘉木，为什么你还不知道吗？我这是为了我们，我们明明相爱，却被左轶从中破坏，我怎么能够容忍一个外人插手我们的感情？”

“相爱？”南嘉木嗤笑一声，“我以为你这样精明的人不会看不出来，每一次我和你亲近都是为了惹恼左轶。”

凌薇儿停止了哭泣，神情变得愣怔：“你、你不爱我？”

南嘉木转过头去，望向别处：“不爱。”

凌薇儿咬住唇：“我不信。”

人有时因为太渴望而误以为得到了爱情，有时又因为太害怕而误以为不是。

凌薇儿不相信南嘉木不爱她，就像江月亮原本也不相信程寄会对她产生爱意一样。可是感情这件事，麻烦的地方就在于旁观者一眼就能看明白的事情，当事人却总是执迷不悟。

“我不信！”凌薇儿这样说着，愤恨地跑了出去。但即便在这种时候，她的姿势仍旧极为优雅，好像她还在演着一场没有人喊“Cut”的戏。

整个剧场陷入沉默。

南嘉木的脸上失去了一切神色，他靠着墙颓然地坐下。

左轶这个浑蛋，说好要演一场怨偶相杀的戏码，可是她半道罢演，他却出不了戏了。

从今往后，他要去怨谁呢？

尾声

一年后。

春日到来，城里的天空又变得繁忙起来，扬了风沙，飘了柳絮，这阵子，满街又都在落榆钱儿。

大头一瘸一拐地从门外进来，一路走一路扫肩上的残叶。

“哥，不是说半小时后就要开机吗，怎么你们连妆都还没化呢？”

一屋子的大汉顿时发出了不满的牢骚声，跟一窝吵闹的小动物似的。

角落里的椅子上半躺着一个不修边幅的男人，鸭舌帽盖过半张脸，帽檐下半长不短的头发几乎盖过了眼睛，让人看不出来他的神情，只看得到他的嘴角漫不经心地勾起一个笑，一副玩世不恭的样子。

“说是排错化妆师的时间表了。这个剧组里都是刚入行的菜鸟，没法子，你忍忍。”他这样说着，好像大头才是这个团队的老大。程寄一点儿也不上心的样子反倒让大头更着急了。

大头冲出化妆间，也不知在向谁大喊：“化妆师呢？”

一个清脆而羞涩的声音回答他：“来了来了，这就来了！”

几个化妆师鱼贯而入，大头正想跟进去，却被人扯到一边：“你进去干吗？”

大头不解地看着拉住他的人。

文筱筱挤挤眼：“别耽误人家正事儿。”

尽管剧组里都是新人，但请来的化妆师都不是生手，不过十来分钟，已经有一大半的人化好了妆，变身为器宇轩昂的江湖侠客。

程寄仍然懒洋洋的，并没有睁眼，躺在椅子上等着轮到自己的顺序。

不一会儿，他感觉到有几根小小的指头在自己的脸上点来点去，酥酥麻麻的，煞是舒服。

“化妆老师，您快着点儿，我后头还有人呢。”他漫不经心地说。

一个细软而无害的声音响起：“我知道。可你是这部戏的主角啊，不把妆化得帅气一点儿，怎么做我的男主角呢？”

程寄猛地睁开眼。

首先映入眼帘的却不是那人的脸，而是一只小而柔软的手，那只手的无名指上戴着一枚毫不起眼的戒指。

可是程寄知道，那枚戒指的内侧刻着一句简短的英文。

Finally found you（最终找到了你）.

这世上最孤单的那艘小船终于流浪到了她的尽头，寻到了人生的港湾。

他顿了顿，缓了好半天，好像在花费极大的力气稳住自己的心神。等到身旁的人几乎要失去耐心了，他才回过神来，把那只戴着戒指的手放在唇边，轻轻落下一个吻。

惯常戴着的帽子挡住了他的目光，她的视线只能落在他唇角那抹邪邪的笑上。以这个高度，她刚好可以看见那个笑脸。他说出的每一个字都带着意味深长的余音。

“小骗子，又抓到你了。”

番 外
哥 哥

很多年以后，当阿辉回想起一九九九年的夏天时，依然记得那时燥热的天气，过于聒噪的蝉鸣，还有开满小白花的杜英树上飘散着的蜜糖香气。

那些老澳门的光景总如旧梦一般挥之不去。

妈妈站在窗前招呼他进来，脸上露出了自那个葡萄牙人走后的第一个笑容。

“阿辉啊，你要有个细佬了。”

“哦。”

阿辉回答时并没有露出惊讶的表情，因为他已经在别人那里知道了这件事。隔壁街的几个年长一些的小孩今早特意跑过来，在他面前唱歌：“屋梁高，买张刀，刀切菜，买箩盖，箩盖圆，买只船，船浸底，浸亲两个番鬼仔！一个浮头，一个沉底！”他们唱完就告诉他，“阿辉，你妈要给你生个外国小孩儿啦！”

半年后妈妈从产房出来时，阿辉才知道，妈妈生的不是个细佬，是个小阿妹。

妈妈比生了细佬还要高兴。阿辉知道，她一直都想要个女儿的。

“阿辉，你看。”妈妈把他叫到床边，把一个半睁着眼睛的小团子塞到他鼻子底下，“阿妹的眼睛好漂亮。”

阿辉非常费力地在这个皱巴巴的团子上寻找，等了许久才等到她睁开眼睛。即便只是一秒钟，他也确信自己看清楚了，她眼睛的颜色和他不一样，和妈妈也不一样，却和那个葡萄牙人一模一样。

真丑，他心想。

阿妹很晚才学会开口说话，会的词语也很少，一度把房间里所有的东西都叫作“阿妈”。但没有人纠正她，妈妈没有时间，而阿辉根本就不管。他每天回了家匆匆扒几口饭就回到自己的房间听歌。

周围的人群堵住了我的出口，

想爬起来我只能说真的好难。

防火巷传来的枪声把我从天堂叫醒，

一名白种人褐色头发在我面前倒下。

耳机里有一个怎么都唱不清楚的男声，却莫名地有一种下坠般的吸引力。狭小房间里的一切都仿佛在歌声中收紧，连睡在床垫上的小小身影也仿佛被无形的力量一直吸往空洞的旋涡之中。

阿辉学着模糊不清的男声，喃喃自语一般小声地唱：“活着，不是用来演一出糜烂的黑色喜剧……”

房门被急促地敲了几下，隔着薄薄的门板，妈妈的声音响起：“阿辉小声一点儿啊，阿妹又哭了。”

门板后面，女婴的哭声隐隐传来。阿辉烦躁地把头埋入枕头里，耳机里的音乐声因此变得更为清晰，一字一句好像都敲在心底。

说不，我很后悔当初没有这样地肯定。

直到阿辉从小学毕业，阿妹才好像放弃了半夜的哭闹。但她依然不怎么会说话，只是嗯嗯啊啊地朝他眨巴着那双番鬼仔的眼睛。

真丑。

趁阿妈没有注意，阿辉狠狠瞪了她一眼，看她瘪瘪嘴又要哭，他赶紧跑到街上去，撇清嫌疑。

路边的杜英树花期刚过，地上落满了白色的花瓣。阿辉百无聊赖地低着头晃悠，却忽然撞上了一堵人墙。

“小屁孩儿，没长眼啊？！”

阿辉想装作没有听到，默默从旁边绕过去，却被人拎住了脖子。

“死细佬，没长眼睛，还没长耳朵吗？给老子道歉！”

阿辉梗着脖子，就是不开口。

这条街上的古惑仔个个都不好惹，他平时见到都绕道走，今天也不知哪儿来的勇气，被人抓住还死要面子不肯道歉。

忽然，一个女孩的声音软软地传来：“哥哥！”

他诧异地低头，发现阿妹不知何时跑出来了，她正抱着古惑仔的腿不撒手。她的表情奶凶奶凶的，那双眼睛死命地盯着拎起阿辉的人。因为她不会说别的话，所以只是一句又一句地喊：“哥哥！哥哥！”

可是一个小女孩又怎么可能撼动一个成年男子？那个古惑仔起初还愣了一下，但很快就反应过来：“哇，哪里来的番鬼仔，死开死开！”说着，他抬腿就要甩开她。

阿辉原本不打算反抗的，可突然不知发了什么神经，拉下古惑仔的一只手狠狠咬了一口。古惑仔吃痛，放开了他们兄妹二人。阿辉一把拉起阿妹，拼命地跑开了。

跑到没人的地方后，阿辉松开了阿妹。奇怪的是，平时动不动就要哭鼻子的阿妹这一次却没有哭。她突然扑过来，抱住了阿辉，仰着头眨巴着眼睛喊他：“哥哥！”

阿辉的嘴巴动了动，没有应声。半晌，他才说：“以后不要冲上去，要跑，知道吗？”

也不知道阿妹有没有听懂他的话，她眯起眼，天真地笑起来，又喊了一声：“哥哥！”

这是她学会的第二句话。

哥哥。

也不知道为什么，阿辉觉得心里某个地方动了一下。就好像按下了一个快门，把当时的光景都拍了下来。以至于多年后想起时，他还记得阿妹用那双和他全然不同的眼睛看着他的画面，还有空气中散发着的杜英花的最后一点儿余香，如蜜糖一般。

后来阿辉上了中学，每天忙于打球和捉弄女孩，尽管他和阿妹是同校，但年纪不同，两人在学校里从不说话。有时候他们在路上遇到了，同学会捅捅他，然后说：“看，是那个番鬼妹。”

他总是装作毫不在意的样子：“有什么好看的？丑死了。”

小时候的时光总是过得很慢，有很长一段时间，阿辉都觉得阿妹好像永远都是那个样子，矮矮的、小小的、丑丑的。不知道是不是就是从这时候开始，阿妹变得不爱笑了，说的话也更少了，好像决意要当一个沉默的丑小鸭。

直到有一天在从学校回家的路上，一条清浅的小河边，阿辉发现了落汤鸡一般的阿妹。明明是阳光正好的下午，她却好像被一场大雨浇过，浑身都湿透了，显得可笑又无助。

一拨拨同学不断地经过，他们看着阿妹的惨样交头接耳地笑着。阿辉这才发现，不知道从什么时候开始，阿妹不是个小孩子了，湿透的校服下是少女的身形。

他的耳朵一热。他匆匆从阿妹身边快步走过，实在不想在这种时候承认这是自己的妹妹。

阿妹没有叫住他。只是在和她擦肩而过的时候，他感觉到那双蜜糖一般的眼睛在安静地看着他。

过了河，拐了弯，阿辉终于停下，躲在一处树荫里。这里是回家必经的地方，他打算在这里等阿妹一起回家。

可是过了很久，阿妹都没有来。阳光一寸寸地收走，眼看天就要黑了，路上也没有了穿校服的身影，阿辉跺跺脚，终于从树荫里走出，原路返回。

阿妹还在那里，一动不动，像一根愚笨的树桩子。

阿辉走过去，用责备的语气问："在这里做什么？"

阿妹好像这时才发现他，有点儿迟钝地抬起头，慢吞吞地回答："等衣服干。"

她的声音软软的、糯糯的，带着一点儿不自知的娇憨，可是语气却干巴巴的，没有一点儿生气的感觉。

阿辉不知怎么就觉得心里哪里烧起了一把火。他脑子一热，就把衣服脱了下来，粗鲁地套在阿妹身上："快穿好！等下阿妈看到了，又要怪我没照顾你了。"

阿妹半天没有反应，好像一个生了锈的机器一样，连胳膊都抬不起来。阿辉费了一身劲，热出一身汗，还是没能给她穿上衣服。他正要发火，却忽然透过衣服的领口看到了被衣服罩住的阿妹的脸。

还有那双蜜糖一般的眼睛，含着水汽，是他从来没有见过的委屈的神态。

阿辉的心忽然就软了，怒气全都烟消云散。他放轻了动作，把衣服收回来，在阿妹的脸颊上轻轻刮了刮，擦去一颗晶莹的泪滴。

"这样回去阿妈要担心的，不要哭。"他想了想，鬼使神差地补了句，“乖。”语气温柔得连他自己都觉得吃惊。

但这句话似乎很有用，阿妹看了他一眼，主动拿过衣服套在自己身上，又把脸在干爽的袖子上蹭了蹭，擦掉了污渍和泪痕。

阿辉转身，领着她往家的方向走。

夜幕升起，他没有回头，却一直感觉到身后有一个小小的身影寸步不离地跟着他，就好像雏鸟跟着母亲，又好像星星追着月亮。

就连他自己都觉得奇怪，在这一刻，他竟有一点儿希望听到那声“哥哥”。

记忆里的岁月波澜不惊，仿佛是透过半透明的毛玻璃看到的风景，半分朦胧，半分真切。有时候猛然想起一件事情，就连他自己都不敢确定是否真的发生过。

比如阿妹仍旧经常被人推到小河里去，他总是先装作毫不关心地走远，等所有人都走了，再折返回来将她捞起。阿妹每每都露出那种眼神，那种充满了信赖和感激的眼神，他很久都忘不了，却又不敢相信那真实地存在过。

阿辉和阿妹一直同校，直到阿辉高中毕业，也正好是在这个时候，妈妈的身体垮了。可能是因为长期的劳作太过辛苦，也有可能是养育一双儿女的重任让她不堪重负，从某一天开始，她就不再去出工，只躺在床上静静地度过整日。

阿辉把大学录取通知书藏了起来，在窗前呆坐了一整个夏天。等夏天过完，他决定去挣钱。

他听说医院的住院费一天就要好几千，他半年的学费就能让妈妈在医院里接受一次全面的检查。他觉得值。

走的那天，阿辉第一次像个哥哥那样嘱咐阿妹：“你替我好好照顾她。”

蜜糖一般的眼睛默默地看着他。她不说话，一直看着他消失在视线中。

离开无忧无虑的校园，现实的残酷猛地砸来，碰得阿辉满身瘀青。

阿辉做过服务员，做过短工，也做过泊车小弟，还有二十四小时便利店的收银员。每一天他都在疲累中入睡，又在困倦中醒来，投入新一天的工作中，周而复始，没有尽头。

可是即便他用尽全力，挣得的薪水依然有限。他在深夜昏黄的灯下翻来覆去地数，怎么也数不出妈妈的住院费。那时他还不到二十岁，就愁得几乎要白头了。

他就是在那时认识了阿勇，一个同在便利店值夜班的店员。阿勇和他挤在一间狭小的出租屋里，却似乎比阿辉阔绰得多。终于有一天，阿勇私底下对他说："我观察了你很久，看你是个信得过的人，告诉你一个赚钱的办法你干不干？"

阿勇说的赚钱的办法，就是去当"叠码仔"。

"喏，我不是要你去赌啊。叠码仔呢，只需要去找客源，拉一个人进赌场，他赢的钱都要分百分之一给你。如果他输了钱，你就借钱给他，不管他赢不赢得回来，借你的钱都要还你，还要收利息。"阿勇翻来覆去地跟他解释，"不管怎样，你都不亏。"

阿辉觉得自己做不了："可是我没有钱。"

"你每天晚上数来数去的，不是钱吗？"阿勇笑得别有深意，"别怪兄弟没提醒你，没胆子的人挣不了大钱。"

那天晚上阿辉没有睡着，他翻来覆去地算，只要拉几个客人，那些出手阔绰的赌徒只要赢得多，他就能抽取足以支付住院费的佣金。第二天，他顶着乌青的眼圈跟阿勇说："勇哥，我跟你干。"

但随后的事情以快到不可思议的速度远远超出了阿辉幼稚的计划。

阿辉的确在赌场门口捞到了几个赌徒，他们也的确如阿勇所说，同意赢了钱付阿辉佣金，输了钱找阿辉借本金。但赌场的金科玉律就是，输钱的人总比赢钱的人多。阿辉一开始把自己的钱借给他们去赌，还能收回七七八八，但很快就有去无回了。那些说好要继续赢钱还债的赌徒在输光了阿辉的本金之后就消失了，身法狡黠得如同练习过很多次一样。

一开始阿辉还每天在赌场门口死等，但过了几天，他没等来那些赌徒，却等来了带来一大帮人的阿勇。

“阿辉，那些人欠了赌场的钱，全都跑路了，兄弟没办法，只能来找你收账。”

阿辉这才明白阿勇是讨债的人。

但是一切为时已晚。等阿勇带着他去小黑屋里“算账”的时候，看到那个数字，阿辉明白，自己栽了。他想挣的是佣金，但阿勇想挣的是阿辉的本钱。

他垂头丧气、两手空空，就这么回了家。

还是那株杜英树，还是那吵闹的蝉鸣，妈妈仍旧站在小楼的窗前微笑着朝阿辉招手，唤他进去。可是阿辉觉得这笑容仿佛意味着诀别。

阿妹说，妈妈的病拖得太久了，现在是肝癌晚期，手术费要六十万。

说这话时，阿妹都不敢看他的眼睛：“哥哥，对不起，我没有照顾好妈妈。”

但阿辉一句责备的话都说不出来。他有什么资格去怪这个刚刚成年就开始半工半读，回家还要照顾病人的妹妹？

他心里没有别的想法。钱，他需要钱，很多很多很多钱。

阿辉又回了赌场。

阿勇仍然叫他兄弟：“兄弟，不要慌，除了叠码仔，你还有别的事儿可以做啊。”阿勇拍拍他的背，笑得别有深意，“喏，别怪兄弟没提醒你啊。”

等阿辉察觉的时候，自己已经成了一个老千。

他其实很聪明，复杂的牌桌规则看一次就会，可有一件事情他无论如何也算不明白。明明经手的筹码数以千万计，他欠的债却一分没少，反倒越来越多。

当他在二十四小时都是蓝天的赌场里浑浑噩噩的时候，阿妹来找他了。阿妹说，妈妈卧床不起，如果不马上手术，就等不到第二年春天了。

没有时间给他慢慢筹措了。他睁着满是红血丝的眼睛，麻木地望着阿妹那双蜜糖色的眼睛："我赌不起了，你来一把试试吗？"

所有发生过的事儿他都记得很清晰，但他的感官在这一天仿佛失去了存在的意义。

他看着阿妹坐在自己刚才坐过的位子上，听到自己在她的耳边低声解释玩牌的规则和筹码的含义。奇怪的是，当阿妹身前的筹码越来越多，明明是该高兴的事情，他却什么感觉都没有。

就好像站在阿妹身后的人不是他，只是一具空壳，而这具空壳正机械地做着一些重复了千百遍的动作。

他瞥到身边围拢的人越来越多，这样的情形并不常见，本应当引起警惕，但他什么反应都没有。直到保安的手重重地拍到他的肩膀上，他眼睁睁地看着阿妹被带走，筹码叮叮当当地撒落一地，他只顾着扑过去捡筹码，然后疯狂地塞进自己的口袋里。好像有人在骂他，还有拳头打到了他的身上，但他感觉不到，什么都感觉不到。

只有筹码的触感是真实的，只有钞票的气味是真实的，他不是真实的，阿妹不是真实的，妈妈的病也不是真实的。

他迷失在了一种疏离的不真实感里。

保安把他和阿妹带到了一间地下室里。他们在潮湿的地下室待了两天才被阿勇拎出去。

阿勇说，保他们出来的人是陈生。陈生对阿妹很感兴趣，想要她学着做老千。

阿妹不知道该怎么办，眼巴巴地看着他："哥哥？"

阿辉麻木地点点头："做吧，乖啊。"

从小到大都很听话的阿妹这一次也很听话。在他和阿勇的教导下，阿妹学得很快，比他更快，甚至在出千之余还学会了伪装。她神出鬼没地出入于各个赌场，给陈生带回来一笔又一笔财富。

阿辉在偶尔回神的时候也会教阿妹在这声色场里辨别人心。

“喏，做老千最重要的不是赢，是逃跑。”他把玩着手里的筹码，动作熟练得仿佛那筹码是长在他的指尖上，“世上的人个个自私自利，一旦发现你身上无利可图，就会毫不犹豫地离开。说不定他走前还要卷走你的钱，所以你要学会跑，跑得比别人还要快。”

阿辉比阿妹更有经验，逃跑的办法真是层出不穷。他教阿妹如何用简单的延时装置声东击西，也教她如何在狭窄而逼仄的空间里逃生。

阿妹总是听话地点点头，用那双蜜色的眼睛默默地看着他，眼里是一如既往的信赖。

他原以为阿妹会这样听他的话听一辈子，直到一个叫作李子山的人出现。

陈生的人都管李子山叫“那个死差佬”，只有阿妹会规规矩矩地叫他一声“阿 sir”。阿妹被李子山抓到过几次，每一次回来，阿妹都要跟他说：“哥哥，这样是不对的，要不我们不做了。”

每一次，他也都如机械一般地回复她：“谁说不对啊？赚钱怎么就不对了？不做老千，谁来救妈妈的命？”

“可是医生说妈妈术后恢复得不好，我们带妈妈回去好不好？”

阿妹的声音听来绵软可怜，却激不起他的半点儿同情心：“回去？房子早就卖了，你要回哪儿去？”

他对阿妹温柔地笑着，只是说的话却没有半分余地：“别傻了，我们根本就没有回得去的地方。”

说罢，他把目光收回到自己手中的扑克牌上，假装没有看见阿妹眼里一寸寸黯淡下去的光。

只是没想到，没等阿辉挣够钱，妈妈就过世了。

站在冰冷的太平间里，他才知道，原来医生和阿妹说得都没错，原来妈妈真的活不过第二年春天。

从这一天开始，阿妹开始整晚整晚地做噩梦。阿辉不知所措，只好在阿妹每一次从噩梦中惊醒的时候学着妈妈那样，给她唱歌。

“两只老虎，两只老虎，跑得快，跑得快……”

幼稚的童谣是这时候唯一能够让阿妹再次入睡的方法。而他则在哄睡阿妹之后开始失眠。

阿妹问他，既然妈妈已经不在了，是否可以收手了？

阿辉总是东拉西扯、避而不答。他拒绝承认，早在阿妹问他之前，妈妈就已经不是他留在赌场的原因了。

他不想向阿妹坦白，其实他早就把妈妈的病忘得一干二净了，他只是想要钱而已。

清冷的房间里如今只有兄妹二人了，他们互相依靠，又彼此背离。他隐隐担心阿妹会抛下他去找那个阿 sir，说不定还会把他们的事情捅出来。于是他和阿勇一起把阿妹看管得更紧，让她赶更多的场子，赢更多的钱。

他都不敢细想自己已经卑劣到了何种地步，只想在阿妹离开前从她的身上多捞一点儿。

然而千不该万不该的是，李子山出事了。

一向对他轻声细语的阿妹那日却像疯了一样，不管不顾地要去和陈生那伙人拼命。阿辉想尽一切办法按下了她复仇的念头，却没有按下她要救人的决心。

谁能想到，那个平日里连桶装水都抬不起来的小阿妹竟然从医院偷了一个大活人出来？

阿辉也急了。李子山是陈生的眼中钉，阿妹做出这样的举动无异于背叛，下场会比李子山更惨，还要连累自己。但阿妹什么都不管，只想救阿 sir 回来。出于信任，她给阿辉打了最后一个电话："阿 sir 就藏在后街的小诊所里，我订了明天早上的航班，先带他出境治疗，等风头过了再回来。"

阿妹不知道，阿辉接电话的时候阿勇就在他旁边，阿勇逼着阿辉开了免提，所有内容听得一清二楚。

从这里开始，阿辉就不清楚阿妹经历的事情了。

他只知道，那天氹仔岛的雾气很大，因为看不清楚，听说陈生派了十几个人去都没有抓到阿妹，叫她坐船跑了。

阿辉说不清心里是失落还是高兴，只知道他的夜晚安静了，没有人会突然发出一声惊呼，吵醒他的发财梦，却也再没有人那么温温柔柔地拉着他的袖子，叫他一声哥哥。

就连杜英树的独特香气都仿佛随阿妹一起消失了。蝉鸣消泯于沉闷的天气里，夏天的气味变得苍白，再也没有一丝甜蜜。

阿辉仍在赌场里厮混，可是没有了阿妹的帮助，他的运气一天比一天差，原本挣了些盈余的，很快又输了个精光，再次欠了一屁股债。

陈生给他开了个条件，把阿妹找回来，阿辉的债就一笔勾销。

阿辉知道陈生为什么对阿妹如此执着。有个富商看上了阿妹，许了陈生一笔巨款。左右阿妹也做不了一辈子老千，迟早有被赌场的人抓到打断手的一天，不如趁早卖个好价钱。所以陈生才对那个搅局的李子山那么生气。断他财路，他就要断李子山的活路。

阿辉不知道上哪儿去找阿妹，唯一的线索是她走时坐上的那艘轮船的目的地是北方。

陈生给阿辉派了十几个帮手，一行人漫无目的地北上了。他原以为会无功而返，可好巧不巧，路边的广告牌上播放着一段颁奖礼的片段，阿辉就抬头看了那么一眼，就发现了那个正在颁奖的女明星的破绽。

那个被主持人叫作"左轶"的大明星在和一个男演员握手时脚尖

朝外、手臂夹紧，是一种不易被察觉的准备逃跑的姿势。

那是他教给阿妹的姿势。

阿辉的心里泛起一种陌生得令他烦躁的情绪。光是想想他都觉得离奇，一年不见，他的小阿妹怎么会变成大明星呢？

他既想把自己的发现隐瞒起来，又迫不及待地想要证实。他开始仔细地查这个叫“左轶”的女演员。陈生派来的人手里有善于追踪的，所以阿辉很快就知道了“左轶”将要去外景地拍戏的消息。

阿辉带着人潜伏过去，在人群中拦住了她。果然，看似高冷的女明星戴着起掩饰作用的美瞳片，可是一看到他眼神立刻就变了。

他找到他的小阿妹了。

阿辉打给陈生，把阿妹的消息献上，想要就此脱身，但老谋深算的陈生怎么可能这么容易就把他放过？找到了阿妹还不算，陈生还让他把阿妹带回澳门。

没有办法，阿辉继续与那些暴脾气的打手合作。他们很快就找到了阿妹的住所，直接杀上门去。阿辉特意没有跟着一起上楼，而是留在了车里。他心里隐隐有一种期待，想着如果他不在，或许阿妹就没有那么容易被抓到。

果不其然，阿妹从密网中凭空蒸发了。为首的打手气得砸坏了一面车窗玻璃。

这之后阿辉就不能再躲懒了，他们逼着他像鬣狗一般地追踪她，一路跟到了巴西。

在这个陌生的国度，他见到了许多和阿妹一样有着蜜色的眼睛的人。他想，上帝之城肯定会保佑他，让他带她回应去的地方。

“阿妹，和哥哥回去，我们继续一起赢钱。”阿辉站在月下，向她伸出手，“乖。”

可是这一次，他乖巧又听话的妹妹却没有像从前那样乖乖跟他回去。

她说：“不。”

她的身边站着一个男人，他侧身略挡住她，尽管他的脸上挂着漫不经心的坏笑，可是浑身却在隐隐蓄力，散发着一股杀气。

阿辉不知道这个男人与阿妹是什么关系，但在那一瞬间就嗅到了不同寻常的气味。

他的小阿妹什么时候开始有帮手了？

这个帮手竟然还以一己之力挑动了当地的势力与他们作对，那些在赌场横行霸道的打手竟然没有讨到半分好处。

阿辉最终没能完成陈生交给他的任务，而阿妹奇迹般地再次逃脱了。

但好运没有一直眷顾阿妹。从巴西回来后，阿妹似乎陷入了更为困顿的境地。她丧失了绝对的自由，但他们也因此难以接近她。直到他们探查到了阿 sir 所在的医院，阿妹再次出现在那里时，阿辉才知道，有阿 sir 在，阿妹就在劫难逃。

和阿妹一起出现的还有一伙来历不明的男人，他们个个身强力壮，极不好对付。在一阵混乱过后，阿辉趁人不备摸到了阿妹的身后，将刀架在她的脖子上，对着房里正打得不可开交的众人喊："停手，不然她就没命了！"

人群中，有一个男人的眼神格外可怕。

阿辉记得他。他就是那个在巴西与阿妹比肩而立的人，也是那个上天入地、带着阿妹在月下逃之夭夭的人。

这个男人显然对阿妹脖子上的刀极为忌惮，阿辉不过随意挑衅一下，他就立刻放弃了抵抗，乖乖挨打。阿妹想要去救他，但阿辉没有允许。

他在她的后背悄悄画了一个十字。

这是他们的暗号，这代表着他正在酝酿一场逃亡，而她要和他一起。

不久，窗外响起警笛声，来不及解释更多，他急促地拉住阿妹的手。

但阿妹挣开了。

"跑啊！"他再次拉住她，"乖。"

阿妹还是不动，像在巴西时的那个夜晚一样，对他温柔而决绝地说了“不”。

她不再像从前那样无须任何理由就跟他到天涯海角了。她的眼神中少了从前的信赖，却多了一份冷静：“哥哥，别逃了，做了错事就去认，不丢人。”

阿辉这一次彻彻底底地知道了，他的小阿妹是真的在和他说再见了。

没有时间留给他来告别，像他这样的逃兵，注定只能独自仓皇而逃。

去了医院的其他打手都落网了，只有阿辉一个人野狗一般地在外流浪。

陈生再也无法控制他了，但阿辉也与阿妹彻底失去了联系。天地之大，到处都是容身之所，他却不知道该往何处去了。

逃亡的尽头究竟在哪里呢？

两年后的某一天，花光了身上最后一分钱的阿辉藏在一辆货车上进了城。半夜，货车停在郊区某条不知道名字的道路上。阿辉等司机走出很远才悄悄下来。他沿着这条路走到尽头，发现了一个废弃的厂房，厂房门前栽了几株白杨和银杏，院子里停着一辆重型卡车，车门开着。院子里凌乱地摆着拳击袋、木桩一类的装置，没有人影。

阿辉蹑手蹑脚地走进去，想去车上翻找点儿值钱的东西，刚爬上驾驶座，却听到院门口传来说话声。他连忙趴在方向盘上，警惕地看向声音的源头。

从院门口走进来一高一矮两个人。高的那个戴着黑色的鸭舌帽，半张脸都藏在帽檐里，看不见眼睛，只看到向一侧扬起的嘴角，嘴里还在慢慢悠悠念叨着什么。

“小月亮如今能耐啦，学会旷工啦。”月影下，那人笑得漫不经心，懒散的语气中却混杂着一股阴鸷之气，“等我收了工回头一看，嚯，人影都没啦。怎么招呼都不打一声，急着去私会情郎啊？”

被他数落的人看起来是个嘴拙的人，欲言又止了好几次，却什么都没说出来。

“哟，我说对啦？是谁啊，这么大胆子，敢撩我的人？”数落的人更来劲了，“副导演、昨儿来的特约群演……都不是？该不会……”

他停下脚步，略略弯腰，抵着她的鼻尖：“是南嘉木吧？昨天给你打电话的是他对不对？”

被他数落的人被迫抬起头来，在月光下袒露出一双琥珀般剔透的蜜色眼睛。

大约是被他猜中了，她不知所措地咬着唇，半晌，才委屈巴巴地开口：“他说左轶的一台手机无法解锁，想要我去试试能不能通过人脸识别，我只是去帮忙……”

这个声音听起来绵软无害，像是给耳朵喂了一口棉花糖，令人很难再去苛责什么。但戴着鸭舌帽的男子还是一副不高兴的样子，冷哼了一声：“嚯，南嘉木的事儿就巴巴儿地放在心上，我说的话就当耳旁风……”还没说完，他就晃晃悠悠地往前走去。

细软的声音在后面响起：“程寄！”

被叫作程寄的男人慢悠悠地转过来，挑起帽檐，又挑了挑眉。

蜜糖一般的眼睛望着他，仿佛浸润了糖果的甜：“你给我的手机打不开了，你看看是怎么回事儿。”

程寄看了她一眼，没有说话，慢悠悠地走回来，从她手里拿过手机：“不就是密码输错太多次锁定了吗？换成指纹识别就好了啊。”

“哦。”刚把手机拿回去，她又说，“我的化妆包有点儿沉。”

他啧了一声：“进组几个月了，也没听你说一声。怎么不早说？”说着，他顺手就接了过去。

“还有，我想吃猪排包。”

“大晚上的上哪儿吃猪排包啊？”他故意翻了个白眼，然后嘴角又勾起那个笑来，“不过得亏我神机妙算，早就给你买好了。”

至此，程寄的脸色总算缓和下来了。他把刚才对南嘉木的怨愤抛在了一边：“回去热热就能吃。”

她也松了口气，好像再也想不出什么花样了，又因为有猪排包在前方等着她，难免走快了几步。

身后马上就有人喊起来：“月亮，等会儿我，说好了夜路要一起走啊。”

她停下脚步，半转过身来，低头柔柔地一笑，仿若不胜凉风的娇羞。

程寄快走几步赶上去，拉着她的手进屋里去了。月光洒落在门口，两人的影子互相纠缠，再也分不清彼此。

等院里安静了，阿辉才从车上下来，表情愣怔。

这么多年了，他第一次知道，原来他的妹妹笑起来这么好看，好看得让他心痛，仿佛他遗失了什么珍贵的东西。

他忽然很想听她再叫一声“哥哥”，用刚才她叫“程寄”时的柔软嗓音。

他不自觉地跟着阿妹的足迹走到院子里头。月光下，门口贴着的一张白纸黑字的字条格外醒目。

“迷途知返，善莫大焉。”

下方的落款不是姓名，而是一个手绘的小月亮。

耳边仿佛响起了从前妈妈给他们兄妹二人讲故事时发出的温柔的声音：“喏，这个故事呢，就是告诉我们，做错了事、走错了路不可怕，但一定要有担当，敢承认，然后呢，尽力去弥补……”

阿辉没有再走进去。他揭下这张字条，转身，独自走向来时的路。

路的另一头是一间有着蓝牌白墙的小屋，“派出所”几个字还亮着灯。

温柔的月色下，道路两旁的白杨和银杏仿佛变了形状，空气中飘散出记忆中的杜英花的香气，甚至隐隐听得到聒噪的蝉鸣。

阿辉站在小屋前，轻轻哼起年少时钟爱的歌。

活着，不是用来演一出糜烂的黑色喜剧。

说不，我很后悔当初没有这样地肯定。

说不，不代表懦夫。